COLLECTION FOLIO

Romain Gary

La nuit
sera calme

Gallimard

© Éditions Gallimard, 1974.

« Je n'ai pas une goutte de sang français mais la France coule dans mes veines », aime rappeler Romain Gary.

Grand, le visage tout en longueur, yeux bleus fendus en amande, la voix barytonante des conteurs orientaux, il est né en 1914, en Lituanie. Sa mère jouait au théâtre français de Moscou. Amoureuse de la patrie de Victor Hugo, elle était en route pour accoucher en France, mais elle s'y était prise trop tard. Cette femme exceptionnelle, Romain Gary en a fait le portrait dans *La promesse de l'aube*. Ce livre, a-t-on dit, est le plus beau bouquet de fleurs qui puisse être offert à une mère.

Elle ouvre une maison de modes à Varsovie, à Nice. Elle fait fortune et se ruine deux ou trois fois. Elle répète à son garçon : « Tu seras un écrivain français, tu seras ambassadeur de France, tu auras la Légion d'honneur! » Quand cela est dit, avec un accent incroyable, à Wilno (Pologne), à un gamin qui n'a jamais vu Paris et a peu de chances de le voir un jour, cela paraît insensé. Et pourtant, tout s'est réalisé. *La promesse de l'aube* a été traduite en quatorze langues, fut adaptée au théâtre à Broadway, et au cinéma. Plus de cinq mille lettres à l'auteur sont parvenues aux Éditions Gallimard depuis la parution du livre.

Romain Gary arrive en France à quatorze ans. Il fait ses études secondaires à Nice, puis son droit à Paris. Pendant son service militaire, il est instructeur de tir à l'École de l'air de Salon. En 1940, il rejoint la France Libre. Capitaine à l'escadrille Lorraine, il prend part à la bataille d'Angleterre et aux campagnes d'Afrique, d'Abyssinie, de Libye et de Normandie de 1940 à 1944, il est commandeur de la Légion d'honneur et Compagnon de la Libération. Il entre au ministère des Affaires étrangères en 1945 comme secrétaire et conseiller d'ambassade à Sofia, Berne et à la Direction d'Europe. Porte-parole à l'O.N.U. de 1952 à 1956, il est ensuite nommé chargé d'affaires en Bolivie et consul général à Los Angeles. Quittant la carrière diplomatique en 1961, il parcourt le monde pendant dix ans pour des publications américaines et tourne comme auteur-réalisateur deux films, *Les oiseaux vont mourir au Pérou* (1968) et *Kill* (1972). Il a été marié à la comédienne Jean Seberg de 1962 à 1970.

Mais c'est la littérature qui va toujours tenir la première place, dans la vie de Gary. Pendant la guerre, entre deux missions, il écrivait *Éducation européenne* qui obtient le prix des Critiques en 1945. *Les racines du ciel* reçoivent le prix Goncourt en 1956. Depuis, l'œuvre de Gary s'est enrichie de plus de vingt-six romans, essais et souvenirs. Le plus récent de ses romans est *Les cerfs-volants*.

Romain Gary s'est donné la mort, à Paris, le 2 décembre 1980.

Dans *La nuit sera calme*, l'auteur de *La promesse de l'aube* parle en toute liberté de ce qu'il a vu, connu, aimé. Les hasards de l'histoire, et son tempérament, ont fait de Gary un des témoins de ce temps qui a vécu le plus d'événements et approché le plus de personnages exceptionnels, extravagants, mystérieux ou célèbres.

De Vychinski à Groucho Marx, de Churchill à de Gaulle, des ambassades à Hollywood, c'est une galerie de portraits pleine de surprises. Dimitrov, devenu maître de la Bulgarie, déclare pour paraître drôle : « Vous savez, c'est vraiment moi qui l'avais brûlé, le Reichstag. » John Ford se fâche parce que les danseurs peaux-rouges de la tribu « sauvage » des Hopis qu'il montre à Gary révèlent soudain qu'ils étaient G.I.'s et ont pris part à la libération de Paris.

Les instantanés de cette autobiographie de « coureur d'aventures » se succèdent de page en page pour se composer à la fin en un portrait d'homme qui semble souvent avoir réussi à mener plusieurs vies à la fois. Mais au-delà des témoignages et des aveux, Romain Gary a écrit avec *La nuit sera calme* un hymne non seulement à la femme, mais à la féminité, il voit en elle la valeur première de toute civilisation.

En passant, la politique, l'Europe, les hommes du jour font l'objet de récits et de jugements explosifs. Ce sont les accès de colère et de tendresse d'un des derniers humanistes.

François Bondy, qui a été l'interlocuteur de Romain Gary au cours de ce récit-confession, est un ami d'enfance à lui. Écrivain et journaliste suisse, il a dirigé la revue *Preuves* à Paris de 1950 à 1969. Auteur en allemand de plusieurs ouvrages traitant de thèmes de littérature moderne, rédacteur de l'hebdomadaire *Die Weltwoche* de Zurich, il reçut en 1968 le prix de l'Académie des sciences et lettres de Mayence pour avoir contribué à faire connaître en Allemagne la culture française contemporaine.

FRANÇOIS BONDY : *Nous nous connaissons depuis quarante-cinq ans...*

ROMAIN GARY : Lycée de Nice, classe de seconde... Rentrée d'octobre. Il y a un « nouveau » et le professeur lui demande son lieu de naissance. Tu te lèves, avec ta tête de bébé Ibn Séoud et portant déjà sur ton dos, à quinze ans, le poids des siècles, tu dis « Berlin », et tu éclates d'un fou rire nerveux, dans cette classe de trente petits Français... Nous avons sympathisé tout de suite.

F. B. : *Tu as toujours eu une mémoire d'éléphant, tu n'as jamais rien oublié et ça ne doit pas être facile...*

R. G. : On écrit des livres.

F. B. : *Pourquoi as-tu accepté de te livrer ici, alors que tu vis très replié sur toi-même?*

R. G. : Parce que je vis très replié sur moi-même... Et je n'éprouve aucun frisson d'amour-propre à l'idée de m'ouvrir à n'importe qui — j'aime bien « n'importe qui », c'est un copain — et de me livrer à l' « opinion publique », parce que mon « je » ne me contraint à aucun égard envers moi-même, bien au contraire. Il y a l'exhibitionnisme, et il y a la part du feu. Le lecteur décidera lui-même s'il s'agit de l'un ou de l'autre. *Gari* veut dire « brûle »! en russe, à l'impératif — il y a même une vieille chanson tzigane dont c'est le refrain... C'est un ordre auquel je ne me suis jamais dérobé, ni dans mon œuvre ni dans ma vie. Je veux donc faire ici la part du feu pour que mon « je » brûle, pour qu'il flambe, dans ces pages, au vu et au su, comme on dit. « Je » me fait rire, c'est un grand comique, et c'est pourquoi le rire populaire a souvent été un début d'incendie. « Je » est d'une prétention incroyable. Ça ne sait même pas ce qui va lui arriver dans dix minutes mais ça se prend tragiquement au sérieux, ça hamlétise, soliloque, interpelle l'éternité et a même le culot assez effarant d'écrire les œuvres de Shakespeare. Si tu veux comprendre la part que joue le sourire dans mon œuvre — et dans ma vie — tu dois te dire que c'est un règlement de comptes avec notre « je » à tous, avec ses prétentions inouïes et ses amours élégiaques avec lui-même. Le rire, la moquerie, la dérision sont des entreprises de purification, de déblaiement, ils préparent des salubrités futures. La source même du rire populaire et de tout comique, c'est cette pointe d'épingle qui crève le ballon du « je », gonflé d'importance. C'est Arlequin, Chaplin, tous les

« soulageurs » du « je ». Le comique est un rappel à l'humilité. Le « je » perd toujours son pantalon en public. Les conventions et les préjugés essayent de cacher le cul nu de l'homme et on finit par oublier notre nudité foncière. Donc, je suis prêt à me « livrer », comme tu dis, sans rougir. Il y a d'autres raisons. D'abord, j'ai un fils trop jeune pour qu'il puisse me rencontrer, pour que je puisse lui parler de tout ça. Quand il pourra comprendre, je ne serai plus là. Ça me fait chier immensément. Immensément. J'aurais voulu pouvoir lui parler de tout ça, quand il pourra comprendre, mais je ne serai plus là. Il y a impossibilité technique. Donc, je lui parle ici. Il lira plus tard. Et puis, enfin, il y a l'amitié. Je me sens entouré d'une très grande amitié, c'est même pas croyable... Des gens que je ne connais pas du tout... Les lecteurs écrivent. Tu reçois, mettons, cinq, six lettres par semaine, depuis des années, et pour un lecteur qui écrit, il y en a peut-être cent qui pensent à moi comme lui, qui pensent et sentent comme moi. Ça fait une quantité incroyable d'amitié. Des tonnes et des tonnes. Ils me posent toutes sortes de questions, et je ne sais pas répondre, donner des conseils, ça fait professoral, et je ne peux pas parler à chacun d'eux, alors je leur parle ici à tous... Ils ne me demanderont plus de conseils, après ça, ils verront que je n'ai jamais été capable de m'en donner à moi-même, et que d'ailleurs, pour l'essentiel, il n'y a pas de réponse.

F. B. : *Tu te sens des obligations envers tes lecteurs ?*

R. G. : Aucune. Je ne suis pas d'utilité publique. mais je suis fidèle en amitié... comme tu le sais. Mais je te préviens que je ne vais pas *tout* dire, parce que je m'arrête à la dénonciation. Tu ne peux vraiment te « livrer » sans livrer les autres, ceux dont les secrets ont joué un rôle dans ta vie. Je veux bien accepter le « scandaleux » pour moi-même, mais je n'ai pas le droit d'exposer les autres, parce que pour moi « scandaleux » n'a pas du tout le même sens que pour eux. Il y a encore beaucoup de gens pour qui la nature est un scandale. La sexualité, par exemple. Et il y a les confidences. Les gens que je connais à peine se confient à moi avec une facilité assez étonnante. Je ne sais pas pourquoi ils font ça, je crois que c'est parce qu'ils savent que je ne suis pas de la police.

F. B. : *?!*

R. G. : Oui, ils sentent que je ne suis pas les règlements de police, lorsqu'il s'agit de la morale, que je ne juge pas selon les critères du faire-semblant. J'ai horreur du mensonge pieux, en matière de morale, je ne suis pas pour le trompe-l'œil. Je ne crois pas qu'en fermant les bordels on prouve qu'on n'est pas soi-même une pute. Lorsque tu condamnes l'avortement du plus haut de ta « morale », comme le fait l'Ordre des médecins, par exemple, tout en sachant qu'un million de bonnes femmes continueront à se faire torturer chaque année clandestinement, eh bien! je dis que cette « élévation morale »-là, c'est de la bassesse. Cela relève d'une morale-caviar, d'un christianisme sans humilité, sans pitié et qui ignore la chambre de bonne. Le « caractère sacré de la vie » cela veut dire d'abord : *quelle* vie, quelle chance données? Il y a des conditions de vie où le « caractère sacré de la vie », c'est du génocide... Mais la morale du règlement de police est aveugle, elle s'en fout, elle ne prend pas part, et c'est du petit-petit... petit-bourgeois ou / petit-marxiste. Je parlerai donc avec la plus entière liberté de moi-même, mais pas des autres. Voilà mes raisons, voilà pourquoi j'ai accepté, et tu peux mener ton « interrogatoire » comme bon te semble. Je répondrai. Et puis, il y a peut-être des choses que je ne connais pas de moi-même et que tu m'apprendras en m'interrogeant. Et c'est peut-être remédiable. Ça m'étonnerait. Donc, vas-y.

F. B. : *Il y a en toi un écrivain et une « star » internationale, une personne et un personnage : ces deux Romain Gary font-ils bon ménage?*

R. G. : Non, très mauvais. Ils se détestent, se jouent des tours de cochon, se contredisent, se mentent l'un à l'autre, trichent l'un avec l'autre et ne se sont mis vraiment d'accord qu'une fois, pour ces entretiens, justement, dans l'espoir de se réconcilier... Oui, il ne faut pas oublier cette motivation. Tu as raison de me le rappeler si gentiment.

F. B. : *Tous les lecteurs de* La Promesse de l'aube *savent que tu as été élevé par une mère exceptionnelle...*

R. G. : Elle est devenue « exceptionnelle » parce que *La Promesse de l'aube* l'a tirée de l'oubli dans lequel tombent toutes les mères et l'a « portée à la connaissance du public ». Il y a des quantités extraordinaires de mères « extraordinaires » qui se perdent parce que leurs fils n'ont pas pu écrire *La Promesse de l'aube*, c'est tout. La nuit des temps est pleine de mères admirables, inconnues, ignorées, entièrement inconscientes de leur grandeur, comme le fut ma mère. Des mères qui élèvent leurs enfants dans des conditions matérielles infiniment pires que celles dans lesquelles elle a lutté. Des mères à crever, mon vieux, et qui crèvent. J'ai pu tirer de l'oubli une de ces mères-là, c'est tout. Il est vrai qu'elle était exceptionnelle par le panache, par la couleur, la flamboyance — mais pas par l'amour, mon vieux, pas par l'amour, elle était dans le peloton de tête, c'est tout. Les mères, ce n'est jamais bien payé, tu sais. La mienne, au moins, a eu droit à un livre.

F. B. : *Je l'ai bien connue. Je venais souvent à l'Hôtel-Pension Mermonts, à Nice, quand nous étions très jeunes, tous les deux, et j'y ai même vécu. Je suis donc un des rares témoins qui peuvent dire : oui, c'est tout à fait ça, elle était telle que tu l'as décrite dans* La Promesse de l'aube, *admirable et folle d'amour, mais je crois que tu n'as pas assez dit combien il devait être difficile pour un gosse de vivre avec elle... Elle était souveraine, violente, illuminée et extravagante... Pourtant, es-tu sûr qu'on ne trouve pas trace en toi, dans ta vie, de ces dégâts que causent les mères « dominatrices »?...*

R. G. : On ne fait pas une mère, un fils et un homme avec des manuels de psychologie, la vie se fout bien des règlements et des impératifs. La psychanalyse est un gosse de riche. N'oublions pas qu'Œdipe était un petit prince : c'est essentiel, et Freud l'a un peu oublié, non? C'est dans les palais que ça se passait... La seule chose que j'ai vue dans ma mère, c'est l'amour. Ça faisait passer tout le reste — comme avec toutes les femmes... J'ai été formé par un regard d'amour d'une femme. J'ai donc aimé les femmes. Pas trop, parce qu'on ne peut pas les aimer assez. C'est une affaire entendue : j'ai cherché la féminité toute ma vie. Et sans ça, il n'y a pas d'homme. Si on appelle ça être marqué par une mère, moi, je veux bien — et j'en redemande. Je le recommande. Je le conseille vivement. Je ne sens même pas que je me suis acquitté de ma dette. Les femmes, je n'ai pas su les aimer, je n'ai pas su donner, tout donner, j'étais trop maigre, trop maigre à l'intérieur, mais je leur ai donné le peu qu'il me restait, parce que la littérature prenait beaucoup. Alors, les mères « dominatrices », qui « dévirilisent », le complexe d'Œdipe... ah bonne mère! Selon ça, j'aurais dû être au moins homosexuel ou au moins impuissant, pour me conformer aux œdipiades. Ça ne s'est pas trouvé. Je vais te dire mieux. Quand j'étais jeune, à douze ans, j'avais tellement envie que j'ai essayé de baiser un calorifère. Un radiateur. C'était chaud et il y avait un interstice. Je m'y suis fourré et j'ai pas pu en sortir. J'ai encore une marque. A partir d'un certain degré de vitalité, l'animal est plus fort que tous les manuels. Je suis trop chien, trop animal, pour avoir eu des problèmes exquis avec maman... Je te dis ça tout de suite, parce qu'on me ressort tout le temps *La Promesse de l'aube*, pour tout expliquer. Tu sais, quelque part, il y a très longtemps, dans la nuit des cavernes, c'était forcément l'inceste, nous sommes tous sortis de l'inceste. Mais je n'ai jamais eu la moindre trace d'appétit pour maman. Pas une bribe de souvenir, pas de curiosité, rien, de ce côté-là. Je n'ai pas eu de père, et ça ne m'a pas non plus cassé une jambe. Mais je veux bien jouer, moi aussi. Je te propose, ça : comme j'ai été élevé par une mère « monstre sacré », dominatrice et autoritaire, si j'ai fait la guerre comme je l'ai faite, c'était pour me « libérer de ma mère par la violence ». Seulement, on peut aussi dire autre chose : que ma mère m'a bien élevé, qu'elle a fait de moi un homme. En réalité, chez les mères « castratrices », il n'y a pas d'amour. Quand il y a amour, chez une mère, tout le reste, ça ne compte pas. Je n'ai jamais cherché une mère dans les femmes mais il est absolument évident que j'ai toujours préféré les femmes aux calorifères même les plus obligeants. J'ai été entouré de tendresse, dans mon enfance, et cela fait que j'ai besoin de féminité autour de moi, et que j'ai toujours fait mon possible pour développer cette part de féminité que tout homme possède en lui, s'il est capable d'aimer. C'est parfaitement vrai, mais j'ai comme une vague impression que les mères sont là justement pour ça, pour créer ce besoin, cette part de féminité sans laquelle il n'y aurait jamais eu de civilisation. Il est vrai que ça m'a joué des tours, parce qu'enfin, les femmes, c'est partout, alors parfois il y a de quoi devenir fou. Un homme qui n'a pas en lui une part de féminité — ne serait-ce que comme un état de manque —, d'aspiration, c'est une demi-portion. La première chose qui vient à l'esprit, lorsqu'on dit « civilisation », c'est une certaine douceur, une certaine tendresse maternelle...

F. B. : *En 1945, alors que tu es encore capitaine aviateur, tu publies ton premier roman,* Éducation européenne. *Le jeune héros du livre n'a pas de père, qui a disparu tragiquement dans la Résistance polonaise... Deux ans après c'est* Le Grand Vestiaire, *passé à peu près inaperçu en France, mais ton premier grand succès en Amérique sous le titre* The Company of Men. *Le héros du livre est un adolescent dont le père a disparu tragiquement et héroïquement dans la Résistance française...*

R. G. : Écoute, François, tu ne vas pas me dire que tu crois ça?

F. B. : *Je crois qu'il faut en parler, c'est tout. Mettons que je fais de la provocation, pour te permettre de réagir.*

R. G. : Autrement dit, si je me suis rallié à de Gaulle, c'est parce qu'il était pour moi l'image du père héroïque que je n'ai jamais eu. On l'a écrit, je sais. Seulement, ça ne tient pas debout. Ce sont là de pieuses bondieuseries psychanalytiques, de l'eau bénite. Parce qu'enfin, pourquoi aurais-je attendu l'âge de vingt-sept ans pour me choisir un père et pourquoi j'ai choisi de Gaulle et pas Staline, par exemple, qui était très papa-à-la-mode? Je n'ai jamais « choisi » de Gaulle. De Gaulle s'est choisi lui-même, il était arrivé en Angleterre quelques jours avant moi, c'est tout, je n'ai même pas entendu l'appel du 18 Juin, et mes rapports avec lui ont été tout de suite très difficiles. Sur les douze fois que j'ai eu des entretiens avec de Gaulle, il m'a foutu dehors au moins quatre ou cinq fois. Il aimait assez mon culot, parce que ça lui permettait de se sentir tolérant, et comme j'étais râleur, je faisais grognard, et ça le rapprochait de Napoléon. J'ai eu à son égard une admiration sans bornes mais continuellement irritée. De Gaulle, c'était pour moi la faiblesse qui dit « non » à la force, c'était l'homme tout seul dans sa faiblesse absolue, à Londres, disant « non » aux plus grandes puissances du monde, « non » à l'écrasement,

« non » à la capitulation. C'était pour moi la situation même de l'homme, la condition même de l'homme, et ce refus de capituler, c'est à peu près la seule dignité à laquelle nous pouvons prétendre. En juin 1940, de Gaulle, c'était Soljénitsyne. Mais les premiers rapports que j'ai eus avec lui, ça a été le désastre. Les premiers Français libres arrivés à Londres en juin 40, c'étaient des mecs écorchés vif et qui ne voulaient qu'une chose : se battre. De Gaulle, à cette époque, ça ne nous faisait ni chaud ni froid, on ne connaissait pas, on ne voulait pas savoir, on voulait se battre. Or, il y a eu tout de suite politique, tout de suite combine. On voulait nous empêcher de partir dans les escadrilles anglaises, on ne voulait pas qu'on se fasse tuer en ordre dispersé chez les Anglais, on voulait attendre qu'il y eût assez de pelés pour former des unités françaises, des escadrilles françaises. Il y avait alors un officier d'état-major des Forces aériennes françaises libres — ça devait faire dans les cent jules, dont la moitié seulement étaient entraînés — qui s'appelait le commandant Chènevier. Je ne sais plus pour quelle raison il était devenu notre bête noire, on était convaincus que c'était lui qui nous empêchait d'aller dans les escadrilles de la R. A. F. On tient une réunion et on décide de le supprimer : c'était assez O. A. S., tout ça. Je suis chargé de l'exécution, parce que j'inspirais déjà confiance. Chènevier vient faire une inspection à Odiham et nous l'invitons à faire un vol d'entraînement. Le petit plan était très simple :

une fois en l'air, Xavier de Scitivaux, qui était aux commandes, — il vit encore à Saint-Tropez, je crois — simule une panne d'avion, moi, à l'arrière, j'assomme Chènevier, je le vide de l'avion, et on dit ensuite que le gars a paniqué quand les moteurs ont commencé à foirer, qu'il a sauté et que son parachute ne s'est pas ouvert. Bon, Chènevier monte dans l'avion, et on décolle. Mais il a dû avoir un pressentiment, cet homme. Je devais faire une tête qui ne lui plaisait pas du tout. Il se met à l'arrière, dans la tourelle du mitrailleur, et quand je me mets à le tirer par les pieds pour le sortir de là, suivant le scénario, il s'accroche, il hurle, il donne des coups de pied... Je te le tire par les pieds, ses bottes fourrées me restent dans les mains, et je regarde ses pieds nus... Et ça m'a complètement démoralisé, ces pieds nus. Ils étaient nus, tout blancs, un peu crados, même, horriblement vulnérables, humains, quoi. L'idée m'avait traversé l'esprit de prendre un briquet et de lui chauffer les talons, pour le forcer à sortir, mais je ne suis pas fait pour la torture en Algérie, moi. Rien à faire. J'ai pas pu. On s'est posé avec Chènevier intact. Tu penses bien que j'ai dû donner des explications, à l'amiral Muselier, à l'amiral Auboyneau... J'ai essayé de les convaincre que ça se faisait toujours, pour les baptêmes de l'air, de déchausser le nouveau commandant, mais Chènevier avait eu une telle frousse qu'il réclamait pour moi le peloton d'exécution, pas moins. Finalement, on leur a dit qu'on a voulu seulement lui faire peur parce qu'il nous empêchait d'aller nous battre. De Gaulle nous a convoqués. Il y avait Bouquillard, Mouchotte, Caneppa, Blaise, d'autres encore. C'est moi qui présente notre point de vue... parce que j'étais licencié en droit! Je lui dis qu'on ne peut plus attendre, que nous sommes venus pour nous battre, qu'on nous avait condamnés à mort comme déserteurs, en France, qu'il fallait nous laisser partir dans les escadrilles anglaises. Il écoute. Avec des petits tics de moustaches, genre furax. Puis il se lève : « Très bien, allez-y... Et surtout n'oubliez pas de vous faire tuer! » Je salue militairement, je fais demi-tour, je vais à la porte, et à ce moment-là, le vieux, il a une sorte de remords. Il veut adoucir ça. Alors, il me lance : « D'ailleurs, il ne vous arrivera rien... *Ce sont toujours les meilleurs qui se font tuer!* » Autrement dit, pour adoucir, il me sortait une vacherie supplémentaire. Il avait un petit côté peau de vache qui était sa façon d'en baver et d'en vouloir. Mais il avait raison. Ce sont les meilleurs qui se sont fait tuer, Bouquillard, Mouchotte... tous. Mais on a eu gain de cause. La bataille d'Angleterre commençait et les pilotes français purent y prendre part dans les escadrilles anglaises, après quoi, on a formé des escadrilles françaises... Je ne vois pas du tout pourquoi tu me fais parler de tout ça. C'est mort.

F. B. : *Je ne t'ai rien demandé, c'est toi qui en parles...*

R. G. : **Ah bon.**

F. B. : *J'évoquais l'Éducation européenne et* Le Grand Vestiaire *pour te poser une tout autre question. Quand tu avais seize dix-sept ans, à Nice, tu risquais fort de devenir « dévoyé », un voyou. Il y avait un côté rage, frustration et hargne... Ceux qui étaient tes amis à cette époque, Edmond Gliksman, Sigurd Norberg, qui représente aujourd'hui l'Unicef dans le tiers monde, moi-même, on s'inquiétait, on te l'a souvent dit, je crois. Et dès tes premiers livres, surtout dans* Le Grand Vestiaire, *en 1949, la jeunesse délinquante apparaît, et parle en ton nom, on ne peut pas s'y tromper. De tous les livres que tu as écrits, c'est dans Luc, du* Grand Vestiaire *que je te reconnais le mieux, tel que tu étais à dix-sept ans... Pourquoi cette obsession avec la jeunesse délinquante? Est-ce parce que tu avais failli toi-même « basculer », à la sortie de l'adolescence?*

R. G. : **Je ne sais pas. Il y a eu la guerre. Ça m'a peut-être sauvé, je ne sais pas. Je me méfiais d'ailleurs tellement de mon bouillonnement intérieur que j'allais m'engager à la Légion étrangère, en 1935, lorsque mon décret de naturalisation est arrivé et je pus choisir l'aviation. Mais tu vois, non, je ne crois pas que j'aurais « basculé ». Je ne sais pas ce que je serais devenu, sans la guerre — voilà qui en dit long sur notre civilisation —, mais je crois que je ne pouvais pas « mal tourner », au sens maquereau ou main armée. Mais il est vrai** que j'étais en danger. La sortie de l'adolescence a été la période la plus « tangente » de ma vie. J'aurais pu devenir n'importe quoi. En réalité, tu vois, je ne risquais rien. J'oscillais, mais j'avais un centre de gravité, j'avais un témoin intérieur : ma mère. Mais justement, à cause de ma mère, il y avait des moments...

F. B. : *Azoff.*

R. G. : Il ne s'appelait pas Azoff. On l'appelait « Zarazoff », à Nice, chez les Russes.

F. B. : *Il y avait dix mille Russes à Nice, dans les années trente.*

R. G. : Et ce surnom lui venait du mot *zaraza*, qui veut dire « infection » en russe. C'était une abominable salope d'usurier qui faisait saigner ma mère, et lui prêtait de l'argent à vingt pour cent. Je ne l'ai pas tué.

F. B. : *Tu as été interrogé trois fois par la police?*

R. G. : Évidemment, je lui avais cassé la gueule huit jours auparavant, parce qu'il était venu chez nous et avait pris ma mère à la gorge, en lui réclamant ses vingt pour cent d'intérêts. Il y a quelques années, un monsieur « très bien » est venu me proposer de lui confier mes droits d'auteur, il allait les placer à vingt pour cent d'intérêts. Je lui ai cassé la gueule aussi. Alors, Zarazoff, je lui ai dit que la prochaine fois et caetera, et comme il y avait des témoins et que je n'étais pas très populaire dans le quartier, parce que ma mère m'envoyait casser la gueule à un tel ou un tel qui l'avait « offensée »...

F. B. : *Il y a prescription, tu sais.*

R. G. : Pas pour les mains. Il n'y a pas de prescription pour les mains. Pas pour les miennes, en tout cas. Et ce jour-là, je n'étais même pas à Nice. J'étais à Grasse, pour le championnat de ping-pong. Je me souviens même du nom de mon adversaire, en finale : Dormoy. Mais j'étais alors dans le Midi l'équivalent d'un Algérien aujourd'hui, on a tout de suite pensé à moi. Il y avait dix copains qui étaient avec moi, à Grasse, ce jour-là, qui m'ont vu. Ce n'est pas moi qui l'ai égorgé. Mais j'avoue que j'étais « tangent », les adolescents sont souvent « tangents », et surtout aujourd'hui, parce qu'ils ont plus de vitalité que de vie, plus de vitalité que de possiblités de s'exprimer dans et par la vie, ce qui donne Mai 68 ou la drogue ou des voyous ou des petits vieux. Je courais des risques. Par exemple, je faisais alors le guide en autocar, pour les touristes. Ils voulaient aller au bordel. Il fallait bien les amener à la *Feria*, rue Saint-Michel. Et à la *Feria*, il y avait un cinéma cochon. Et la mère maquerelle nous proposait un pourcentage sur tous les clients que j'aurais emmenés au cinéma cochon... Et je n'avais que dix-sept ans... Et il y avait des putes qui voulaient faire « maman » avec moi et qui voulaient m'encourager sur le bon chemin, en me refilant cinquante balles, par-ci, par-là... J'ai toujours dit non, ma mère m'aurait tué.

F. B. : *Elle n'en aurait rien su.*

R. G. : Elle aurait su à l'intérieur, en moi-même. Je l'avais en moi. Je suppose que c'est ce qu'on appelle une mère « envahissante », une mère « dominatrice ». J'avais toujours un témoin en moi, je l'ai encore. Les adolescents deviennent des voyous parce qu'ils n'ont pas de témoins. Des pères et mères qui s'en foutent ou ni père ni mère. On peut faire n'importe quoi sans témoin intérieur. La plupart des adolescents criminels aujourd'hui sont des gosses qui n'ont pas de trou à eux, pas de coin à eux, où ils sont connus, où on les regarde, le boulanger, l'épicier, le bougnat, ils n'ont pas de point de référence, pas de centre de gravité, pas de témoins, alors là, on peut faire n'importe quoi, il n'y a pas de modèle, c'est le néant, et ça permet n'importe quoi.

F. B. : *Est-ce que ta mère sentait la menace?*

R. G. : De temps en temps, oui, elle prenait peur. Ça gueulait. Pour rien, parce que ça faisait double emploi : elle était déjà installée dans ses meubles, chez moi, à l'intérieur. Par exemple, Marguerite Lahaye m'avait appris à danser. Il y avait alors à la plage un Péruvien, Chiquito. Enfin, nous l'appelions comme ça. Il m'avait emmené au Palais de la Méditerranée, où ils cherchaient des gigolos pour faire danser les dames mûres. Tu te mettais à une table avec les entraîneuses et beaucoup de gomina. Les maris t'envoyaient chercher par les garçons. Tu faisais danser sa femme et le mari te refilait un pourboire. Tu pouvais te faire cinquante balles par thé dansant. Ma mère a appris ça et elle a gueulé, quelque chose de maison. A tort, parce que je ne l'avais pas fait. Dès que j'ai su qu'il fallait se foutre de la gomina dans les cheveux, j'ai dit non. J'ai toujours eu horreur de me foutre des trucs dans les cheveux, je ne sais pas pourquoi, peut-être parce qu'Œdipe était chauve. Il paraît que parfois les maris invitaient les gigolos à la maison et ils regardaient. Ça, je n'arrive pas à le croire. C'était beaucoup plus vieux jeu que maintenant, les années trente. Ce n'est pas à Nice que je risquais tellement de basculer, c'était plutôt à Paris, et là, théoriquement, j'étais livré à moi-même. Mais ce n'est pas vrai : elle était toujours là, à l'intérieur, et elle ouvrait l'œil. Mais Paris, dans les années trente, pour un Algérien — on disait alors un « métèque » — sans le rond, c'était dur. Je ne sais pas si tu te souviens de Bradley. Non ? Eh bien, c'était un Américain du type prématuré, je veux dire qu'il était déjà paumé en 1934. Il y avait à l'hôtel de l'Europe, rue Rollin, à Paris, un dessinateur anglais, Yan Petersen, qui m'invitait à bouffer parfois, et qui me mettait toujours en garde contre Bradley. Ses parents lui avaient coupé les vivres et il avait trouvé un truc. Il y avait alors rue de Miromesnil un claque très spécial. Les bonnes femmes venaient se servir. Et parfois, elles étaient accompagnées du mari. Bradley se faisait deux mille balles par mois comme ça. Il est venu me proposer le truc. Je l'ai assommé avec une bouteille. J'étais indigné jusqu'aux larmes parce que s'il osait me proposer ça, c'est que ça se voyait... Je veux dire, il voyait que j'étais désespéré. Son « offre » soulignait ma situation, le cul-de-sac pour un Algérien de vingt et un ans à Paris, sans ami. C'était l'époque où tes parents m'invitaient à bouffer. J'ai chialé — je crois que je n'ai jamais autant chialé de ma vie — et si j'ai réagi avec tant de violence — j'aurais pu le tuer — c'était que j'étais tenté. Je ne me l'avouais pas en moi-même, mais j'étais tenté. Tu comprends, je débordais d'appétit, et je n'avais pas de petite amie, rien. Ça me montait à la gorge. Alors, rien que cette idée qu'il y avait là un moyen de me débarrasser de mon excédent, c'était déjà tentant. Parce que ces bonnes femmes n'étaient pas toutes vieilles et moches, d'après Bradley — elles étaient souvent belles et vicieuses, ou leurs maris étaient vicieux. Alors, tu comprends... tu comprends... J'avais vingt et un ans et j'en débordais, il y avait là des filles qui attendaient et on te payait par-dessus le marché. Il y avait encore autre chose. Il y a ce côté particulièrement *macho*, surtout chez les jeunes. L'envie de faire le dur, le vrai et le tatoué. Le côté « non seulement je l'ai baisée, mais elle m'a même payé pour ça! » et l'envie de dire tiens! prends ça! à la société, lui cracher dessus, en refusant ses lois, son « honneur ». Il y a tout, quoi. Tu es paumé. Tu n'es plus qu'une queue avec du désespoir autour. Le seul truc dont tu es sûr, qui marche, qui ne te lâche pas, c'est l'érection. Tout autour est angoisse, c'est la seule certitude. Et si tu n'as pas de témoin intérieur, tu es foutu. C'est pourquoi je ne pardonne jamais aux vieilles pédales ou aux vicelards à fillettes qui font du prosélytisme auprès des gosses, avec du fric, des vêtements, des gueuletons, des bagnoles. C'est tous des trafiquants de drogue, même sans drogue... La sexualité n'est pas passible de jugements moraux, mais elle l'est, lorsqu'elle exploite la misère et le désarroi. J'ai donc assommé Bradley et j'ai été embarqué par les flics et c'est le père Gliksman, qui était de passage à Paris, qui est venu me sortir de là. Il était alors consul honoraire de Pologne à Nice et faisait le poids. Je suis rentré chez moi, rue Rollin, et j'ai pleuré pendant vingt-quatre heures. J'avais une envie terrible d'aller dans ce claque : pas pour le pognon mais pour baiser, tout simplement. Ce salaud de Bradley m'avait décrit de belles panthères parfumées sous tous rapports et moi, je n'avais rien à me mettre sous la dent. Tu peux être tranquille que s'il n'y avait pas l'œil qui n'a jamais été dans la tombe et qui n'y sera jamais, pour moi, et qui est toujours là, j'y serais allé et je ne sais pas ce que je serais devenu, après, parce que je ne me le serais jamais pardonné. Je me serais considéré comme une saloperie. Et si tu te considères comme une ordure, tu en deviens une à coup sûr.

F. B. : *Et la banque?*

R. G. : Non, ce n'était pas moi, c'était Edmond. Il voulait attaquer une banque. J'avais dit non tout de suite. Il s'était fabriqué tout un déguisement et m'a même abordé boulevard Montparnasse pour me demander du feu. Je ne l'ai pas reconnu. Il n'a jamais pu faire le coup, parce qu'il n'a jamais pu trouver une banque située là où il fallait pour que ça marche avec cent pour cent de sécurité. Edmond était le genre d'aventurier qui veut cent pour cent de sécurité : je crois qu'il avait tout simplement besoin de sécurité. Il est devenu, comme tu sais, un haut fonctionnaire aux États-Unis et aujourd'hui, il pèse cent vingt kilos, il a cinq enfants qu'il a élevés chrétiennement et, ayant pris sa retraite du département d'État, il enseigne la philosophie dans une université. Qu'est-ce que tu veux qu'il enseigne d'autre?

F. B. : *Tu n'as « basculé » d'aucune manière, à aucun moment? Pas de vol?*

R. G. : Uniquement de la boustifaille. Mais là, alors, sans le moindre scrupule, avec aisance, avec sentiment parfait de mon bon droit. Un homme qui a faim et qui mange a toujours la morale de son côté. Il me manquait dix jours de vie par mois, environ. Je volais des croissants chez Capoulade et des sandwichs au jambon au Balzar. Ils avaient alors des sandwichs tout près du comptoir-caisse, très commodément placés. Ils étaient excellents, les meilleurs du Quartier latin. J'ai essayé ailleurs, à la Source, au Cluny, un peu partout, où il y avait des sandwichs abordables, mais ils étaient meilleurs au Balzar, et ils ont conservé ma clientèle pendant un an. Le gérant était un jeune homme qui s'appelait Roger Cazes. Il est aujourd'hui le patron de Lipp, où je prends souvent mes repas, quand je suis à Paris. Je lui dois bien ça. Il a d'ailleurs été décoré des palmes académiques. Mais j'étais incapable de voler autre chose et je ne le peux pas encore aujourd'hui, alors que je suis commandeur de la Légion d'honneur... ça couvre bien. Mais je ne me suis pas rangé.

F. B. : *C'est vache, ce « je ne me suis pas rangé ». Je dirais même que c'est politique...*

R. G. : Il faut voir. Je ne crois pas, par exemple, que ce soit la corruption qui menace le système capitaliste ou le système soviétique. Je dirais même plus : je crois que sans elle, il n'y aurait pas d'expansion. Je crois que si les systèmes capitaliste et soviétique étaient « purs », il y a longtemps qu'ils se seraient écroulés. La corruption est le correctif minable mais inévitable de la bureaucratie, aussi bien en Occident que dans les démocraties populaires. S'il n'y avait pas eu trafic d'influence pour accélérer, la bureaucratie aurait freiné toutes les possibilités d'expansion. Les délais bureaucratiques normaux, s'il n'y avait pas tricherie, auraient rendu le système inopérant. La corruption est le prix de tout excès. Lénine l'avait très bien compris, avec la N. E. P. : il avait légalisé la tricherie, le « secteur privé ». Les vrais bolcheviques que Staline a fait exécuter n'étaient pas des pourris, eux, et ils auraient donc probablement mené le système soviétique à sa perte. Si Staline n'était pas perverti jusqu'à la moelle épinière, s'il n'avait pas pourri l'idéal communiste par le sang, les massacres et les camps concentrationnaires, le système se serait probablement écroulé. Staline a sans doute sauvé la puissance soviétique par la corruption du communisme. veux-tu une autre preuve? J'ai vu dans les démocraties populaires des banderoles proclamant : « Celui qui ne travaille pas ne mange pas. » Mais tout ce que le stakhanovisme et cette conception du travail ont donné, là-bas, c'est le plus fort taux d'absentéisme au monde. Cette « rigueur implacable » est corrigée par l'absence au travail des ouvriers. Le capitalisme n'est pas menacé par la corruption : il se prolonge par la corruption qui a permis aux affaires de se faire, à l'immobilier de démarrer, au plein emploi de profiter de la graisse, aux commandes d'être passées et aux banques de faire la même chose que la Garantie foncière, mais plus habilement. Sans corruption, il n'y aurait pas eu de surplus. Si Allende avait été corrompu, il serait encore au pouvoir. C'est pourquoi les socialistes ont tant de mal, dans le monde : il y a dans l'idéal socialiste cette part de poésie, la « part Rimbaud », sans laquelle il n'y a pas de civilisation, il n'y a pas d'homme et il n'y aurait jamais eu de France, de Jeanne d'Arc, de De Gaulle et compagnie, mais comme cette part de poésie exclut la corruption, parce qu'elle est lyrique, étant idéaliste, les socialistes se cassent régulièrement la gueule sur leur propre honnêteté. Les États-Unis sont aujourd'hui un pays où la part de corruption a créé une prospérité matérielle extraordinaire. C'est pourquoi toute la puissance là-bas est aux mains des avocats : le but est de contrôler la loi *légalement,* d'instaurer une société paralégale qui se situe entièrement dans des trous spécialement aménagés par la loi dans ce but. Je ne parle pas seulement de pétroliers au Texas ou ailleurs, qui sont dispensés de tout impôt, je parle de *tout* le système. J'ai demandé un jour à un milliardaire américain s'il accepterait de payer quinze pour cent d'impôt et il m'a répondu non, avec un beau sourire, parce que par le jeu des sociétés, il payait bien moins que quinze pour cent. Il est évident qu'une société qui a besoin d'avocats à tout bout de champ, comme c'est le cas en Amérique, est une société où les lois elles-mêmes sont prévues avec une marge de corruption légale. Le vice-président Agnew a été limogé parce qu'il se faisait graisser la patte, alors, tu peux t'imaginer ce qui se passe au niveau plus modeste des responsabilités politiques et administratives dans les États américains. Tous les responsables de Watergate sont des avocats. Tu sais pourquoi il y a une attaque si violente contre Nixon ? Parce qu'on veut prouver que c'est lui le seul pourri, que la société américaine n'est pas dans le coup. Les salaires des avocats américains dépassent l'imagination, et se chiffrent par des millions de dollars, la malhonnêteté intellectuelle se glisse jusque dans le langage, dans l'usage de la langue française. Lorsque même un homme comme Giscard d'Estaing dit que désormais le tiers provisionnel va être de 43 %, c'est la corruption de la langue française, rien d'autre. Quand on parle ainsi au pays, on le fraude. Je pense qu'il vient un moment dans la vie d'un système politique, en U.R.S.S. par exemple, ou en France pendant l'Occupation, ou face au délire bureaucratique, où la corruption devient un réflexe de santé et de défense populaires, où elle devient plus honnête que le système. Les systèmes sont devenus aujourd'hui d'une telle puissance écrasante, face à l'homme sans défense — ce qui est une trahison de tout idéal social —, que la corruption du système devient la seule chance ouverte à l'homme.

F. B. : *On dit que ce n'est pas encore vrai pour la Chine...*

R. G. : Moi aussi je connais une vraie vierge.

F. B. : *La Chine te gêne, n'est-ce pas ?*

R. G. : Tu te trompes. Je trouve que le communisme a été un progrès immense pour la Chine. Mais puisque la question du communisme doit se glisser continuellement dans notre entretien, je vais m'expliquer. Ce qui compte dans une société — à mes yeux — c'est le prix de revient en terme de souffrance humaine. Ce ne sont pas les maoïstes qui ont fait payer à la Chine ce prix : c'est le siècle qui les a précédés. Lorsqu'on sait ce qu'a été la Chine pendant un siècle, on voit que le prix a été payé bien avant Mao, que la Chine a eu son communisme pour rien, comparé au prix qu'elle avait payé le capitalisme, pendant un siècle. Le peuple chinois a fait une excellente affaire, pour le moment. A suivre.

F. B. : *Dans* La Tête coupable, *tu parlais de la Chine avec moins de détachement, à propos des violences et des tortures de la révolution culturelle...*

R. G. : J'ai fait un pas de plus dans la même direction, c'est tout. Du moment que les Chinois annoncent leur intention de bâtir une nouvelle civilisation, après avoir détruit l'ancienne — celle de Confucius, paraît-il — comme ils l'ont fait, c'est qu'ils reconnaissent ne pas avoir de civilisation du tout, pour le moment. Ce que nous voyons donc, ce sont des préparatifs « en vue de ». Une civilisation instantanée, bâtie en trente ans et à l'abri du « révisionnisme », ça n'existe pas, ça exclut l'avenir, ce sont des prophéties. S'ils commencent à construire une nouvelle civilisation, c'est que ni eux ni personne ne sait ce que ça va donner. C'est imprévisible. *Ça n'est pas là*. C'est des soucoupes volantes. Il faut attendre qu'elles atterrissent. Voilà pourquoi je suis peu enclin à critiquer la Chine. Pour l'instant, ils mangent à leur faim et ils n'ont plus d'épidémies. En Allemagne non plus.

c'est beaucoup, par rapport au passé, mais cela ne dit rien de l'avenir.

F. B. : *Je te voyais souvent, à Paris, en 1935-1937, à l'hôtel de l'Europe, rue Rollin. Quand tu ne courais pas à la recherche de cent sous, tu écrivais des romans dans ta piaule minuscule. Les éditeurs rejetaient tes manuscrits, comme « trop violents, morbides et orduriers ». C'est ce que Gallimard et Denoël t'avaient répondu à l'époque... Je te voyais souvent désespéré, prêt à tout, me semblait-il. Mes parents, qui t'aimaient beaucoup, étaient inquiets. Parfois, tu allais chez eux, quand tu ne savais plus où te fourrer...*

R. G. : Je n'oublierai jamais tes parents. Ils me traitaient d'égal à égal, sans trace de condescendance.

F. B. : *Parfois, tu disparaissais. C'était une époque très trouble dans ta vie. Alors, vraiment... aucune bassesse ?*

R. G. : Si. Une. Ce n'était ni du banditisme, ni du maquereautage, ni rien de tout ça. J'ai fait je ne sais combien de métiers les uns plus cons que les autres, mais j'ai survécu. Le seul boulot qui a failli me rendre dingue, c'était d'écrire des adresses à la main sur des enveloppes, pour des firmes commerciales. Je faisais ça cinq-six heures par jour, et c'est tellement contraire à mon tempérament, la calligraphie, que je déchargeais dans ma culotte d'énervement, parfois. Oui, j'ai fait une bassesse. J'avais des excuses, mais pas aux yeux de mon témoin intérieur — lequel ne l'a jamais su mais n'a cessé de me faire rougir avec ça depuis.

F. B. : *On peut savoir?*

R. G. : Oui. Ce n'était pas une histoire de fric. Je ne vois d'ailleurs pas l'intérêt que ça présente... Tu sais, il y a des trucs, de tout petits trucs, qui prennent de l'importance pour toi, à force de grandir... Ça va paraître complètement con que je raconte ça... Les temps sont durs.

F. B. : *Ce n'était pas la peine de nous rencontrer, si c'est pour éviter la petitesse...*

R. G. : J'ai parlé de la fille dans *La Promesse de l'aube*. Françoise, elle s'appelait. J'en ai parlé, mais je n'ai pas tout dit : mon « je » avait encore de ces égards envers lui-même. Bon, c'était une belle fille brune qui a eu l'idée pour moi ahurissante à l'époque, de se « donner à moi » — il paraît que c'est une expression qui s'emploie encore. On s'est rencontrés rue Mouffetard, alors que j'étais un jeune Algérien d'aujourd'hui, et encore, sans le prestige du pétrole. Elle « se donna » donc à moi. C'était complètement inattendu et de travers à tous points de vue, parce que moi je n'étais pas amoureux d'elle, mais de sa sœur, qui ne s'en est jamais doutée. La sœur s'appelait Henriette, elle était blonde, avec un petit visage presque translucide du genre milady et dame aux camélias, avec pommettes et des lèvres qui restent là, seules, bien rouges dans toute cette pâleur, comme perdues, on a envie de voler à leur secours. Des cheveux blonds, des yeux noisette rêveurs, le contraire de sa sœur. Elle avait une de ces fragilités qui vous donnent envie de rentrer dedans à coups de butoir, cette espèce de fragilité qui va parfois de pair avec un coup de rein maison, mine de rien. Je m'étais mis à baver pour elle à Nice, encore avant le bachot, en première ; elle venait à la bibliothèque municipale en pull très rouge et une jupe bleu marine et des nénés qui, des nénés dont, des nénés qui... à quarante ans de distance, ils sont encore là dans ma mémoire, sous le pull rouge tricoté à la main — et j'ai envie de leur dire bonjour. Mais c'était sa sœur qui avait été prise d'une lubie pour moi et ça ne se discute pas, un don du ciel. J'ai ensuite fait la connaissance d'Henriette, grâce à Françoise. Naturellement, il n'y avait plus rien à faire, les deux sœurs s'adoraient et puis c'était de toute façon inaccessible, ce n'était pas pour moi, tu sais, comme quand tu désires trop, tu éloignes, tu élèves, tu sublimes, tu n'oses pas. L'inaccessible, on le fabrique souvent soi-même. Je bavardais parfois avec Henriette, en attendant sa sœur. Je la trouvais allongée sur le canapé près de la fenêtre, avec une bouillotte : elle avait des colibacilles. Elle avait un don prodigieux pour cultiver un air de mystère. Après la guerre, elle m'a regardé une fois. Et je crois que c'était bien la seule. J'étais revenu voir sa sœur, qui avait annoncé son intention de me pardonner. Ce n'était pas vrai, mais elle m'a fait venir. La porte était restée très légèrement entrebâillée et

Henriette est passé dans le couloir, elle s'est arrêtée, et elle m'a regardé par l'entrebâillement, sans entrer. Assez longuement. J'étais content. C'était ma revanche. Je l'ai aperçue il y a dix-huit mois, rue du Bac, et elle m'a regardé encore, en faisant semblant que je ne la reconnaissais pas. Elle devait avoir soixante ans déjà, mais elle était encore impeccable. Il y a des fragilités translucides et évanescentes avec camélias qui sont en acier. Très belle. Les femmes de soixante ans qui sont désirables, ce n'est pas tellement fréquent, à cause des usages auxquels elles se plient et parce qu'il faut du fric pour une femme qui veut se défendre. Mais Henriette, rue du Bac, soixante ans ou pas, était la même qu'au Quartier latin à vingt-deux ans, et j'ai fait semblant de ne pas la voir. Elle me fait encore le même effet, elle m'intimide. Je te raconte ça, pour te dire comment on passe à côté. C'est de Françoise qu'il s'agit ici, puisqu'on parle de ma bassesse, pas de ma connerie. Lorsqu'elle est venue dans ma chambre d'étudiant et que ça s'est fait, je n'avais rien bouffé depuis deux jours. C'était la fin du mois. Je peignais alors des girafes dans une boutique de jouets et je touchais vingt centimes par girafe. J'ai fait ça pendant deux mois et chaque fois que je vois une girafe, j'ai envie de dégueuler. La nuit, je rêvais de girafes, je rêvais qu'il y en avait une qui s'était débinée alors que je ne l'avais pas terminée et que je me faisais foutre à la porte par Mme Thierry, pour cruauté envers les animaux. Et puis, il y avait ma mère. Elle était à

Paris, René Agid, qui est maintenant directeur de l'Institut de physiologie à Toulouse, l'avait fait admettre à l'hôpital Broussais, chez Abrami et Lichwitz, pour son diabète. Mais elle s'était sauvée de l'hôpital parce que les infirmières l'avaient « insultée » en l'appelant « Minette ». Elle arrive donc dans ma piaule en rogne et ébullition, sans ses affaires, sans un rond, pour que j'aille à l'hôpital Broussais et casse la gueule à quelqu'un. Je lui ai dit : « Maman, écoute, pas maintenant, j'ai une fille absolument extraordinaire de beauté, une reine, qui va venir ici, j'ai un rendez-vous d'amour, on n'en a jamais eu de pareil, on n'aura plus jamais une chance pareille, je t'en supplie, j'irai leur casser la gueule après, au directeur lui-même, je te jure, va dans un café, va chez René Agid ou chez Gliksman, voilà l'adresse, c'est à côté, si elle te trouve ici, c'est foutu... » Elle était assise sur le lit et du coup elle a oublié l'hôpital, et parut très intéressée. « Elle est belle? — Tu ne peux pas imaginer, je lui dis, je te ferai voir une photo après, mais pour l'amour de Dieu, va-t'en, va dans un café, je te rejoins après, on empruntera de l'argent chez Agid... » Elle était aux anges, et c'était la même chose, chaque fois qu'elle entendait parler d'une fille qui osait, qui n'avait pas raté sa vie comme elle... Elle prenait un air triomphant, et elle disait, avec une immense admiration : « *Kourva*. C'est une pute! » ... oui, avec une très grande admiration. Elle s'en va, je cours en bas, je téléphone à René Agid pour qu'il s'occupe d'elle. Dix minutes après, Françoise arrive, et c'est la folie, les volcans, les raz de marée... C'était vingt et un ans, quoi. Ça m'a fait complètement oublier ma faim, pendant les trois heures que ça a duré, mais tu peux t'imaginer, après, ce que c'était. Ça creuse. Je suis sorti de là avec une résolution absolument implacable d'entrer dans un restaurant, de m'empiffrer, et de simuler ensuite une crise d'épilepsie — c'est un truc que j'avais pratiqué à plusieurs occasions — pour qu'on me transporte hors des lieux sans se soucier de l'addition, par égard pour les autres clients. J'ai fait ça chez Doucet une fois, et ça a marché, et une fois au Pied-de-Cochon, et ça n'a pas marché du tout, parce qu'en faisant l'épileptique, je m'étais heurté la tête contre le comptoir et j'ai gueulé « aïe, merde! » J'ai dû leur laisser ma montre que Gliksman est allé récupérer le lendemain en payant. Bref, le ventre complètement vide, je passe devant Capoulade. A l'intérieur, il y avait des étudiants dont trois ou quatre que je connaissais, parmi lesquels Ziller, qui est aujourd'hui consul général à Anvers. Ils me font signe. Je bouffe des chips et ils m'offrent un Pernod. Je ne bois jamais, à cause de... à cause de souvenirs d'enfance, mais j'en bois un, dans l'ivresse de ce qui vient de se passer, et j'en bois encore un. Tu me donnes deux Pernod aujourd'hui encore et je deviens fou. J'ai horreur de l'alcool, ça me rend quelqu'un d'autre. Bref, je me saoule complètement. Les copains ne s'occupent pas de moi et commencent à parler de Françoise. René Ziller était alors dingue de Françoise. Je les écoute et puis le triomphe et le Pernod me montent à la tête, je saute sur la table et je gueule à toute l'assistance : « Je n'ai peut-être pas de quoi bouffer, mais Françoise, je viens de la baiser et je vous emmerde! » Je te dis ça dans le mouvement et avec résoluton, mais non sans peine, parce que je considère ça encore comme impardonnable et je ne me suis pas encore pardonné. J'ai dit ça pour l'édification de la jeunesse des écoles, puisque mon fils m'apprend qu'on leur fait lire des passages de moi au lycée.

F. B. : *Je ne trouve pas que c'était d'une gravité exceptionnelle. J'ai lu un article où on te reprochait d'avoir tué des tas de gens au cours des bombardements aveugles en 1943-1944. Je pense que cela leur aurait paru infiniment plus grave...*

R. G. : J'ai tué des tas de gens « au nom du peuple français et en vertu des pouvoirs qui m'étaient conférés ». Ça n'a aucun rapport.

F. B. : *Bombarder des villes me semble poser des problèmes de conscience plus graves, cela me paraît plus terrible que de crier à la ronde, à vingt ans, « j'ai baisé Françoise ».*

R. G. : Qu'est-ce que c'est que ce raisonnement de Courteline? Tu sais, « pourquoi irais-je acheter un parapluie pour vingt francs quand je peux avoir un bock pour vingt sous? »

F. B. : *Des milliers de morts, c'est un bock — ou plutôt un parapluie? Il y avait un parapluie moral, une caution morale, en somme? Quand même, tu as été de ceux qui ont rasé les villes allemandes... Je ne prends d'ailleurs nullement ce reproche à mon compte : je me réfère à une certaine polémique que tu connais...*

R. G. : On reparlera de cela plus tard, si tu veux... J'estime que la seule fois dans ma vie où je me suis vraiment déshonoré, c'était ce jour-là, chez Capoulade, saoul ou pas saoul... J'ai trahi bassement une femme.

F. B. : *Aux yeux de ton « témoin intérieur »?*

R. G. : A mes propres yeux. Après cela, il me fallut beaucoup de temps pour prononcer le mot « féminité »...

F. B. : *Beaucoup de temps, en effet. Et c'est justement cela qui m'intéresse vivement... Tu as soixante ans. Depuis trois ou quatre ans, tu parles de plus en plus de « féminité ». Je ne dirais pas que tu en fais une mystique, mais tu en fais certainement une notion de civilisation, d'une civilisation nouvelle... Alors, il me vient toutes sortes de choses à l'esprit. Vers soixante ans, tu ne parles plus que « féminité ». Avant, tu parlais seulement de femmes... Alors, cette adoration...*

R. G. : Il n'y a pas d'adoration. Bon, ça va, mettons qu'il y a adoration.

F. B. : *Et c'est là que cette campagne que tu*

mènes depuis quelques années à la TV et dans la presse américaine, par exemple, pour la « féminisation » du monde, a des aspects qui me paraissent psychologiquement... douteux, excuse-moi.

R. G. : Ne t'excuse pas. Les pieds, c'est fait pour ça.

F. B. : *Je note donc que tu as commencé à « théoriser » la féminité à partir de cinquante-sept-cinquante-huit ans, c'est-à-dire, quand tu as abordé, comme tout le monde, ton déclin sexuel... Est-ce que cet immense essor « théorique » n'est pas une compensation du déclin de la « pratique » ?*

R. G. : C'est assez bien joué, mon vieux. La prochaine fois tu devrais essayer Spaski ou Fischer. Je ne peux plus bouger, là où tu m'as fourré. Ça s'appelle « pat », aux échecs. Tu as vraiment coincé mon roi, si j'ose dire. La provocation est belle, mais je ne marche pas. Je ne suis pas un pionnier du nudisme intégral. Ce n'est pas que j'aie quelque chose à cacher, mais on ne peut pas répondre sans exhibitionnisme et sans touche-pipi. Nous entrons là dans le domaine du « combien de fois avant le petit déjeuner », et je ne joue plus. Je me refuse à m'exprimer là-dessus verbalement. Les personnes qui sont concernées sont renseignées. C'est un domaine où le « verbal » devient toujours du godemiché, de la prothèse. Je sais que c'est très à la mode, le cul est dans le vent. Tu assistes aujourd'hui à des réunions distinguées où l'on parle en « liberté » du pile et du face, avec détails et précisions, avec inventaire, chiffres en main — c'est toujours chiffres en main, à défaut d'autre chose. Tout cela est fait avec le plus grand détachement, pour « objectiver », mais en réalité, c'est pathétique, c'est une sorte d'érotisme verbal baveux et très bandant, il paraît, pour ceux qui sont dans le besoin. Je ne peux pas en parler, je le regrette. J'ai assisté à de véritables partouzes verbales, en tout bien tout honneur, avec philosophie et cigares, et avec « encore un peu de fine, cher ami! » où l'on emploie des mots comme *fellatio* pour les bonnes vieilles pipes de chez nous, et *cunilingus* des mots à vous dégoûter de la chose, en latin, mon vieux, en latin, en langue morte, quoi, et quand je dis en langue morte, je dis bien en langue morte, il n'y a pas d'autre mot, on glisse de Freud à Giscard d'Estaing et à Kissinger en passant par l' « orgasme dirigé » et que je crève sur place, mon vieux, si je sais, soixante ans ou pas, ce que l' « orgasme dirigé » veut dire, les endroits où le dirigisme va se fourrer, c'est pas croyable. Je te dis ça pour t'expliquer que j'ai horreur de parler de ça. Je refuse de mettre mes glandes sur la table, je ne joue pas *macho*. De toute façon, tout le monde ment, dès qu'il se met à parler, au lieu de faire. Ce verbalisme « libérateur », c'est des compensations de l'angoisse, de la peur bleue de ne pas bander, de la frigidité, des camouflages de l'anxiété et du désespoir. Le détachement froid, élégant, avec lequel ces gens parlent cul, c'est ce que je connais de plus proche de la peur de classe. Il y a toute une petite crème sociale du style Buñuel qui ne sait plus dans quoi investir, alors ils investissent dans leur machin-chouette, la sexualité est devenue le dernier capital auquel on croit encore et on s'y accroche. Moi, je ne m'accroche à rien. Le jour où je ne pourrai plus, je ne pourrai plus, un point, c'est tout. Je ne chercherai pas à ressusciter ça par le verbe. Je ne suis pas un rôdeur. Tu sais, les rôdeurs, ceux qui tournent en spirales verbales autour du cul, de plus en plus près, mais sans passer aux actes, sans entrer. Ça reste à saliver à l'extérieur. J'ai un côté chien, ras de terre. Les ouvrages érotiques, Christian Bourgois m'en a envoyé, lorsqu'il les publiait, moi ça me passe à côté. Comprends pas. J'ai entendu discuter autour de moi de livres érotiques auxquels je n'ai absolument rien compris, je n'ai même pas commencé à comprendre qui faisait quoi et avec qui et avec quoi et même si on faisait quelque chose. Des espèces de frôlements du cul avec des cils, des feuilles mortes sans trace de vie qui papouinent et froufroutent, ou alors des trucs avec des chaînes, parce qu'on n'a pas de quoi se lier autrement. Il y a deux choses qu'on ne peut pas faire avec le cul : la première, c'est qu'on ne peut pas le spiritualiser, on ne peut pas le moraliser, on ne peut pas l'élever, et la seconde, c'est qu'on ne peut pas le supprimer, c'est là et c'est chien. Dans le Connecticut et dans quelques autres États américains, il y a encore des lois qui permettent de foutre en prison un couple qui a été surpris à forniquer autrement que ventre à ventre. Oui, parfaitement, il y a une loi comme ça : renseigne-toi auprès de l'attaché culturel de l'ambassade des États-Unis, il est là pour ça. C'est pathétique, non? Tout au cours de l'histoire, il y a eu toujours une « élite morale » qui n'a jamais pu se faire à l'idée d'avoir un cul, alors que le cul est encore ce qu'il y a de plus innocent dans l'homme. Quand on compare ça à la tête… Mais l'érotisme, les ouvrages érotiques, le verbalisme excitatoire, c'est l'abstention. C'est du touche-pipi posthume. Si tu exclus la part du bon chien dans l'homme, tu ne fais pas de lui un homme meilleur, tu en fais un sale chien ou un chien enragé. Donc, si je me suis engagé par-devant notaire à tout dire ici, je refuse de m'engager sur le terrain du « combien de fois » à soixante ans. J'aime la cuisine paysanne, j'aime bouffer, je ne lis pas les rubriques gastronomiques-littéraires dans les journaux, pour exciter mes papilles gustatives, et je ne le ferai pas non plus pour les lecteurs. C'est un piège que l'on me tend tous les jours, parce qu'on sait que je suis porté à la sincérité. Je n'ai que pitié pour mon « je » éphémère, je me livre par indifférence et ironie, par conscience de notre petitesse essentielle, mais je n'ai jamais marché. Ça ne regarde que les personnes intéressées et elles ne m'ont jamais demandé de leur faire un projet chiffré…

F. B. : *Ce n'est pas la peine de te fâcher.*

R. G. : Je ne me fâche pas, j'élève un peu la voix, c'est tout.

F. B. : *Ça ne doit quand même pas être facile d'être un adolescent de dix-huit ans en visite dans la peau d'un monsieur de soixante ans ?*

R. G. : Non. Ce n'est pas facile. C'était encore plus difficile d'être un adolescent de dix-huit ans en visite chez personne... Mais pour en revenir à l'hôtel de l'Europe et nos vingt ans, justement, je ne sais pas ce que je serais devenu, s'il n'y avait pas eu la guerre.

F. B. : *Tu avais déjà à ce moment-là un côté « légionnaire ».*

R. G. : Je crois que je n'ai pas une gueule à moi. Je veux dire, j'ai une tête qui inspire confiance aux bandits. Ça fait exotique, à cause de mes ascendances ethniques, dans le contexte français ça trompe, et il y a vingt ans, ça faisait rasta. J'ai eu pendant longtemps le genre de tête — avant le poil gris — qui faisait, par exemple, que les putes ne me racolaient jamais. Maintenant, elles me racolent parce que j'ai l'air respectable. Il était très facile, dans une ville aussi province que Nice l'était dans les années trente, de se faire mal voir — ou de se faire bien voir, ça dépend des points de vue. Ce n'était pas croyable à quel point les gens pouvaient se tromper sur moi. Tiens, aussitôt après la Libération, quand je suis venu à

Paris, j'étais couvert de bananes. Un jour, un monsieur niçois vient me trouver au Claridge. Je l'avais connu à Nice, quand j'avais vingt ans. Il me dit avec émotion : « J'ai toujours su que vous alliez faire quelque chose, dans la vie. » Je me souvenais très bien de lui : c'était un des petits « patrons » autour de Carbone et Spirito, deux truands de l'époque, avec ramifications. Il m'avait interdit de fréquenter sa fille, parce que j'étais « moins que rien ». Comme j'ai continué à la fréquenter — il ne se passait rien entre nous, on était au lycée encore — il y a eu un beau jour deux nervis qui m'ont tabassé à Pont-Magnan, après quoi j'ai été embarqué par la police de Curti, le Chiappe local, pour « scandale sur voie publique ». Je suis resté au gnouf jusqu'à ce que ma mère soit allée trouver Curti pour lui dire deux mots. Du coup, je n'ai plus fréquenté la fille, parce que de toute façon, il n'y avait rien à en tirer, elle ne voulait pas, alors il n'y avait pas de quoi se faire casser la gueule, c'était du gaspillage. Donc, fin 1945, son père vient me trouver au Claridge, où on me faisait un prix parce que j'étais un Libérateur. Il m'invite à dîner avec des « amis ». Il n'y avait que des hommes : cinq types du genre « blanchis sous le harnais », très sérieux, pour affaires sérieuses. Après, cigares, et éloges de la Résistance, des héros, de la patrie, et comme quoi ils ont fait tout ce qu'ils ont pu. Puis, on me fait une proposition. « Vous avez été dans l'hôtellerie avant la guerre, si je me souviens bien ? » En effet, j'ai été garçon et maître d'hôtel, au Mermonts et ailleurs, réceptionniste, main-courantier et j'ai même fait la plonge au Ritz pendant deux semaines, en 1936. Le père de René Agid m'a fait entrer comme main-courantier à l'hôtel La Pérouse et le directeur Cordier m'avait dit que j'allais faire un excellent taulier, qu'il fallait persévérer, j'avais un brillant avenir devant moi dans l'hôtellerie... Ça ne s'est pas trouvé. Donc, j'ai dit oui, je connais un peu le métier, pourquoi? Là-dessus, tous ces gros pontes prennent un air encore plus sérieux et on me propose la présidence d'un conseil d'administration qui gère trente-deux hôtels à travers la France. « Puisque vous connaissez le métier »... Il y aurait pour moi, m'expliquent-ils, quelque chose comme trente briques d'aujourd'hui, par an, pour commencer, avec participation aux bénéfices. Je n'en crois pas mes oreilles. Je demande des précisions. On me les donne. En toute confiance, dit mon « ami » niçois, puisque je vous ai connu quand vous étiez encore à vos débuts... Et de fil en aiguille, je comprends qu'on me propose la présidence d'une chaîne de bordels, parce qu'on trouvait qu'un Compagnon de la Libération, chevalier de la Légion d'honneur et croix de guerre, comme « couverture », c'est exactement ce qu'il leur fallait...

F. B. : *Qu'est-ce que tu as fait?*

R. G. : Je leur ai dit que j'étais très honoré mais que je ne pouvais pas accepter la présidence d'une chaîne de bordels, parce que je venais d'avoir une autre offre que j'avais déjà acceptée, celle d'entrer comme diplomate de carrière au ministère des Affaires étrangères.

F. B. : *Tu ne t'es pas foutu en rogne?*

R. G. : Pas du tout. Il n'y avait pas de raison. Ils ne cherchaient pas du tout à m'insulter, bien au contraire. Pour se sentir insulté, il faut avoir quelque chose en commun avec les « insulteurs ». Mais tu vois l'idée que ce « parrain » s'était fait de moi, à Nice, quand il m'a empêché de fréquenter sa fille... Les gens font toujours du *casting*, ils vous distribuent des rôles suivant leur propre imagination, sans aucun rapport avec ce que vous êtes. Un des hommes les plus gentils, les plus doux que j'ai connus, c'était le grand acteur Conrad Veidt, dont un des derniers rôles à l'écran fut celui du chef de la Gestapo, dans *Casablanca*. Il a joué les traîtres, les dégénérés et les salauds toute sa vie, depuis la grande époque du cinéma allemand. Et il m'a dit avec un sourire un peu triste, un jour : « Ça me change. » Il n'est pas facile d'être un homme doux et gentil, alors, à l'écran, il prenait congé de lui-même. On a vraiment besoin de vacances.

F. B. : *Après ton « déshonneur », chez Capoulade...*

R. G. : Attends. Je voudrais mentionner ici que le directeur de l'hôtel La Pérouse à l'époque ressemblait à mon camarade Martell, l'as de chasse, qui est tombé en Angleterre, en 1944... Comme personne ne mentionnera plus jamais Martell, je tiens à écrire son nom ici. Martell. Voilà.

F. B. : *Donc, après ta « bassesse », chez Capoulade, qu'est-ce qui s'est passé ?*

R. G. : Pourquoi toujours revenir aussi loin ? J'ai beaucoup vécu depuis, tu sais...

F. B. : *La jeunesse, c'est toujours intéressant.*

R. G. : Je n'étais pas intéressant du tout. Par exemple, lorsqu'il y a des « jeunes » qui m'arrêtent boulevard Saint-Germain pour « vous n'auriez pas un franc ? » je ne leur donne jamais rien parce que moi, je n'aurais pas pu, à vingt ans, et je leur en veux de pouvoir... J'étais gonflé de « je », et ça m'enfermait de tous côtés, le « royaume du je », tu sais, j'en ai parlé ailleurs, c'est d'un comique... Comme amour-propre, on faisait pas plus connard. Tu vois, il me manquait ce truc anarchiste très pratique qui permet de trouver à ce qu'on est une accusation sociale. On transfère sa névrose sur la société, comme au XIXe siècle, les romantiques, la transféraient sur la métaphysique. J'aurais dû y aller, dans ce claque, rue de Miromesnil. J'aurais dû me dire que je me faisais payer pour baiser la société — et même la bonne société. Remarque, en 1945, j'ai bien fait de refuser la présidence du conseil d'administration des bordels de France, parce que deux ans après, Marthe Richard fermait les claques, et je me serais retrouvé sur le pavé. Évidemment, j'aurais pu me reconvertir dans l'immobilier. Mais je crois que j'ai bien bien fait de préférer le Quai d'Orsay.

F. B. : *... Et cette soif de pureté et d'absolu qui mène à l'orgueil idéaliste et à la dérision est ce qui t'a fait écrire* Tulipe *et* La Tête coupable.

R. G. : *La Fête coupable...* Je vais changer de titre, dans les nouvelles éditions. *La Fête coupable...* Gallimard, prenez note.

F. B. : *Et Françoise?*

R. G. : Oui, Françoise. Il y avait là chez Capoulade un copain — tu le connais — et dès que j'ai informé l'assistance de mon triomphe, il s'est levé, il a payé l'addition et il a filé tout droit chez la môme pour m'arranger à ses yeux comme il fallait, et sous tous rapports. L'après-midi, j'étais en train de cuver le Pernod, la fille s'amène — et me piétine. Il n'y a pas d'autre mot. Elle m'a marché dessus, m'a dansé sur la gueule, m'a écrasé et a même foutu par la fenêtre le bocal avec mon poisson rouge dedans. Je ne sais pas du tout pourquoi elle a foutu mon poisson rouge dehors, c'était peut-être un truc freudien, chez elle, elle me l'a coupée symboliquement pour la jeter par la fenêtre, ou quelque chose comme ça, il faut voir. C'est un vrai miracle qu'il ait survécu, mon poisson rouge. Elle m'a dit qu'elle avait toujours su que j'étais un salaud et que c'était même uniquement pour ça qu'elle s'était laissée faire, parce qu'avec un type bien, elle aurait eu honte. Elle m'a même craché dessus, au propre. C'était affreux. J'étais couché, là, avec un mal de tête atroce et c'était la fin du monde, avec mon poisson rouge dans la rue, et je me sentais une telle merde que ça a complètement changé mes rapports avec la merde. J'ai compris que ce n'était pas seulement chez les autres. Si encore j'étais riche et déshonoré, ça aurait fait moins mal, mais pauvre et déshonoré, c'était trop. J'ai quand même couru ramasser mon poisson rouge dans la rue, il frétillait encore, et quand je suis revenu, la môme était couchée à poil dans mon lit et elle m'attendait. Voilà, mon vieux. Depuis, avec les femmes, je suis d'une prudence folle, parce que c'est des mystères sur pied, je n'ai jamais rien compris, ça me donne même une sorte de peur religieuse, des fois. Sur la pointe des pieds, mon vieux, et chapeau à la main. Ça doit se sentir dans *La Danse de Gengis Cohn*, dans les rapports de Lily avec ses amants, qui ont une peur bleue mais qui ne peuvent pas s'empêcher. C'est toujours un peu mythologique, les femmes. Heureusement, qu'elles ne le savent pas, si elles le savaient, elles feraient des miracles... J'ai perdu trois kilos en vingt-quatre heures, d'émotion.

F. B. : *Cette adoration, c'est un peu les rapports de Luc avec Josette, dans* Le Grand

Vestiaire. *Est-ce que ces adolescents sans famille qui deviennent des délinquants...*

R. G. : Attends. La famille, ça ne veut rien dire. Il faut donner à l'enfant quelqu'un à aimer. J'ai visité des maisons de redressement, ici et en Amérique. Pas un chien, pas un chat, pas un oiseau. Pas un poisson rouge. La première chose à faire avec un enfant, c'est de lui donner un chien à aimer. Même les jouets servent à ça. L'enfance délinquante, c'est les enfants sans chiens ni chats.

F. B. : *Je me souviens que Claudel a été enthousiasmé par* Le Grand Vestiaire *et il l'a dit dans sa correspondance et dans un article de la* Revue de Paris. *Roger Martin du Gard avait également aimé le livre. Pour des raisons exactement opposées...*

R. G. : Oui. Il y a dans *Le Grand Vestiaire* une immense absence de Dieu. Pour Claudel, cette absence, par sa dimension même, était une véritable présence, au sens de l'impossibilité d'être sans Dieu. Pour Roger Martin du Gard, qui était un athée démodé, fin du siècle — je veux dire par là que c'était encore pour lui un grand problème —, cette absence de Dieu rendait simplement la société coupable. Pour moi, ce n'était ni l'un ni l'autre. Le titre veut dire des vêtements avec personne dedans. Une garde-robe, un prêt-à-porter, avec absence de caractère humain à l'intérieur. L'athéisme, ça ne m'intéresse pas, et Dieu, j'en suis tout à fait incapable. J'y ai réfléchi, je me souviens, quand j'avais seize-dix-sept ans, en regardant ma mère se démener et je me souviens, que je suis arrivé à la conclusion que croire en Dieu, c'est calomnier Dieu, c'est un blasphème, car il n'aurait pas fait ça à une femme. Si Dieu existait, ce serait un gentleman.

F. B. : *Mais est-ce que ce n'était pas écrasant, d'être ainsi continuellement couvé par un regard d'amour?*

R. G. : L'amour maternel n'a jamais écrasé personne. Il y a des mères qui écrasent sous prétexte d'amour, mais ça, c'est autre chose.

F. B. : *Elle n'a jamais cherché à faire un mariage de raison, ne serait-ce que pour t'élever plus facilement?*

R. G. : Ce n'était pas une femme qui cherchait la facilité. Je me souviens d'un homme qui voulait l'épouser. J'avais alors dix-sept ans et je l'ai beaucoup encouragé. Ça m'aurait enlevé une sacrée responsabilité. J'aurais pu me laisser aller un peu, pendant qu'elle regardait ailleurs... C'était un peintre polonais qui s'appelait Zaremba. Il est apparu un jour au Mermonts, vêtu de vêtements tropicaux, coiffé d'un panama tout blanc, il avait l'air de sortir tout droit d'un roman de Conrad : Heyst, tu sais, dans *Victoire*. Il inscrivit « artiste peintre » sur la fiche de police et ma mère a jeté un coup d'œil sur la fiche et a exigé aussitôt huit jours d'avance. Je ne sais pas ce qu'elle avait contre les peintres, peut-être un mauvais souvenir... je ne sais pas. Zaremba devait rester à l'hôtel trois semaines et il est resté un an. Il avait un air incroyablement distingué, des mains de prince, une longue moustache blonde, et ma mère trouvait que chez un peintre, une si bonne éducation et de si belles manières ne pouvaient signifier qu'une seule chose : il n'avait pas de talent. Zaremba était assez connu. Il peignait surtout des visages d'enfants et il était lui-même un enfant, l'homme avait grandi autour du gosse pour le protéger mais n'était pas capable de lui donner aide et protection...

F. B. : *Ce qui n'est pas ton cas : tu y arrives très bien.*

R. G. : Merci. Donc, tu comprends quand l'autre petit garçon en question, Zaremba, qui devait avoir dans les cinquante-sept ans, quand il a vu tout cet amour dont ma mère m'entourait, il s'est dit tout de suite : il y a là une maman à prendre, il y a de la place pour deux. Ma mère devait avoir alors dans les cinquante-trois-cinquante-quatre ans. Le Zaremba en question s'est alors mis à faire à ma mère une cour soupirante et polonaise, victorienne et souffreteuse, avec menaces d'expiration à chaque soupir. Il jouait du piano toute la journée dans le salon du septième étage et c'était toujours du Chopin, avec tuberculose. Parfois, ma mère l'écartait, se mettait au piano et tapait sur le clavier la *Rhapsodie hongroise* de Liszt, avec mimiques à tout casser, c'est le seul morceau que je lui aie jamais entendu jouer et elle écrasait Zaremba avec ça, plus des regards de mépris. M. Stanislas — nous l'appelions Stas — avait loué un studio à côté où il peignait. Il avait du succès, il était connu en Amérique, et ma mère avait peur qu'il eût sur moi une mauvaise influence, parce qu'il m'arrivait encore de vouloir faire de la peinture, et pour elle, c'était la misère, la vérole et l'alcoolisme. Elle m'a traîné un jour à une exposition de Picasso pour me faire peur, et à la sortie, elle m'a dit en reniflant avec satisfaction : « Tu vois comment ils finissent tous. » Elle ne comprenait absolument rien à la peinture moderne. On avait un ami, le peintre russe Maliavine — pas Malevitch, Maliavine — un folkloriste, elle l'invitait à déjeuner et me disait avec des sous-entendus sinistres : « Les peintres, il faut les nourrir. » Donc, le petit garçon en question, Zaremba, voyant cet amour maternel, essaya de se placer. Moi, je ne demandais pas mieux. C'était pour ma mère la fin de ses jours assurée, paisible. Et puis, il faut bien dire, je me voyais très bien au volant d'une bagnole, arrivant à la « Grande Bleue », promenade des Anglais. Et j'avais déjà envie d'apprendre à piloter, ça coûtait cher. J'étais pour, quoi. On a eu une entrevue pathétique. Parce qu'il n'était pas polonais pour rien, Zaremba. Il avait le souci des formes. Il est donc venu me demander ma mère en mariage. Officiellement. Il m'a exposé sa situation matérielle, sa haute moralité, et il m'a montré des coupures de presse. Je lui ai dit que j'y réfléchirais. J'ai dit que je ne lui promettais rien, que je ne pouvais pas prendre une décision comme ça, à la légère. Il me dit qu'il comprenait. Il était prêt à attendre, il m'a demandé seulement de noter qu'il n'était pas exigeant, qu'il était tout à fait disposé à se contenter d'un strapontin. C'était désopilant de le voir, avec sa moustache triste, lorsque ma mère m'apportait une corbeille de fruits, ou quelque chose comme ça. Il se sentait orphelin, il se sentait renvoyé dans son orphelinat, il me regardait bouffer et une fois, il s'est révolté, il a pris une chaise, il s'est assis en face de moi et il s'est mis à piquer dans mon raisin. Je me souviens encore de son regard, pendant qu'il attaquait *mon* raisin, cette expression de défi des faibles, qui est aussi celle des bons chiens qui ne comprennent pas pourquoi on les punit : l'incompréhension interpelle toujours. Je n'ai rien dit, mais je lui ai emprunté cinquante francs. Il faut bien dire que je n'étais pas pressé et j'avoue que je comptais ferme sur ce Lord Jim pour payer mes premières leçons de pilotage. Je passais tout mon temps libre à rôder autour des avions, il y avait un petit terrain d'atterrissage, là où il y a maintenant l'aéroport de Nice. Finalement, je suis allé trouver ma mère et je lui ai dit voilà et voilà. Zaremba veut t'épouser, il t'aime, je pense que tu devrais l'accepter. Elle a d'abord été complètement désorientée. Il y avait si longtemps qu'elle ne se considérait plus comme une femme! Elle fut d'abord désarçonnée, perdue, et puis elle a réfléchi et elle a dit, avec une profonde conviction : « S'il veut m'épouser, c'est qu'il est pédéraste. » J'ai gueulé. Le pauvre Zaremba était aussi loin du cul que possible. J'ai gueulé, et je lui ai dit une connerie. Je lui ai dit qu'elle avait gâché sa vie, à cause de moi. Elle est restée pétrifiée et puis elle m'a dit : « Je ne l'ai pas gâchée, je l'ai réussie. Je l'ai réussie complètement : *mnie otchen vsio oudaloss.* » C'était moi, sa réussite, tu comprends. Elle s'est mise à chialer. Elle ne chialait jamais. J'ai essayé de dire : mais c'est un type bien, tu pourras aller à Venise... Elle avait toujours envie d'aller à Venise, à l'hôtel Luna, je ne sais pas pourquoi Venise et pourquoi l'hôtel Luna. Des souvenirs, peut-être. Je n'en sais rien. Je l'ai eue très tard : elle avait trente-six ans quand je suis né. Je lui ai dit qu'elle devait réfléchir, que c'était ci, que c'était ça... Alors, elle m'a achevé. Pour que je ne lui en parle plus jamais. Elle m'a dit à voix basse — et je te jure que c'était joué, et mal joué et comme comédienne, ah non! elle n'était pas géniale! elle m'a lancé : « Tu veux te débarrasser de moi... » Bon c'était cuit, quoi, il n'y avait plus à en parler. J'ai dit ça à Zaremba, qui a plié son orphelinat et est rentré en Pologne.

F. B. : *Qu'est-ce qu'il est devenu?*

R. G. : Je ne sais pas. Demande aux Allemands.

F. B. : *Qui a pris la première relève dans ta vie,*

après ta mère? Parce qu'une autre femme a pris la relève.

R. G. : Tu fais des mélanges d'anges...

F. B. : *Ilona?*

R. G. : Je pense que cette flèche directionnelle que tu lances à travers cinquante-neuf ans de ma vie, mère-femme, cette montée en flèche vers la sublimation... Il y a certainement une part de vérité, mais ce n'est tout de même pas moi qui ai inventé la Vierge...

F. B. : *Ni « la madone des fresques, la princesse de légende », bien sûr. Mais lorsque tu décris l'humanité comme une femme — Lily est une femme insatiable — dans* La Danse de Gengis Cohn *— c'est tout de même significatif... Ilona, c'était, je crois 1937?*

R. G. : Quelque chose comme ça. Je ne te cache pas que j'aurais préféré ne pas en parler, parce que ce n'est pas si loin que ça... Et parce qu'elle vit encore... si l'on peut dire.

F. B. : *Dans* La Promesse de l'aube, *tu évites d'en parler en quelques lignes à la fin du chapitre XXVIII... Tu écris : « Vingt ans à peine se sont écoulés depuis... » Ça fait trente-trois ans, maintenant.*

R. G. : Trente-trois ans. Ça devrait suffire.

F. B. : *Tu écris : « Nous devions nous marier. Ilona avait des cheveux noirs et de grands yeux gris, pour en dire quelque chose. Elle partit voir sa famille à Budapest, la guerre nous sépara, ce fut une défaite de plus, et voilà tout...* » *Voilà tout?*

R. G. : J'écrivais ça... quoi, en 1959? Je ne savais pas. Je ne savais rien. J'ai appris en 1960 — c'est un sujet que j'aurais préféré éviter.

F. B. : *Écoute, Romain, c'est à la base même d'Europa... Tu as publié ce roman il y a seulement trois ans.*

R. G. : Elle s'appelait Ilona Gesmay et habitait au 31 Aulichutca, à Budapest. Elle était très belle et intelligente et je l'ai aimée. Elle est venue sur la Côte d'Azur et elle est descendue chez nous, au Mermonts, et ma mère voyait notre liaison d'un très bon œil, elle approuvait. C'était la seule femme qui pouvait se permettre de s'habiller de gris des pieds à la tête sans grisaille, à cause de ses yeux qui avaient la couleur des chats persans, de leur fourrure. Je n'ai jamais vu depuis des yeux pareils, mais tu sais, cela dépend comment on regarde... Elle était très fragile... Parfois, elle restait couchée des semaines entières, et lorsque ça n'allait pas mieux, elle partait en Suisse pour se soigner. Je pensais que je ne pourrais jamais vivre sans elle, mais on peut toujours, c'est même ce qu'il y a de si dégueulasse. Ainsi que je l'ai dit dans *La Promesse de l'aube*, elle est partie en Hongrie juste avant la guerre, pour parler à ses parents de notre mariage, mais je ne pense pas qu'elle m'aurait vraiment épousé, elle était beaucoup trop douce et gentille pour ça et comme elle *savait*...

parce que je suis sûr qu'elle savait et qu'elle me le cachait... Enfin. Pendant la guerre, j'ai tout essayé pour entrer en contact avec elle, la Croix-Rouge, les ambassades... Rien. Un souvenir des yeux gris et parfois le sentiment que je la trompe avec une autre. C'était certainement la femme que j'ai le plus aimée dans ma vie et qui était faite pour vivre avec moi jusqu'à la fin des jours, des miens, en tout cas. La vie aime passer l'éponge, mais avec moi, elle n'a pas réussi. J'ai traîné ça en moi pendant des années, avec sa photo, que l'on m'a volée pendant la guerre. Et puis, la foudre, vingt-quatre ans après. J'étais consul général à Los Angeles et j'avais déjà quarante-six ans, lorsque je reçois une lettre-carte d'Ilona. Quelques mots. Non, quarante-cinq ans que j'avais, quarante-cinq ans. Une lettre. « Cher Romain, j'ai pris le voile en 1945, après mon départ de Hongrie, je suis religieuse dans un couvent en Belgique. Je te remercie d'avoir pensé à moi dans *La Promesse de l'aube*. Sois heureux. » La terre a sauté sous mes pieds. Il y avait au dos, l'adresse du couvent en Belgique, à côté d'Anvers. Je télégraphie, j'écris, rien. Le silence. Et puis je reçois une autre lettre. Les mêmes mots que dans la première. Je pense immédiatement qu'elle avait écrit deux lettres coup sur coup, qu'on ne lui a pas fait parvenir ma réponse, les vœux, la religion, je ne sais pas, moi. J'écris alors à Rialland, qui était notre consul général à Anvers. Je le prie de se renseigner, d'aller au couvent et de leur parler et de leur expliquer. J'avais connu Rialland en Bulgarie, quand il était inspecteur des postes diplomatiques. Il y va. Et il m'écrit. J'apprends qu'Ilona n'est pas dans un couvent, mais dans une clinique psychiatrique, qu'elle est schizo depuis vingt-cinq ans et de mal en pis, irrémédiablement... Je ne vois pas l'intérêt... Ce sont des choses... comment il disait déjà... Guimard... les choses de la vie, je ne vois pas à quoi ça sert...

F. B. : *Les hommes ont besoin d'amitié... C'est Morel dans* Les Racines du ciel *qui le répète. Et ça grandit, ça devient les éléphants et un livre...*

R. G. : Et un prix Goncourt... Ça se vend bien, le besoin d'amitié, un écrivain digne de ce nom ne devrait jamais publier, je ne comprends rien à votre truc...

F. B. : *Quel truc?*

R. G. : La respiration... Qu'on arrive encore à respirer, c'est incompréhensible.

F. B. : *Et tu t'es libéré de ce crève-cœur par la dérision, dans* Europa.

R. G. : Libéré, tu parles...

F. B. : *Tu as fait de cette blessure authentique une escroquerie, dans le roman. Pourquoi?*

R. G. : Je ne pouvais pas l'admettre et je ne pouvais pas le traiter de face. Je ne voulais pas l'utiliser à des « buts littéraires ». Mais ça ne me laissait pas tranquille, ça ne m'a pas laissé tranquille de 1960 à 1972. C'était une contrainte intérieure, alors j'ai obéi, j'ai écrit, mais à l'envers. Et c'est une sorte de sorcière qui manigance le coup, Malwina von Leyden... La vie, quoi. Malwina von Leyden est à la solde de la vie. J'ai des moments de découragement, comme tout le monde...

F. B. : *Tu veux qu'on s'arrête?*

R. G. : J'ai tout compris, mais tellement trop tard! A Nice, Ilona sentait venir les crises... Quand elle sentait que « ça » venait, elle se couchait, se reposait, et si « ça » s'aggravait, elle partait en Suisse à la clinique à Sant' Agnese, à Lugano. Je n'oublie jamais les bonnes adresses, comme tu vois. Je ne me suis aperçu de rien. J'ai vécu avec une schizo pendant un an sans m'en rendre compte — heureusement, parce que je ne sais pas ce que j'aurais fait. Ilona m'a épargné ça.

F. B. : *Qu'est-ce que tu as fait?*

R. G. : J'ai pris l'avion. Mais à Bruxelles, j'ai fait demi-tour et je suis rentré à Los Angeles. On m'avait dit qu'elle n'avait qu'une demi-heure de lucidité par jour... Mais ce n'était pas ça. Ça a brûlé d'un seul coup à l'intérieur. J'étais déjà là à titre posthume. Le présent, de toute façon, c'est des provisions de bouche. Je n'avais pas le droit de lui faire ça. Non, je n'avais pas le droit. Elle avait, quoi, trente ans de plus, et elle était psychiquement en morceaux... Je n'avais pas le droit de lui faire ça... Elle ne pouvait même pas se défendre, dire non... C'était un viol de notre passé... Trente ans après, tu vois ce que je veux dire. Elle tenait sûrement à rester belle. Je ne suis pas allé la voir. Elle est restée belle. La plus belle.

F. B. : *Et tu as essayé de t'en libérer dans* Europa. *Pour piétiner le destin...*

R. G. : Il n'y a pas de destin. Il n'y a pas de M. Destin, avec gants, canne et haut-de-forme. Il y a des hommes et des femmes qui souffrent en pagaille, pêle-mêle, en vrac, au petit bonheur la chance. Mais si j'ai traité cette authenticité en escroquerie, dans *Europa*, c'est que j'avais besoin de cautériser, de me défendre. La réponse de *Gengis Cohn* à l'horreur, c'est le rire entre les dents. C'est la *danse*. Cette danse, cette gigue populaire, c'est la seule façon d'accéder à la légèreté et de supporter des poids écrasants. J'ai écrit je ne sais plus où que si Atlas, qui portait le monde sur ses épaules, n'était pas écrasé par ce poids, c'est parce qu'il était un danseur... Quand Rabelais dit que « le rire c'est le propre de l'homme », il parle de souffrance...

F. B. : *L'escroquerie, l'imposture, le charlatanisme jouent un rôle important dans ton œuvre. Tulipe commence la grève de la faim en mangeant en cachette afin d'avoir la force nécessaire de continuer sa grève de la faim et sa protestation, indéfiniment. Au début, sa protestation — sa contestation dira-t-on aujourd'hui — est un abus de confiance...*

R. G. : C'est un abus de confiance parce qu'à la

fin de la guerre il se voit entouré de tous côtés par des grands mots idéalistes qui sont eux aussi un abus de confiance. C'est un geste vide qui parodie les gestes vides. On m'a beaucoup reproché la phrase, à propos de Gandhi, que prononce Tulipe : « Gandhi a fait la grève de la faim toute sa vie, mais à la fin il a fallu l'abattre à coups de revolver. » M. Gilbert Cesbron m'a écrit une lettre indignée. Je voudrais bien que l'on me cite le nom d'un seul gréviste de la faim qui ait poussé sa sainteté jusqu'au bout... Chez Tulipe — et chez moi-même, bien sûr — le cynisme, c'est du désespoir idéaliste. Il essaie désespérément de se libérer de l'idéalisme mais n'y parvient pas : il finit par faire *vraiment* la grève de la faim pour protester contre l'état du monde, à la sortie de la guerre et tu avoueras qu'en 1945, créer un groupuscule d'action sous le titre *Prière pour les vainqueurs,* ça a tout de même été largement confirmé depuis...

F. B. : *Nous retrouvons l'escroquerie intellectuelle ensuite et l'imposture dans* La Fête coupable, *où Mathieu exploite le complexe de culpabilité dans lequel vit Tahiti à l'égard de son grand homme maudit, Gauguin. Il imite donc le « peintre maudit » et tout le monde est aux petits soins avec lui, par peur de se tromper encore une fois... Dans* Europa, *Malwina von Leyden est une aventurière et un escroc de haut vol — une femme* hochstapler — *qui pratique l'abus de confiance à*

la grande échelle... La tribu des Zaga, dans Les
Enchanteurs, *est une tribu de charlatans... Tu es
hanté par l'escroquerie intellectuelle et l'abus de
confiance.*

R. G. : Parce que je suis un écrivain du
XXe siècle et que jamais dans l'histoire, la malhonnêteté intellectuelle, idéologique, morale et spirituelle n'a été aussi cynique, aussi immonde et
aussi sanglante. Le *commediante* Mussolini et le
charlatan Hitler ont poussé leur imposture
jusqu'à trente millions de morts. Le fascisme n'a
pas été autre chose qu'une atroce exploitation de
la connerie. En Russie, Staline exterminait des
populations entières au nom de la justice sociale et
des masses laborieuses, qu'il réduisait en esclavage... En ce moment même on assiste, au nom de
l'unité européenne, à la plus basse, la plus
acharnée et la plus bête compétition commerciale... Les siècles passés pratiquaient l'injustice
au nom des vérités fausses « de droit divin », mais
auxquelles on croyait fermement. Aujourd'hui,
c'est le règne des mensonges les plus éhontés, le
détournement constant de l'espoir, le mépris le
plus complet de la vérité. Le scandale est si
constant, si *accepté* que l'affaire Dreyfus, par
exemple, ne serait même plus possible. L'idée
d'une France coupée en deux par l'innocence ou la
culpabilité d'un homme... En 1974, tu te rends
compte? Impensable. L'escroquerie idéologique
intellectuelle est l'aspect le plus apparent et le plus

ignoble de ce siècle... Et tous mes livres sont nourris de *ce* siècle, jusqu'à la rage. C'est pourquoi Mathieu, dans *La Fête coupable* mime l'escroquerie et l'imposture, essaie de les assumer, pour s'arracher l'idéalisme et l'espoir du cœur, afin de trouver ce repos que connaissent tous ceux qui parviennent enfin à désespérer. Mais il ne parvient pas à désespérer et il continue à lutter, à faire « comme si »..., comme si l'homme était une tentation possible. Il se mêle évidemment à cela des considérations personnelles. La vie s'est rendue coupable à l'égard de ma mère d'une escroquerie infâme. Elle a été royalement baisée par la vie, battue à plate couture. Ilona, qui — l'idéalisation par le souvenir y aidant, évidemment — était la plus belle femme que j'aie jamais vue et que j'aie aimée comme on aime quand on aime une fois dans sa vie, et encore, si on a du talent pour ça —, a été victime d'une entreprise criminelle : la schizophrénie. J'ai vu tomber à mes côtés des jeunes gens faits pour le bonheur et l'amour et qui croyaient qu'ils mouraient pour un monde fraternel : ils ont été victimes d'une atroce tricherie. Bien sûr, il y a aussi dans tout cela une part remédiable. La société peut être changée, la schizophrénie sera guérie un jour. Mais il y a aussi la part irrémédiable. Je vois l'homme comme une entreprise de Résistance fraternelle contre sa donnée première. Alors, tu comprends, la lutte des classes...

F. B. : *Tu as donc choisi de ne pas revoir Ilona, trente ans après, pour garder son image intacte.*

R. G. : J'ai passé une nuit assez atroce à Bruxelles et j'ai fait demi-tour, je suis rentré à Los Angeles. Je me suis blindé encore un peu plus et je suis devenu encore un peu plus « peau de vache », puisqu'il paraît que je suis une tête de cochon. Pas de chance, une des deux sœurs d'Ilona a éprouvé le besoin de m'écrire une longue lettre, alors que je baisais déjà de mon mieux pour oublier et que j'arrivais en tout cas à ne pas y penser. Elle a éprouvé, cette sœur, le besoin de me tenir au courant des derniers détails, y compris le besoin charmant et charitable de m'informer qu'Ilona n'avait plus que quinze à vingt minutes de lucidité par jour et qu'à ces moments-là, elle parlait toujours de moi avec amour... Alors, j'ai fait une rechute et j'ai été malade. Chez moi, la dépression prend des formes physiques. Une immense fatigue. Tout finit toujours dans le physique, chez moi. Je pense que cette bonne sœur voulait me faire plaisir. Les gens ont des pieds, mon vieux, ils ont vraiment des pieds, et ils s'en servent. On me reproche mon langage. On s'étonne lorsqu'un homme « distingué » dit « putain de merde » ou « bordel de Dieu ». Mais chacun sa façon de vomir. J'ai aussi remarqué que les gens qui sont choqués par mon langage sont des spécialistes de l'acceptation. Je suis resté malade six semaines, on m'a donné un congé, je suis allé à Tahiti où c'est très con et très cul, on réapprend à sourire. Puis ça s'est tassé pendant des années et il a fallu qu'une nièce d'Ilona à Paris, une comédienne de l'ancien T.N.P., Catherine Rethi, éprouve le besoin de me rendre visite pour me parler d'Ilona. Je l'ai gentiment reçue, nous avons bavardé, je l'ai invitée à déjeuner, nous avons bavardé de choses et d'autres, puis je suis rentré chez moi et j'ai fait une rechute. Et tout à l'heure, comme tu as vu, en te parlant, j'ai failli faire une rechute, mais j'ai pu l'éviter, j'ai eu du cul. Alors, il ne faut peut-être pas trop m'en vouloir quand je dis parfois « putain de merde ». Ça vient du cœur.

F. B. : Europa *finit dans la schizophrénie...*

R. G. : Plus exactement, dans ce qu'on appelle en anglais *split personnality*. Un psychisme scindé en deux. Celui de Danthès ambassadeur de France à Rome, « un homme d'une immense culture », comme ils disent : j'ai toujours mis « un homme d'une immense culture » entre guillemets, dans le livre. C'est un esthète dont toutes les références morales et intellectuelles sont dans le passé ; il rêve de l'Europe comme on rêve d'un chef-d'œuvre artistique. Toutes ses références sont « nobles » au sens « prix de Rome » au sens de la *Mitteleuropa*, Rilke, Hofmannsthal, Lou Andreas-Salomé, tout ce dernier « rayon vert » du couchant de la grande bourgeoisie éclairée du XIXe siècle, dont le dernier fut sans doute Thomas Mann. Mais Danthès est un homme trop sensible pour ne pas être déchiré et, finalement, anéanti, pris entre son rêve culturel, son rêve européen, et les réalités hideuses, sociales, morales, intellectuelles du monde où il vit, où nous vivons. La dichotomie culture-réalité le scinde en deux et il sombre, comme Hölderlin, dans l'absence... J'ai fait de mon mieux pour transposer, incarnée dans des personnages vivants, l'entité *Mitteleuropa*, qui est si étrangère à la France, parce que la France a été pendant trois ou quatre siècles l'Europe, pendant trois ou quatre siècles l'Europe c'était la France, et c'est pourquoi la France a tant de mal à « penser européen », elle croit qu'il suffit pour cela de penser français. Pendant trois-quatre siècles, penser européen, c'était penser français, aussi bien pour les Allemands que pour les Russes, alors comment veux-tu ? L'Europe dont rêve Danthès est devenue impossible parce que la culture a raté la vie. Elle est restée une entité extérieure aux réalités sociales. Il n'y a pas de politique possible s'il n'y a pas eu auparavant fécondation culturelle. Ce ne sont pas les communistes qui ratent le communisme : c'est la culture qui l'a raté. C'est pourquoi aujourd'hui « faire l'Europe » atteint le degré le plus bas de maquignonnage, de grenouillage compétitif et d'escroquerie intellectuelle... La culture n'a absolument aucun sens si elle n'est pas un engagement absolu à changer la vie des hommes. Elle ne veut rien dire. C'est une poule de luxe. Ça m'est complètement égal qu'on interdise

Rembrandt aux aveugles, Dostoïevski aux illettrés et Bach aux sourds... Et tu te rends compte que la critique a écrit que Danthès, c'est moi ? Moi, esthète, il faut le faire... Enfin, parlons d'autre chose.

F. B. : *Non : continuons à parler de l'Europe, ne t'en déplaise. Tu commences ton œuvre littéraire en 1945 par un roman,* Éducation européenne, *titre amer et ironique, qui montre à travers l'occupation de l'Europe et la Résistance l'abîme où est tombée une civilisation. Un an après, tu continues à crier ton chagrin d'Européen dans* Tulipe... *Et vingt-cinq ans plus tard, en 1972, tu y mets ce qui semble être le point final avec ton roman* Europa... *Mais, dans le débat récent, le débat actuel, alors que la crise est là et tout le monde cherche des solutions, tu gardes le silence... Pourquoi ? Pour ne pas gêner tes amis politiques ?*

R. G. : Je n'ai pas d' « amis politiques ».

F. B. : *Alors pourquoi ?*

R. G. : Parce que la question de savoir comment faire de l'Europe une Amérique sans devenir américains ne m'intéresse pas. La vérité sur ce qu'on appelle « faire l'Europe » crève les yeux. Un homme comme Jobert, hier, comme Sauvagnargues, aujourd'hui, n'ont pas besoin de conseillers de raisonnement. *Ils savent.* Brandt savait parfaitement, et c'est d'ailleurs le seul qui ait essayé, dans son *Ostpolitik*, de se mesurer avec la vérité, avec la réalité. Kennedy savait : il me l'a dit trois mois avant sa mort, à un dîner à la Maison-Blanche, devant Dick Goodwin. Il m'a dit : « L'Europe, c'est aussi les États-Unis et l'U.R.S.S. » Je lui ai alors demandé : « Et la Chine? » Et il a souri et n'a rien dit et j'en ai conclu que la Chine, ça l'arrangeait plutôt, parce que ça confirmait ce qu'il venait de dire... La vérité sur l'Europe est à la portée de toutes les bourses intellectuelles mais quand le désarroi et la frustration rencontrent l'habileté, on cherche à démontrer à tout prix que deux et deux font cinq, et ce sont alors des millions de chômeurs ou la démocratie elle-même qui paient le prix du deux et deux font quatre... Écoute, dans tout ce que je vais dire, je ne demande pas mieux que de me tromper. *Mais qu'on me le prouve.* De plus en plus, j'aime me tromper dans les « certitudes », parce que j'aime avoir confiance dans les autres... Dieu sait que j'en ai besoin. Mais prends le raisonnement le plus franchement exprimé, le plus « carré » : celui du parti socialiste français, du moins, tel qu'il a été exposé longuement par Gaston Defferre, en janvier dernier, et qui rejoint d'ailleurs celui fait par M. Messmer quinze jours plus tard. M. Defferre dit que pour éviter la « domination américaine », l'Europe doit se tourner vers les pays en voie de développement et les équiper, en échange des matières premières. Pour garder notre indépendance, nous devons nous assurer par des accords commerciaux, par un échange de bons procédés, l'accès aux ressources naturelles du tiers monde. Donc, dès le départ, une infirmité évidente, une malformation congénitale : cette Europe-là ne sera même pas un « géant aux pieds d'argile », ce sera un géant dont les jambes et les pieds et les ressources vitales ne lui appartiendront pas, seront ailleurs, chez les autres, dans le tiers monde, dans les ressources géologiques du tiers monde, avec des perspectives aussi prometteuses et aussi certaines, à plus ou moins longue échéance, que l'affaire du pétrole arabe. C'est ça, l'indépendance de l'Europe ? Mais il y a mieux, immédiatement — et ça saute aux yeux, non ? Car la politique que l'on nous propose ainsi, *a déjà fait faillite :* C'est celle de la « francophonie économique », c'est exactement la politique que la France a essayé de pratiquer avec tant de jolis espoirs mis dans ses anciens territoires d'outre-mer. c'est l'Algérie qui nous nationalise — à juste titre — et qui nous impose sa loi, le Maroc qui — et c'est bien normal — est en train de nous exproprier, c'est Madagascar qui nous congédie et nous remplace par les Américains, c'est l'ancien Congo, la Mauritanie... Toute la « zone franc » qui se met à nous dicter — et ce n'est que justice, comme l'a fait remarquer M. Léopold Senghor — ses prix et ses conditions. Tout cela s'est défait en moins de douze ans, depuis les accords d'Évian... Il y a quelques années, on appelait « cartiérisme » le nihilisme vengeur né du dépit qui aurait consisté à laisser l'Afrique à sa misère, théorie qui a fait place au

« foccartisme », celui de l'implantation, de « francophonie économique ». On nous propose aujourd'hui le même échec à l'échelle européenne, tout en légitimant le grenouillage compétitif et panique de chacun des partenaires, en multipliant les dérobades et les manipulations astucieuses, parlant à la fois de l'union sacrée et de la libre concurrence... Je dis donc que la France a servi de cobaye pour cette Europe-là, pour cette politique-là, et il faut en tirer les conséquences, aussi bien pour la Communauté que l'on essaye de constituer, que pour la France : après le couteau des pétroliers sur notre gorge, ce sera *inévitablement* — et tout aussi légitimement — celui des détenteurs de toutes les matières premières. Et que l'on ne nous sorte pas un autre argument « habile », celui qui consiste à dire que le tiers monde est multiple, qu'il est dispersé, divisé par des antagonismes, et qu'il y a là donc une multiplicité de « jeux », de manœuvres, de manipulations, de tête-à-tête possibles : aussi dispersé et multiple qu'il le soit, ce tiers monde, il se mettra toujours d'accord sur les *prix*, sur le maximum de profit possible, comme viennent de le faire les Arabes, si « divisés », si « dispersés », eux aussi, n'est-ce pas... Et à partir de là, c'est la fin de l'habileté. J'ai vu nos commis voyageurs rentrer du Moyen-Orient, aux premières heures de l'illusion, tout frétillants parce que la « politique arabe » de la France se révélait « payante » — payante les yeux de la tête — mais les seules puissances qui viennent de jouer un rôle déterminant au Moyen-Orient, ce sont celles qui ne sont pas à la merci du pétrole et des matières premières parce qu'elles possèdent l'*indépendance géologique*. Est-ce qu'il est permis de demander à nos hommes d'État présents et futurs, à M. Giscard, à M. Mitterrand, ce qu'ils entendent par « indépendance nationale », si hautement proclamée, alors que les quatre-vingts pour cent de notre vie nationale dépendent des ressources naturelles qui se trouvent chez les autres? Peut-être veulent-ils nous parler de cette « indépendance dans l'interdépendance », inventée par Edgar Faure au moment de la « décolonisation » du Maroc, et qui a eu ensuite une si belle heure, vers la fin de la guerre d'Algérie? De toute façon, assujettir comme on le fait la vie et la croissance d'un pays à l'exportation, se condamner à exporter à tout prix pour vivre et pour pouvoir payer les matières premières importées... et nécessaires à notre survie... grâce à l'exportation!... ce n'est même pas le « marche ou crève » de la Légion, c'est laisser le destin d'un pays vous échapper peu à peu, jusqu'au point de non-retour... La seule question qu'une telle politique pose est celle des délais de grâce. Le Japon le sait bien, qui ne peut plus avoir de politique étrangère, de choix, d'alternatives... L'indépendance qui est à la merci des ressources, des intentions, des lubies et des moyens de paiement de la clientèle, c'est l'indépendance de Mme

Claude. Bâtir et développer la charpente industrielle, économique et sociale de la France entièrement en fonction des richesses et besoins de l'Afrique ou de l'Asie, c'est le capitalisme en délire. Pour paraphraser Valéry, ce « creux toujours futur », dont on veut retarder l'échéance, ne demeurera pas futur éternellement. Nous allons nous trouver devant une réalité économique française flottant dans un vide, un creux créé par la marge grandissante entre la situation spécifiquement française et une structure socio-industrielle bâtie en fonction des situations africaines, asiatiques ou autres — et à leur merci. Il y a évidemment quelques années de manipulations possibles, contrats, ventes d'armes et astuces, une politique de manœuvres et de compromis pour éviter le pire, du genre Laval moins la trahison... Et je te parle ici « Europe ». Car, en dehors de toute question d'aide et de coopération, qui est une obligation humaine sacrée pour les anciens exploiteurs et profiteurs, la seule politique réaliste et lucide à l'égard du tiers monde est celle qui se ferait à partir d'une base de départ et de soutien dont les deux supports géologiquement privilégiés sont l'U.R.S.S. et les États-Unis. Je dis donc que la seule indépendance possible pour la France et pour l'Europe, c'est une « indépendance de civilisation » — et celle-ci se situe et se négocie là où elle se trouve, c'est-à-dire à l'intérieur d'une seule et même civilisation matérialiste acquisitive dont les deux éléments de balance, de contrepoids réciproques et d'équilibre sont les États-Unis et la Russie soviétique. Et la politique France-tiers monde, ou Europe-tiers monde, c'est le rêve d'une tête coupée qui « se souvient et qui pleure »... qui se souvient de l'empire, de « nos territoires d'outre-mer », un rêve inavoué, qui bouge encore confusément... Je répète que M. Giscard d'Estaing n'a pas besoin de conseillers de raisonnement, et j'en conclus que la vérité sur l'opération « France-tiers monde », ou l'« Europe-tiers monde », c'est qu'elle est dans son esprit un élément de négociation avec les États-Unis et non avec le tiers monde. Car il ne saurait se concevoir que la seule leçon tirée de l'affaire du pétrole soit d'en redemander... en redemander pour l'uranium, le cuivre, le manganèse, pour toute la matière nourricière de la société industrielle. Ce serait la politique du fusil à répétition braqué sur notre « indépendance »... Mais on continue à parler, à se rassurer, à se congratuler et à faire « comme si »... Comme si la France jouissait d'un droit privilégié, préférentiel auprès des pays en voie de développement — peut-être la gratitude des anciens exploités et humiliés? — et comme si ces pays n'avaient pas d'autres choix, d'autres alternatives, comme si les États-Unis, l'U.R.S.S., l'Allemagne, le Japon, la Grande-Bretagne n'existaient pas... C'est sans doute pour cela qu'au beau milieu de notre « politique arabe » la construction du pipe-line

Suez-Méditerranée, que j'ai entendu qualifier par nos banquiers comme étant « dans la poche », fut confiée à une firme américaine... Quand on s'engage dans une politique à couteaux tirés, on court les risques de rencontrer des couteaux plus longs que le vôtre... Le tiers monde renvoie la France à la France, la France à l'Europe et l'Europe à *sa* civilisation bipolaire... Peut-on demander aux « gaullistes » où, depuis deux ou trois ans, ils ont enterré une certaine formule « de l'Atlantique à l'Oural » ? De Gaulle avait raison et il faut être aveugle pour ne pas voir à *qui* il parlait ainsi, à qui il s'adressait, au-delà, et de quelles négociations il entendait ne pas être exclu... Même l'Égypte a obtenu l'Amérique en s'adressant à l'U.R.S.S. et s'imaginer que les États-Unis et l'U.R.S.S. vont s'entendre sur le « dos de l'Europe » pour la « neutraliser » est insensé, car cela revient à dire qu'*à la fois* l'U.R.S.S. et les États-Unis se sentent menacés dans leur existence par l'Europe occidentale. « Neutraliser l'Europe » aurait pu être, à la rigueur, au temps de la guerre froide, du blocus de Berlin, le prix désespéré qu'un président munichois des États-Unis aurait peut-être songé à payer pour éviter le conflit nucléaire, mais aujourd'hui, cela supposerait au moins une Europe énergétique capable de concurrencer et de faire trembler les États-Unis au point que l'Amérique serait prête à sacrifier ses alliances, ses bases et sa fille aînée, l'Allemagne, par crainte de notre compétition commerciale...

Cela ne veut rien dire du tout. Mais qu'il est donc admirable, cet oiseau politique de haut vol, cet aigle à deux têtes dont l'une s'enivre de grand large et d'une volonté de puissance à l'égal des « géants » et l'autre conjure des spectres d'inexistence, de paralysie et de « neutralisation », malgré l'arme nucléaire « tous azimuts » à laquelle le « rival » — ou faut-il dire « l'ennemi »? — ne nous a jamais sommé à renoncer lorsqu'elle était encore en voie d'élaboration!... Pauvre oiseau — chauve-souris qui déploie une aile de toute l'ampleur des « grands desseins » et de « force de frappe » mais dont l'autre n'est plus qu'un moignon de frustration, de phobie et d'insécurité. Dans un tel cortège de phantasmes, celui de l'indépendance Europe-tiers monde n'en est évidemment qu'un de plus... Si on nous suivait, ce ne seraient même plus « neuf personnages en quête d'auteur », ce seraient neuf personnages en quête d'une comédie... Faut-il rappeler qu'il y a vingt ans, alors que nous refusions de quitter l'Indochine, de rendre l'indépendance à la Tunisie et au Maroc et de la donner à l'Algérie, notre « doctrine » consistait à dire à nos alliés que pour « faire l'Europe », nous devions apporter « en dot » à celle-ci toutes les richesses de nos colonies? C'est à cette même habileté que l'on a recours aujourd'hui, comme si les territoires que nous avions perdus, les pays qui ont conquis ou gardé leur liberté, nous avaient signé un blanc-seing que la France et l'« Europe » seraient libres de remplir selon leurs désirs. Ces outre-mer, dont nous deviendrions ainsi de plus en plus une dépendance, au fur et à mesure que leurs besoins et ressources conditionneraient notre vie et notre croissance, mais qui permettraient néanmoins à la France et à l'Europe de « garder leur destin dans leurs mains », c'est une contorsion cérébrale typique de tous ceux qui refusent de faire face à la réalité. Écoute celui que, par analogie, — s'il y en a une — avec la Cour suprême des États-Unis, j'appellerai une des plus hautes autorités morales du pays, le président sortant du Conseil constitutionnel, M. Gaston Palewski. Faisant état de l'identité de vues sur la construction européenne entre M. Defferre et l'U.D.R., il nous rappelle que l'Amérique ne réserve sa considération « qu'aux forts ». Ainsi, l'Europe, fortement assise sur les sous-sols de l'outre-mer pourra enfin, nous explique-t-il, parler à l'Amérique d'égal à égal... *Pas un mot* de l'U.R.S.S., dans cette vision de l'Europe et du monde, *pas un mot*, chez ce fidèle, d'un mémorable « de l'Atlantique à l'Oural »... Non : il faut tenir tête à l'Amérique grâce à une Europe unanime et « forte » de richesses géologiques de l'Afrique et de l'Asie, dont elle s'assurera on ne sait comment la garantie... Et M. Palewski appelle cela un « grand dessein ». On croit rêver — et c'est bien ça : on rêve... Il n'y a pas d'Europe possible sans l'U.R.S.S. parce qu'il n'y a pas d'Europe sans les États-Unis...

F. B. : *Tu viens pourtant de donner une interview en Amérique dans laquelle tu as approuvé dans des termes très... vifs la position prise par M. Jobert à la conférence de Washington ?*

R. G. : Bien sûr. Parce qu'il ne s'agissait pas de l'énergie, il ne s'agissait pas d'Europe, il s'agissait pour M. Kissinger de montrer qui est le maître. C'était une manipulation, une « manœuvre diplomatique » classique, du type XIXᵉ siècle. M. Kissinger a obtenu ce qu'on appelle une « victoire diplomatique ». Grand bien lui en fasse. Encore quelques victoires comme ça et il ne lui restera plus qu'à couler la flotte française à Mers el-Kébir. M. Kissinger a réussi à prouver d'une manière tout à fait irréfutable que de Gaulle avait raison et qu'on ne peut pas faire l'Europe sans l'U.R.S.S...

F. B. : *Il y a quand même une Communauté qui existe et contribue à la prospérité de ses membres ?*

R. G. : Oui, il y a un club de bons vivants. C'est même mieux que la Ligue hanséatique du Moyen Age. Il y a là une réussite matérielle incontestable et qui offre d'autres perspectives d'enrichissement, de profits et d'excellentes affaires avec les États-Unis, l'U.R.S.S. et le tiers monde. A encourager, dans le contexte général d'une organisation des marchés. Mais dès qu'on se met à parler « indépendance européenne », on fait semblant d'oublier que la valeur « Europe » a été lancée en 1947-1949 comme un contenu idéologique concurrentiel face à l'offre communiste, un « nous aussi nous avons quelque chose à proposer ». On était alors à la recherche d'une dynamique de parade et « faire l'Europe » fut d'abord une nouvelle pièce dialectique sur l'échiquier de la guerre froide. C'était pensé, initié en fonction de la « menace russe », et Cudenhove-Kalergi, encore un de ces nombreux « pères » de l'Europe, n'avait jamais cessé de le proclamer, jusqu'à sa mort, il y a deux ans. Cette « idée européenne » fut largement l'œuvre de Staline, après le blocus de Berlin. Cela a voulu dire au départ « armée européenne » et c'est devenu « sociétés multinationales », la prospérité économique ayant pris le pas sur le sentiment d'insécurité. Ce n'était pas une volonté de mutation mais d'abord de défense et ensuite de consolidation et de renforcement économiques. Ce « faire l'Europe »-là s'appuyait au départ sur le potentiel militaire, industriel et énergétique des États-Unis et l'idée de l'asseoir aujourd'hui sur les ressources naturelles du tiers monde « pour échapper à la domination américaine » et de créer ainsi un nouvel État, puissance supra-nationale, mais à l'intérieur duquel la France resterait la France, l'Allemagne l'Allemagne, et l'Angleterre l'Angleterre, c'est du « je ne sais plus où me fourrer », une divagation de dépit des anciens maîtres du monde... On est là dans le mensonge désespéré... Il y a une *seule* civilisation matérialiste occidentale qui a donné naissance en ses deux extrémités au matérialisme capitaliste américain et au matérialisme du type soviétique et dont la soudure n'a pas encore été faite. Ce point de soudure, c'est l'Europe. Tout le reste, c'est du vague à l'âme, *La Cerisaie* de Tchekhov. Ou alors, il faudrait entrer en lutte contre le matérialisme, essayer de donner naissance à une autre civilisation, mais le moins qu'on puisse dire, c'est que ce n'est vraiment pas ce qu'on semble chercher... La vérité est que l'on ne peut pas faire l'Europe que l'on essaye soi-disant de faire parce que c'est une Europe 1900, que l'on aurait pu bâtir alors sur le dos des colonies, et que cette Europe-là s'est sabordée en 1914, a laissé ses dernières plumes en Indochine et dans l'expédition de Suez en 1956 et a rendu son dernier soupir en Algérie... Mais la Communauté existe. C'est un mariage de raison avec communauté réduite aux acquêts et ça pue les notaires du XIXe siècle, mais c'est là, et il y a d'autres progrès *matériels* possibles, une association encore plus étroite et un nouveau bond en avant de la production, de la distribution, de la consommation et de l'enrichissement... Et rien ne nous empêchera — en attendant la Chine... — d'aider le tiers monde à prendre la même direction. Mais lorsqu'on parle Europe-patrie ou Europe-puissance, avec chaque pays « conservant sa personnalité propre », le tout à l'abri de « la domination américaine » et de « la menace soviétique », on est dans le mensonge honteux et désespéré. On s'est d'abord menti, « armée européenne » par peur des Russes, on se ment maintenant « Eurarabie », « Eurafrique » et « Europe-tiers monde » pour échapper à la réalité et parce qu'il ne reste plus d'autre façon de se tortiller... Les marionnettes de l'« Europe indépendante » n'ont qu'à continuer à se trémousser : elles ne font pas l'Histoire, elles font des histoires...

F. B. : *Mais le fond du problème?*

R. G. : Le fond du problème, c'est la fin de ce que Georges Lukacs appelait la « manipulation ». Lorsque je l'ai vu il y a quelques années à Budapest, il y revenait sans cesse, parce que, « mal inhérent au capitalisme », selon lui, les démocraties marxistes en étaient néanmoins atteintes, elles aussi. La « manipulation » est incompatible avec toute prise de conscience objective et réaliste des situations historiques, et pas seulement avec la dialectique marxiste... Et les « masses de réalité », les lignes de force géo-politiques, géologiques, sont aujourd'hui devenues trop visibles, grâce à l'information et aux prises de conscience populaires, elles sont trop puissantes, trop déterminantes pour se laisser manipuler, pour laisser de la place aux habiletés, aux arrangements à court terme, à la débrouille et aux exercices de souplesse érigés en grande politique. Je sais bien que pendant quelque temps encore, nous pouvons nous faufiler, profiter des situations locales, signer des contrats ici et là, durer en remplaçant la stratégie par la tactique, faire de la manipulation : le franc flottant, les petites ruses d'expert-comptable... Nous risquons de le payer très cher. Pendant longtemps l'Histoire a fait la géographie, les armes à la main... Aujourd'hui, c'est la géographie qui fait l'Histoire. Une France, une Europe indépendantes grâce aux ressources naturelles du tiers monde, n'en déplaise à M. Defferre, à M. Messmer, ce n'est pas là une politique : ce sont les consolations de l'Église... On place ses espoirs de survie dans l'au-delà. Cet optimisme de commande est un optimisme *des* commandes. Et il y a parfois dans la comédie que l'on se donne des trouvailles vraiment admirables. Par exemple, on brandit la menace d'un partage du monde en deux zones d'influence entre les États-Unis et l'U.R.S.S., avec « neutralisation » de l'Europe. On comprend mal dans quel but on neutraliserait l'Europe, face à la Chine, mais peu importe. Car la plus belle fleur de cette rhétorique, c'est qu'en même temps, comme parade, on nous invite à nous rendre « forts » et indépendants en nous appuyant justement sur ce même monde que les deux ogres vont ainsi se partager... Mais s'ils étaient capables d'une telle maîtrise, ne seraient-ils pas à plus forte raison en mesure de nous empêcher de bâtir un *commonwealth* européen qui tirerait sa substance nourricière et son « indépendance » des pays que les États-Unis et l'U.R.S.S. entendraient ainsi dominer? Où sont l'honnêteté intellectuelle, la bonne foi, dans de tels raisonnements? Décidément, sœur Anne a beau se pencher par la fenêtre, elle ne voit que l'Amérique qui foudroie et la Russie qui rougeoie... Et c'est alors le tiers monde qui sursoit. Ne serait-il pas temps de regarder enfin en face la *vraie* raison de cette peur? Dans le contexte de la civilisation à laquelle nous nous sommes livrés, que nous avons contribué de notre mieux à élaborer, dont nous ne pouvons pas nous dégager sans une révolution d'autant plus difficile qu'elle serait avant tout spirituelle... eh bien! dans cet état de choses, devant ce *fait accompli*, avoir peur de l'Amérique ou de l'U.R.S.S. aujourd'hui, *c'est avoir peur de nous-mêmes*. La voilà, la vraie raison de notre angoisse, de nos contorsions et de notre obscur regret ou remords. Si la Chine nous fait moins peur, ce n'est pas parce qu'elle est trop loin, c'est parce qu'elle est trop différente de nous... Mais encore quelques années de réussite matérielle « sans précédent dans l'histoire de l'humanité », encore quelques années de « grande bouffe », et nos scrupules se calmeront. La *realpolitik* viendra à bout aussi bien de nos phantasmes que de nos « je me souviens des jours anciens et je pleure ». Nous cesserons de renâcler et nous ferons la soudure que notre civilisation exige. Et d'ailleurs, de quoi parle-t-on, alors que l'U.R.S.S. et les États-Unis essayent déjà de se mettre d'accord pour exploiter *ensemble* la Sibérie? S'ils y parviennent, comme je le crois, c'est autour des richesses du sous-sol sibérien que l'Europe reconnaîtra les siens.

F. B. : *Même en faisant la part du persiflage, tu me sembles faire bon marché des idéologies...*

R. G. : Ce sont les États-Unis et l'U.R.S.S. qui te répondent, lorsqu'ils négocient des investissements des capitaux américains en U.R.S.S... Il y a une civilisation occidentale matérialiste dont les deux pôles magnétiques sont l'U.R.S.S. et les États-Unis et nous sommes au milieu, nous en sommes le centre et le berceau, et il n'existe pas d'acrobaties intellectuelles qui nous permettraient d'en sortir, à moins de créer une autre civilisation, ou de retrouver celle que nous avons perdue, ce qui demande un esprit de sacrifice et de courage qui n'est pas pour demain...

F. B. : *La différence profonde, la ligne de partage ne vient-elle pas d'être révélée par l'affaire Soljénitsyne?*

R. G. : Ah non, pas ça! Les États-Unis ont plusieurs Soljénitsyne sur le dos. Lorsque M. Kissinger, la larme à l'œil, parle avec émotion de Soljénitsyne au nom de M. Nixon... enfin, c'est incroyable! A-t-on oublié que c'est le jeune politicien Nixon et ensuite le vice-président Nixon qui a soutenu, encouragé, poussé le sénateur McCarthy lorsque les États-Unis emprisonnaient, privaient de leur gagne-pain et confisquaient les passeports des intellectuels américains accusés d'« activités anti-américaines »? A-t-on *déjà* oublié — ou est-ce qu'on préfère ne pas se souvenir, pour faire plus commodément de l'antisoviétisme à outrance? Cette accusation d' « activités anti-américaines », utilisée contre des milliers de libéraux, c'est exactement l'accusation d' « activités antisoviétiques » lancée par la bourgeoisie soviétique orthodoxe contre Soljénitsyne. C'est avec la bénédiction de M. Nixon que les autorités américaines retiraient son passeport au grand chanteur noir Paul Robeson, poussaient au suicide des acteurs et écrivains déclarés « subversifs », empêchaient le grand romancier Howard Fast à la fois d'émigrer et de publier, et mettaient d'autres écrivains ou metteurs en scène en prison pour délit d'opinion ou refus de dénonciation... Quand ils ne les transformaient pas en dénonciateurs... Les « belles âmes » libérales comme Reston, du *New York Times*, comme Savareid, qui soljénitsynisent aujourd'hui à qui mieux mieux, se gardaient bien d'élever la voix lorsque leur confrère et mon ami et traducteur Joe Barnes était chassé de leurs journaux et mis au pilori pour avoir joué au tennis sur le court du Kremlin... C'est trop commode d'oublier, vraiment trop commode... C'est la même civilisation, avec en ses deux extrémités un choix différent des injustices. La société petite-marxiste soviétique poursuit exactement les mêmes « biens » que la nôtre. De New York à Moscou, ce sont les mêmes valeurs, mais qui sont bafouées de deux façons différentes. Nous sommes au centre, entre les deux et entre-les-deux, plus « ballants » parce que plus éloignés des masses de polarisation, et si notre « esprit européen » existe, s'il signifie quelque chose, c'est bien au centre, entre l'extrémisme matérialiste soviétique et l'extrémisme matérialiste américain qu'il faut le situer. Cela veut peut-être dire « socialisme au visage humain », et cela veut peut-être dire une série d'échecs, mais ce qui compte, ce n'est pas la réussite enfin tenue, enfin saisie, c'est la poursuite, la direction de marche, et il y a des échecs qui ont réussi à bâtir des civilisations dans leur sillage. Nous ne devrions pas nous identifier à quelque citoyen romain qui se serait écrié, en voyant Jésus mourir sur la croix : « Encore un raté! »

F. B. : *Et la France, dans tout cela? Quelle France? Car il me semble que c'est surtout cela qui te préoccupe...*

R. G. : Lorsque M. Defferre ou M. Palewski nous mettent en garde contre la « domination américaine », il nous la baillent belle, parce que la domination américaine est là, et elle ne nous vient pas des États-Unis mais d'une acceptation d'un mode de vie qui exige la création de besoins de plus en plus artificiels pour faire tourner de plus en plus vite et avec de plus en plus d'ampleur la machine socio-industrielle. Le résultat, c'est un déchaînement matérialiste annihilateur de tout ce qui fut français depuis Montaigne... La France, c'était du fait à la main, à tous les points de vue, dans tous les domaines, patiemment, avec respect de la qualité et de l'œuvre. Il y avait un certain respect, une honnêteté dans les rapports des mains avec la vie, une certaine *honnêteté intellectuelle*... Cette honnêteté intellectuelle qui est si totalement absente du concept « Europe-puissance », inventé d'abord contre l'U.R.S.S. et maintenant contre les États-Unis. Les mains, tu sais... Bon, je ne vais pas chialer, je suis trop vieux pour ça... Mais des mains ridées, prudentes, qui avaient un rapport *vrai,* un rapport *honnête* avec ce qu'elles faisaient... La France, c'étaient des mains humaines, avec un vrai sens du toucher, du fond et de la forme, et qui avaient un peuple derrière elles — et pas seulement une démographie — n'est-ce pas, M. Debré, M. Foyer? — « pour faire face à la Chine de l'an deux mille »... Michel Debré m'étonne toujours, quand il parle de « nation », à propos de la France... Le temps que la France a passé comme « nation » sur l'échiquier de l'histoire, ce n'est rien par rapport à l'histoire de ses mains et de leur œuvre... La France était une façon de vivre et de penser, ce n'était pas une Europe-prothèse... Rétrograde? Mon vieux, ils me font marrer. Le plus grand progrès que l'humanité ait connu eut lieu lorsque le Moyen Age a découvert le *passé :* il a découvert l'Antiquité, la Grèce, et c'est ainsi qu'il s'est ouvert sur l'avenir... S'imaginer qu'en cinq mille ans d'œuvres aucune racine permanente n'a été plantée, c'est d'une rare imbécillité... Les mains françaises, c'était vraiment une civilisation, jusqu'à ce qu'il leur soit venu des poches. Maintenant, le pays est fait de poches qu'il s'agit de remplir et d'agrandir, afin de les remplir et de les agrandir encore davantage, et de les remplir encore plus... C'est ça la « domination américaine », ce n'est pas le Pentagone. A partir du moment où on a perdu son œuvre, où l'on est incapable de la recréer ou d'assumer les sacrifices qu'il faut pour tenter d'en créer une autre, d'une même inspiration humaine, à partir du moment où l'âme est devenue une poche qui ne cesse de grandir, il faut accepter la réalité de la civilisation outrancièrement, outrageusement totalitaire dans son matérialisme à laquelle on appartient et s'y situer franchement, sans attendre que la Tanzanie nous lâche ou que le roi Fayçal nous tire de là... On m'a répondu en haut lieu, que cette « unité de civilisation », il faut justement l'ouvrir sur l'extérieur, sur les pays en croissance, mais comme tous les pays industriels ne font que ça, à commencer par les États-Unis et l'U.R.S.S., comme trouvaille, comme solution française, européenne et « grand dessein », c'est vraiment bouleversant d'"ingéniosité... Il faut dire aussi que les mensonges bondieusards dont on nous abreuve sur l'Europe font partie d'une longue tradition fumigène qui aurait dû mourir en 1940 avec « la route du fer est coupée », « nous vaincrons parce que nous sommes les plus forts » et la ligne Maginot. Mais l'« Europe-puissance » est devenue le dernier alibi — trou d'autruche des classes et le dernier art de Saint-Sulpice idéologique des bien-pensants. Je ne dis pas que M. Chirac ou M. Defferre y croient : je dis qu'ils croient sincèrement qu'il y a là un mensonge pieux qui ne peut pas nous faire de mal. Ça habille bien. C'est une consolation de l'Église pour bien-pensants à la recherche de pseudos rassurants, une méthode politique qui a fait ses preuves : elle avait permis à Vichy de se concilier la quasi-totalité de la bourgeoisie en spéculant sur ses habitudes de trompe-l'œil et sur ses images saintes. On ne fait pas l'Europe, et on le sait : on fait de l'exorcisme dans l'espoir de chasser les vrais démons. L'européisme sans l'Amérique, contre l'Amérique, sans la Russie, contre la Russie, l'« Europe-puissance », l'Europe *sans géologie européenne nourricière*, c'est la dernière position cérébrale du *Kama-sutra* des impuissants — et n'oublie pas, mon bon, que c'est une « indépendance » économique — celle qui vivrait entièrement d'une industrie de transformation au service du tiers monde... — une « indépendance » nucléaire, militaire « tous azimuts », grâce à l'uranium de l'Afrique et le pétrole des Arabes... Tu te rends compte d'un approvisionnement garanti, au point de vue *stratégique* « tous azimuts » ? Mais c'est un crachat sur Descartes, sur Montaigne, sur La Fontaine, un crachat dans les vieilles mains de la France, sur tout ce qui fut « raison garder », cette logique-là ! Jadis, au moins, on pouvait se consoler en criant « tous des vendus ! », mais cela aussi, c'était une pieuse consolation, une bondieuserie : Gamelin était scrupuleusement honnête... De toute façon, il est trop tard pour bâtir le passé : l' « Europe-puissance » indépendante est une opération anachronique qui a raté son Bismarck. La volonté — d'ailleurs absente — de faire naître ce nouveau géant est une entreprise passéiste. On n'aura pas le temps, parce que le problème de demain, c'est la fin du gigantisme. Les générations qui viennent verront la disparition des géants pour cause de gigantisme. L'U.R.S.S., les États-Unis, la Chine sont entrés dans un cycle historique où ils n'auront bientôt qu'une seule chose à offrir à l'humanité : leur éclatement... Je crois que cela se fera de l'intérieur et sans trop de mal. Je fais pour cela confiance à la jeunesse toujours renouvelée du monde, tout mon espoir est chez elle. Au point où en sont les systèmes capitaliste et soviétique, aujourd'hui, la seule question qu'ils nous posent, c'est celle de leur succession... Il y a en ce moment une Europe authentique qui se cherche, et qui se cherche là où elle est, dans ses racines, dans les particularismes culturels, les communautés sociales et spirituelles, les « unités de vie » à l'échelle du groupe et de l'homme, à la mesure des mains humaines, et cet esprit qui bouillonne n'acceptera pas indéfiniment le règne des prothèses, il ne se laissera pas enfermer dans les bureaucraties et les étatismes concentrationnaires, dans des tours Montparnasse à l'échelle nationale ou européenne. Nous vivons un âge d'écrasement démographique et bureaucratique où chacun se sent pulvérisé, « anonymisé » jusqu'à perdre le sens de son identité, et où l'homme — pour les jeunes Français, pour les jeunes Européens, en tout cas, cela devient chaque jour plus évident — a besoin de retrouver ses appartenances premières... C'est seulement en retrouvant, en protégeant les particularismes que l'on pourra renforcer et développer en même temps un réseau transnational de liaison, d'association, de communication et de coordination à une échelle communautaire techniquement indispensable mais dont la bureaucratie aura toujours tendance à l'autonomie et aux manipulations politiques par sa technocratie interne du type Mansholt. Mais une organisation quelle qu'elle soit ne sera jamais l'Europe. L'histoire ne donne pas d'exemple d'une patrie humaine sortie d'un concept et d'un organigramme. Et je finirai en disant ceci, qui me semble évident : s'il existait chez nous, aussi bien en tant que nations qu'en tant qu'hommes, les conditions psychiques, morales et spirituelles pour « faire l'Europe » en bien! nous n'aurions plus besoin de faire l'Europe... car cela s'appellerait fraternité.

F. B. : *Comment te situes-tu par rapport à la bourgeoisie?*

R. G. : Dedans. J'essaye simplement de garder le nez dehors, et je prends des bains. Je me connais très bien sociologiquement : je suis un bourgeois libéral à aspirations humanisantes et humanitaires, du genre *Vendredi,* hebdomadaire des années trente, je ne changerai jamais, et il s'agit toujours de moi lorsque l'extrême droite ou l'extrême gauche parlent d' « idéalisme bêlant » ou d'« humanisme bêlant ». J'appartiens donc à la tribu de ceux que Gorki appelait les « clowns lyriques faisant leur numéro de tolérance et de libéralisme dans l'arène du cirque capitaliste »... Quand ils font ce numéro dans l'arène du cirque petit-marxiste soviétique, les « clowns lyriques » sont enfermés dans les asiles psychiatriques, envoyés en Sibérie ou se font expulser du cirque. Politiquement, j'aspire au socialisme à « visage humain », celui qui a accumulé tous les échecs mais n'a cessé de montrer la seule direction de marche qui me paraît digne d'être suivie.

F. B. : *Et de Gaulle, là-dedans ?*

R. G. : De Gaulle a été une heureuse excentricité de l'histoire dont la France a bien su profiter.

F. B. : *Tu m'excuseras d'être un incroyant de ce culte, mais ça te regarde... Et comment se fait-il que, malgré cette aspiration à un socialisme au « visage humain » dont tu viens de faire état, tu as toujours refusé de signer tous les manifestes, toutes les pétitions ?...*

R. G. : Je ne pétitionne pas, je ne brandis pas, je ne défile pas, parce que j'ai derrière moi une œuvre de vingt volumes qui proteste, manifeste, pétitionne, appelle, crie, montre et hurle, et qui est la seule contribution valable que je puisse faire.

Mes livres sont là et ils parlent, et je ne peux pas faire mieux.

F. B. : *Je sais que tu as foutu à la porte il y a quelques jours deux ou trois personnes qui sont venues te demander de signer une protestation contre les brutalités policières...*

R. G. : Une population qui laisse quinze mille morts par an sur les routes n'a pas à se plaindre de brutalités policières. C'est le même *machismo*, les mêmes zizis, en uniformes ou pas... Et ces salauds-là, avant de monter chez moi, avaient laissé leur bagnole sur le trottoir, bloquant l'entrée... C'est typique. Je ne vais pas entamer ici une discussion pour savoir ce qui a existé le premier, l'œuf ou la poule, mais nos flics ont été *persuadés*. On les a convaincus. Quand tu te mets à haïr un groupe, il finit par se laisser persuader et par faire ce qu'il faut pour mériter d'être haï : c'est un processus historique connu. On en a déjà parlé : à force d'expliquer aux Juifs qu'ils étaient méprisables, le Moyen Age a réussi à faire des Juifs sans dignité...

F. B. : *Le communisme?*

R. G. : Ça va, merci. Ils ont compris que le capitalisme est en train d'assurer sa propre disparition et qu'il fait même ça très bien. Ils se contentent donc de le pousser un peu de l'extérieur dans cette direction, à l'aide des syndicats, ils manipulent le capitalisme, et ça se passe exactement comme ils le veulent.

F. B. : *S'ils prenaient le pouvoir en France, qu'est-ce que tu ferais?*

R. G. : Cela dépend comment ils le prendraient et de quel côté seraient les cadavres.

F. B. : *Comme écrivain?*

R. G. : Je pense que si les communistes prenaient le pouvoir en France, ce seraient surtout les intellectuels communistes qui auraient des problèmes... Romain Gary, ils s'en foutraient. Je pense même qu'ils me laisseraient écrire et publier, pour faire câlin. Ce n'est pas pour demain... Mais il faut dire que la bourgeoisie fait tout ce qu'elle peut pour hâter le processus... Écoute ça... Je me suis occupé d'un étudiant, un Noir. Il a fini ses études avec tous les diplômes que tu veux. J'essaye de le placer, pour qu'il gagne sa croûte. Je m'adresse à des gens que je connais, qui sont à la tête d'une très grande affaire. On l'engage. Au cours du stage, on m'informe que ce jeune Noir est un sujet brillant, promis à un bel avenir, on est très content de lui. Et puis un soir, le gars arrive chez moi, complètement décomposé. On venait de le balancer. Le chef du personnel l'a convoqué, et l'a reçu avec son air le plus supérieur, ironique et écrasant. « Voici votre dossier, cher monsieur. En Mai 68, vous avez été sur les barricades... Vous avez milité dans des organisations afro-subversives... Et, cher monsieur, comme par hasard, vous habitez boulevard Saint-Michel... Afin d'être aux premières loges, n'est-ce pas? Au revoir, au revoir... » Voilà. Le gars avait même oublié ce que c'était, Mai 68, mais eux, ils n'ont pas oublié... Alors, cette bourgeoisie-là, ce patronat-là, tu sais ce que c'est? C'est une entreprise conservatrice d'autodestruction!

F. B. : *Ce n'est pas la peine de gueuler. Je suis d'accord. Mais pour revenir à l'Europe...*

R. G. : Basta. Fini. J'ai dit ce que j'avais à dire. A eux de démontrer que je me trompe. Je voudrais bien qu'ils me fassent une autre projection, côté Messmer ou côté Defferre, j'aime tellement me tromper, cela me rend chaque fois l'espoir dans les autres...

F. B. : *Pourtant tu aimais beaucoup gagner aux échecs autrefois...*

R. G. : Oui, au temps du bon vieux maître docteur Tartakower, à Nice. Il y a quarante ans que je n'ai plus ouvert un échiquier. J'ai abandonné, quand j'ai vu que ça devenait obsessionnel. Tu ne peux pas aller loin, aux échecs, si ça ne devient pas obsessionnel... Je me suis trouvé un jour, à vingt ans, couché dans la nuit à refaire une partie entre les grands maîtres Alekhine et Capablanca... Alors j'ai dit, basta.

F. B. : *Mais le jeu d'échecs réapparaît dans* Europa.

R. G. : Seulement pour montrer à quel point l'ambassadeur Danthès, l' « l'homme d'une immense culture », est étouffé par les abstractions.

mais à quoi bon? Les livres ne font jamais le poids... *Guerre et Paix* — en prenant le sommet — a fait tout pour la littérature mais rien contre la guerre... Tu sais, je vais te donner deux exemples. Dans *Les Racines du ciel,* j'ai protesté violemment contre le massacre des éléphants, contre les chasseurs... Il s'agissait de toute la défense de notre environnement — c'est-à-dire aussi de notre liberté. Après le Goncourt, j'ai commencé à recevoir des lettres de gratitude émue des lecteurs dont plusieurs m'envoyaient en témoignage de compréhension... des éléphants en *ivoire*. Même chose pour *La Promesse de l'aube.* Des personnes émues viennent me dire qu'elles ne cessent de lire et relire le livre... Et quelques-unes me demandent à la fin : « Est-ce que votre maman vit toujours?... » Je ne sais pas comment elles ont lu le livre, ces chères personnes. Parfois, ça dépasse l'imagination. Toute mon œuvre est faite de respect pour la faiblesse. Dans le passage clé des *Racines du ciel,* des prisonniers, des concentrationnaires à bout de souffle se remettent à vivre, à tenir et à espérer, lorsque l'un d'eux invente une présence féminine imaginaire parmi eux... Dans *Adieu Gary Cooper,* j'ai écrit : « Les hommes forts et durs sont partout, ce sont les autres, les hommes inefficaces, incapables de faire le mal, en un mot faibles, qui sauvent l'honneur... » Tous mes livres ont pour thème la faiblesse irrépressible et souveraine... Et un beau jour, dans *Le Nouvel Observateur,* je trouve sous la plume de Guy

Dumur cette phrase : « *Dans les livres de Romain Gary les faibles sont toujours perdants à la fin : ce n'est pas pour rien qu'il est gaulliste...* » En dehors même du sous-entendu fasciste, on ne peut aller plus loin dans la mauvaise foi et se soucier moins de la vérité. Enfin. J'aime bien Guy Dumur : ça doit être difficile, ce qu'il fait...

F. B. : *Tu as fait dernièrement à la télévision une sortie assez violente, réclamant une sorte de campagne pour la « féminisation » du monde, une civilisation « féminine »... Tu n'es pas le seul à avoir vu dans les femmes les grandes exploitées de l'histoire. Mais tu es allé très loin. Tu as affirmé que toutes les valeurs de civilisation sont des valeurs féminines... Douceur, tendresse, maternité, respect de la faiblesse. Et lorsqu'à la fin tu as réclamé enfin avec tant de chaleur que l'on rende « justice aux femmes »... Est-ce qu'il ne s'agit pas, surtout, de deux souvenirs qui n'ont cessé de grandir dans l' « injustice » : celui de ta mère et d'Ilona ?*

R. G. : Je ne sais pas. C'est anecdotique. Des chichis exquis. Ce que je sais c'est que je reste fidèle à ce que j'ai écrit en 1951, dans *Les Couleurs du jour*. Toutes les valeurs de civilisation sont des valeurs féminines. Le christianisme l'avait très bien compris avec la Vierge, mais il s'est limité à l'image pieuse. Il a commencé par exalter la faiblesse et en a tiré une leçon de force. Lorsque Rainer dit, dans *Les Couleurs du jour* : « Je crois à la victoire du plus faible », et je prends ça à mon compte, au nom de cette part de féminité que la civilisation devrait toucher, faire naître et faire agir en conséquence dans tout homme digne de ce nom. Que ce soit, chez moi, le résultat d'une « sublimation » exaltée de mes rapports avec ma mère, c'est possible, mais tout ce que cela prouverait, c'est que l'homme — c'est-à-dire la civilisation —, ça commence dans les rapports de l'enfant avec sa mère. Or, sans même parler de la paranoïa œdipienne des psychanalystes, toute la littérature aujourd'hui traite ce rapport uniquement comme une névrose dont il s'agirait de se guérir, de se « libérer », parce que notre fin de civilisation, avec l'épuisement de toutes formes d'énergie et de souffle, qui sont si perceptibles, en est de plus en plus réduite à chercher l'« originalité », la « liberté » et le « nouveau » dans les actes contre nature, ayant épuisé ou trahi ses originalités authentiques. Je ne suis tout de même pas assez praline pour dire : « Il faut mettre les femmes à la place des hommes et on aura un monde nouveau. » C'est idiot, ne serait-ce que parce que la plupart des femmes agissantes, actives, ont déjà été réduites à l'état d'hommes par les besoins mêmes et les conditions de la lutte. Le *machismo* en jupon n'est pas plus intéressant que l'autre. Je dis simplement qu'il faut donner une chance à la féminité, ce qui n'a jamais été tenté depuis que l'homme règne sur terre. Si les choix politiques sont aujourd'hui si difficiles, c'est que pour l'essentiel, toutes les forces en présence se réclament justement de la force, de la lutte, des victoires, du poing, de la masculinité en veux-tu en voilà. Jette un coup d'œil sur les photos de l'Assemblée nationale. Rien que du mâle, là-dedans, pouah… Des belles têtes de *machos* sur pied. Tu prends Messmer ou Mitterrand, c'est de vraies têtes romaines, du buste, du gladiateur, du pareil au même, du laurier derrière les oreilles, du millénaire… Pas une voix féminine dans le concert des voix sur l'Europe… C'est pourquoi d'ailleurs on fait une Europe du bœuf et du lard. Pas trace de maternité, dans tout ça… Tant qu'on ne verra pas à la tribune de l'Assemblée nationale une femme enceinte, chaque fois que vous parlerez de la France, vous mentirez! Il y a dans le monde politique une absence effrayante de mains féminines… Finalement, les idées, c'est dans les mains que ça prend corps et forme, les idées prennent la forme, la douceur ou la brutalité des mains qui leur donnent corps et il est temps qu'elles soient recueillies par des mains féminines…

F. B. : *C'est du beau linge.*

R. G. : Possible.

F. B. : *Qu'est-ce qu'il y a eu après Ilona?*

R. G. : Rien. Des électrochocs.

F. B. : ?

R. G. : Je veux dire que la sexualité sans amour agit comme un stabilisant du système nerveux, un électrochoc. Pour moi ça a toujours été un interrupteur radical de tout « état ». C'est à la fois une interruption des intensités excessives et du clopin-clopant.

F. B. : *Tu ne bois jamais. Comment as-tu pu échapper à l'alcool, dans une vie entièrement « sur les nerfs »?*

R. G. : J'ai toujours eu horreur de ça, je n'y ai jamais pris goût, alors je ne vais tout de même pas me faire psychanalyser pour savoir pourquoi je ne bois pas, « guérir » et me saouler la gueule. Tu donnes de l'alcool à un animal, tu verras sa réaction. C'est la mienne. Ce que je trouve insupportable, c'est des gens qui reviennent cinq fois à la charge, avec : « Vraiment, vous ne voulez rien boire? » Le prosélytisme de la vessie...

F. B. : *Tu as pourtant eu exactement le genre de vie qui s'appuie sur l'alcool ou quelque chose d'équivalent...*

R. G. : Qu'est-ce que tu cherches exactement à me faire dire?

F. B. : *Tu n'as jamais pris aucune drogue?*

R. G. : Aucune, au sens de stupéfiant. Je n'ai pas envie de tricher avec ma nature. Je veux être dans ma peau, complètement. J'ai pris du Marplan, à une époque particulièrement dramatique de ma vie, lorsque Jean Seberg, qui était alors ma femme, avait perdu notre enfant, après avoir été l'objet d'une campagne de presse ignoble. C'est une sorte d'euphorisant qui me réussissait très bien : je n'ai tué personne. Et puis je me suis aperçu que le Marplan, sans empêcher les manifestations de la nature, ne me permettait pas de... conclure. Je n'en finissais plus de finir. J'ai dû arrêter.

F. B. : *Tu as arrêté quoi ?*

R. G. : Le Marplan. Qu'est-ce que tu veux que j'arrête ?

F. B. : *Donc, Ilona t'a quitté, et la guerre est arrivée... Qu'est-ce que ce fut, pour toi, la guerre ?*

R. G. : Ce n'est pas comme ça. Ce n'était pas comme ça. J'étais déjà sous-off aviateur depuis deux ans quand la guerre est arrivée. On se cassait très bien la gueule tout seul, avec les Bloch-210, du même Bloch-Dassault qu'aujourd'hui ; c'était à l'époque un pionnier célèbre pour ses « cercueils volants ». Les Bloch-210 étaient une effroyable cochonnerie, avec des moteurs trop faibles, qui n'en finissaient pas de décoller et tombaient comme des merdes. J'avais déjà ramassé Duprès, qui est mort à mes pieds à vingt-deux ans, en murmurant : « Je venais de commencer... » La guerre a multiplié ça par cent, par deux cents, évidemment. J'ai vu le même gars Duprès, qui « venait de commencer », mourir un peu partout, d'Angleterre en Éthiopie, de Koufra en Libye, et puis de nouveau en Angleterre, pour le cas où il en serait resté quelque chose. De la cuvée de juin 1940, il ne reste plus que Barberon, Bimont, et encore quelques-uns : il vaut mieux ne pas citer leurs noms, pour leur épargner des sourires ironiques, parce que tout le monde sait, aujourd'hui, qu'il est con d'aller se faire tuer. Ils sont donc morts. C'est sans intérêt, on ne doit surtout pas vivre dans le regret, ça rend dingue. L'ennui, c'est que je les ai terriblement aimés, ces gars-là. C'était la première fois que je m'insérais dans quelque chose, et ce n'était pas de la tarte, de la manipulation politique : c'était ça ou l'esclavage. J'ai horreur du genre ancien combattant à perpette. La vie, c'est fait pour recommencer. Je ne me réunis pas, je ne commémore pas, je ne rallume pas. Mais c'est en moi et c'est *moi*. D'une certaine façon, j'y suis resté, parce que je ne crois pas à l' « homme pour toutes les saisons » : on donne sa vie une fois, une seule, même si on s'en tire vivant. Je pense à eux sans aucune espèce de tristesse, sans dalle funéraire, sans à genoux. Je souris quand je pense à eux. Il y a parfois des trucs marrants. Tiens, l'autre jour, j'allais dîner chez des gens, rue du Commandant-Mouchotte. Le commandant Mouchotte, c'était un copain, on était sous-offs ensemble et maintenant il a sa rue à Paris, de quoi se marrer. J'ai raconté ça au chauffeur de taxi, qui avait une bonne bouille, et il s'est marré aussi. « Ça alors, c'est rigolo », répétait-il. Je m'en vais donc rue du Commandant-Mouchotte, rue parfaitement dégueulasse, d'ailleurs. Une cochonnerie de rue, sinistre, avec les hangars de la rue du Montparnasse béants de vide, moche au possible, il ne se serait pas fait tuer pour ça, Mouchotte, c'est moi qui te le dis. Naturellement, il n'en sait rien. Mais si c'est tout ce que le Conseil municipal « gaulliste » de Paris a trouvé, comme rue du Commandant-Mouchotte... Je me demande de quoi ils vivent, de quoi ils se réclament. Pas de la mémoire : plutôt de l'immobilier. Donc, la guerre fut pour moi la disparition à la main, un par un, sortie par sortie, pendant quatre ans, sous tous les cieux, de la seule tribu humaine à laquelle j'ai appartenu à part entière. J'en profite pour mentionner le capitaine Roques, mort en Libye, qui ne pouvait pas me blairer : ça le ferait chier. Voilà pour la guerre.

F. B. : *Pourquoi n'as-tu jamais rien écrit sur eux ?*

R. G. : Je n'ai jamais voulu en faire des livres. C'est leur sang, leur sacrifice et ils ne sont pas tombés pour des gros tirages. J'en connais qui m'en auraient voulu — de Thuisy, Maisonneuve, Bécquart, Hirlemann, Roques — et le fait qu'ils ne l'auraient jamais su n'y change rien, au contraire...

F. B. : *Tu crois pas pourtant sûrement que les jeunes aujourd'hui « ont besoin d'exemples »...*

R. G. : Ne fais pas de provocation, François, je te connais trop bien. Ça ne prend pas. La dernière chose dont la jeunesse a besoin ce sont les morts exemplaires. L'incitation à l'héroïsme, c'est pour les impuissants. Les jeunes n'ont pas besoin de verbe pour bander. C'est les vieux qui ont recours à cet aphrodisiaque. Je sais bien que nos petits crachent sur l'armée, mais cracher sur l'armée, ça a toujours été une grande tradition militaire. Il y a deux ans, Michel Debré m'a un jour envoyé un jeune attaché de son Cabinet. Il m'a expliqué que le ministre était préoccupé parce que les jeunes profanaient le drapeau français et il me faisait demander ce que j'en pensais, ce qu'on pouvait faire. Je lui ai fait dire qu'il ne devait pas s'attrister, qu'il devait au contraire se réjouir. La France et l'Amérique sont aujourd'hui les seuls pays de l'Occident où l'on crache encore sur le drapeau. Cela veut dire que ce sont les seuls pays où le drapeau représente encore quelque chose. Ailleurs, on ne se dérange même plus. La seule chose qu'on peut reprocher à la jeunesse, c'est d'être veule.

F. B. : *Tu vois beaucoup de jeunes?*

R. G. : Beaucoup, tout le temps et de tous les milieux. Ce qui me frappe surtout, c'est qu'ils cherchent très fréquemment à vivre leur vie sur un canevas d'expression artistique. Le théâtre — qui est en train de crever, parce qu'il n'est pas encore né — va être le mode même de vie de très nombreuses communautés. L'art est devenu la jeunesse, il veut être vécu, parce que jamais dans l'histoire du sacré, il n'y eut un tel besoin d'exprimer sa vie, au lieu de la subir. Les gosses veulent être les auteurs de leur vie. Le théâtre quitte les salles parce qu'il entre dans la vie même des jeunes, tu vois partout chez eux le besoin de s'improviser, de se jouer sur un mode artistique, se donner un rôle, ne fût-ce que par les vêtements, les objets, la musique, le 16 mm, le dialogue, le magnétophone. Il y a chez eux une extraordinaire ritualisation de l'existence, une recherche de liturgie. Je n'aime pas « prédire » parce qu'on ne peut pas extrapoler, à cause des Hitler, Staline et compagnie, qui sont imprévisibles. Mais il y a autour de nous une formation de plus en plus accélérée d'un théâtre de vie où le spectacle est pour ainsi dire une improvisation constante, un psycho-mime continu, avec soucis matériels et travail seulement aux entractes. La vie des jeunes se veut de plus en plus improvisation et mode d'expression artistique — même et surtout quand elle se veut idéologique — sur un thème choisi. Huit heures par jour au bureau, deux heures de trajet, ce n'est pas un thème de vie, c'est des obsèques. Je connais déjà quelques groupes comme ça, rencontrés par hasard ou parce qu'ils ont senti que pour moi, la culture, l'art, c'est une façon de vivre, ce n'est pas seulement une façon de regarder ou de lire. Ils rêvent d'un art-artisanat avec leur vie pour matériau : pour la première fois depuis le début de la mimique chrétienne, il y a une jeunesse qui cherche un mode d'expression artistique, vécu, un artisanat de soi-même, une nouvelle liturgie assumée du matin au soir. La drogue n'était qu'une masturbation pseudoartistique, une absence de matériau et de moyens, mais ce nouveau besoin d'art vécu n'est plus fuite dans l'irréalité, mais recherche d'un mode de vie. Il y a une jeunesse qui ne veut plus se soumettre au gagne-pain comme existence. Qu'est-ce que la culture, si ce n'est création d'une dimension de vie qui ne se réduirait pas à une gesticulation matérialiste dont le seul but, autour de nous, est de se perpétuer, d'être une fin en elle-même, avec une petite marge de cinéma, télé, et sexualité! La société n'a jamais été censée être un but en elle-même et c'est pourtant ce qu'elle est devenue. L'asservissement de l'homme au gagne-pain, c'est une monstruosité : la réduction de l'homme à l'état d'un jeton de présence. On l'introduit dans la machine sociale, qui le restitue à l'autre bout à l'état de retraité ou de cadavre. Il y a des cathédrales artistiques qui se préparent, des sectes, des modes de vie fondés sur une ritualisation de l'existence autour d'un sacré librement choisi; les cinq cent mille jeunes à Woodstock avaient fraternisé autour d'une musique; les « groupes » musicaux, pop, rock, furent de nouveaux rapports avec de nouvelles raisons de vivre et la recherche d'une nouvelle conception de la vie *exprimée* et pas seulement subie, reçue. L'humanité a toujours été à la recherche d'un théâtre depuis les dieux de l'Antiquité jusqu'aux cathédrales et je crois que si nos vieux théâtres croulants manquent à ce point de spectateurs, c'est que les jeunes ont de plus en plus besoin d'être acteurs et pas simplement spectateurs. Le besoin d'une fête populaire est tel que sa célébration à Woodstock ou ailleurs réunit des millions de participants...

F. B. : *Et le rôle du gouvernement, dans tout ça?*

R. G. : Il faudrait créer un ministère des affaires culturelles et un centre national de cinéma. De toute façon dans la civilisation occidentale, que ce soit en U.R.S.S. ou en France, nous travaillons à bâtir le passé. Les Russes réussissent admirablement à bâtir la société de 1860 et la Ve République aurait fait baver de gratitude les masses laborieuses de 1900. On va même interdire l'absinthe, d'un moment à l'autre. Je ne pense pas qu'on puisse en vouloir à nos gouvernements. Ils ont le passé sur le dos. Ils gèrent le passé. Ils se meuvent à l'intérieur d'une société qui est en fin-de-queue d'une civilisation. Toute société est un théâtre de répertoire, mais la nôtre est allée très loin dans l'absence de tout choix et d'inédit. La jeunesse rêve d'improvisation parce qu'elle est spontanéité. Et nous vivons dans une société de figurants, avec impossibilité d'accéder au rôle, de choisir son canevas, d'improviser : c'est donc forcément une société qui demande aux jeunes de jouer les classiques. Les sociétés soviétique et capitaliste ont le monopole du théâtre social, le monopole du texte, le monopole des rôles distribués, avec impossibilité d'en sortir. Ça fait des bandes armées dans les rues où « la police a toutes les issues », culturelles ou autres. Tu me diras qu'il en a toujours été plus ou moins ainsi, mais le monde manquait à ce point d'informations que les canevas, les thèmes donnés, imposés, féodaux, absolutistes, religieux et autres exerçaient une puissance extraordinaire. Est-ce qu'on se rend assez compte du rôle du cinéma dans la remise en cause du monde, de la réalité ? Ne serait-ce que par ce simple fait : on peut composer à son gré les images, se servir de petits bouts de réalité ou de son apparence pour créer une réalité autre... Le cinéma, même le plus conventionnel, est subversif dans les rapports de l'œil avec la réalité... Lorsque j'entends l'expression soupirée « Ah la jeunesse d'aujourd'hui ! », j'ai envie de rappeler à ces messieurs-dames que la bataille d'Angleterre en 1940, qui a changé le cours de la guerre, a été gagnée par les blousons dorés de l'époque, des fils à papa « play-boys », parce que c'étaient les seuls qui avaient pu s'offrir le luxe d'apprendre à piloter pour leur plaisir en 1938, et quand la guerre est arrivée, ils sont devenus en quelques semaines des « héros légendaires »... Il n'y a pas de jeunesse décadente.

F. B. : *Ce qui nous amène en 1945. Tu quittes l'aviation après sept ans d'uniforme. Tu es un monsieur très décoré.* Éducation européenne, *publié d'abord en traduction anglaise en 1944, te vaut le prix des Critiques et est traduit dans de nombreuses langues. Tu avais trente ans. On ne peut rêver d'un retour d'Ulysse plus réussi... Tu reçois immédiatement deux offres que je qualifierai toutes les deux de prestigieuses : Georges Bidault te propose d'entrer au ministère des Affaires étrangères et un groupe d'hommes d'affaires avertis, à la recherche d'une couverture, te propose de prendre la présidence du conseil d'administration gérant une trentaine de bordels à travers la France. Tu choisis les Affaires étrangères et tu pars comme secrétaire d'ambassade à la Légation de France à Sofia...*

R. G. : Bulgarie, février 1946. C'était alors un pays déjà communiste mais encore avec une reine et un roi, un roi-enfant. Son père le roi Boris était mort dix-huit mois auparavant, empoisonné, revenant d'une entrevue avec Hitler qui commençait à se méfier de lui... Le nouveau roi, le vrai était, depuis l'arrivée des troupes soviétiques, le légendaire George Dimitrov, le héros du procès de l'incendie du Reichstag, qu'Hitler n'avait pas osé exécuter. Dimitrov, le chef du Komintern, l'Internationale communiste entre les deux guerres, le « patron » sous Staline de tous les partis communistes du monde. Un grand bolchevique internationaliste qui avait fait sa soumission au tsar géorgien. C'était déjà un mort vivant, gravement malade, artériosclérose et diabète, un visage de lion que l'on fardait de rouge avant de l'exhiber au public pour en cacher la pâleur mortelle; on l'embaumait ainsi de son vivant, peu à peu, chaque jour, au propre et au figuré, car seul Staline régnait et ne tolérait pas d'autre « grandeur » que la sienne. On ne peut qu'imaginer ce que pouvait éprouver cet internationaliste passionné à jouer le nationaliste bulgare... Il avait un de ces regards trop brillants que l'on obtenait jadis, chez les stars de Hollywood, en leur mettant quelques gouttes de Privine dans les yeux... Une présence physique étonnante et pathétique, car il n'avait échappé à la balle dans la nuque, au moment des purges staliniennes, que grâce à sa stature internationale, et après trente ans de bolchevisme intégral il a dû accepter de se réincarner dans la peau d'un « patriote » balkanique... Au moment de mon arrivée à Sofia, Staline mijotait une fédération des Slaves du Sud qui aurait réuni la Yougoslavie et la Bulgarie, neutralisant ainsi l'un par l'autre Tito et Dimitrov, étape intermédiaire avant l' « accession » au rang de simple république soviétique. J'avais parlé russe avec lui à une réception à notre Légation et il parut étonné et même méfiant, comme Vychinski, plus tard, aux Nations-Unies, à New York, lorsque je m'entretenais avec lui dans notre langue maternelle... Vychinski devait me dire, en écoutant le russe de ce diplomate français : « Il y a chez vous quelque chose qui n'est pas en règle... » Lorsque j'expliquai à Dimitrov mes origines et mon départ de l'U.R.S.S. en 1921, il me lança : « *mnogo poteriali*, vous avez beaucoup perdu », avec une telle amertume dans l'ironie qu'il était impossible de dire si c'était du dédain pour la France ou de la haine pour la Russie. L'armée rouge était alors partout en Bulgarie et c'était mon premier contact avec mes origines depuis la Révolution. C'est drôle, tu sais, alors que je suis pétri de littérature russe et qu'en écoutant Siniavski, l'autre jour, je répétais mot par mot, assez bouleversé, les poèmes qu'il récitait, les Russes sont aussi loin de moi que possible, ce qui prouve que l'on ne fait pas un homme avec de la littérature. D'ailleurs s'il y avait une « voix du sang », il n'y aurait pas d'Amérique... Il y avait donc dans ce pays enneigé jusqu'à l'âme, une reine et un petit roi cloîtrés dans leur palais, un club ancien régime, l'Union Club, où l'on voyait ceux qui allaient être pendus, pourrir en prison, réussir à fuir ou « s'arranger » : c'était de la folie pour les Bulgares d'y être vus en compagnie de diplomates occidentaux, mais ils continuaient à venir, car ils y trouvaient encore la dernière trace d'eux-mêmes. L'ambassadeur des États-Unis y régnait et y prodiguait la bonne parole, des contes de fée : les États-Unis allaient venir au secours de la démocratie et de la liberté bulgares — et il me prit en haine, parce que je suppliais ces malheureux ci-devant de ne pas y croire. Mon ami Nicolas Petkov, chef du parti agraire libéral et président de l'Alliance française, croyait à cette voix de l'Amérique : il parlait haut et ferme de liberté, de démocratie, de « fin du cauchemar ». Il fut pendu par Dimitrov et je ne sais si sa langue noire hanta plus les dernières nuits de Dimitrov ou celles de Son Excellence américaine. Je m'en suis souvenu vingt ans plus tard, pour tracer le portrait d'un ambassadeur écrasé par le remords dans *Adieu Gary Cooper,* mais le remords de l'ambassadeur, là, faisait seulement partie de la fiction... Ce n'était pas du reste la faute de M. Maynard Barnes : il croyait vraiment que Gary Cooper allait venir et que le héros juste, pur et dur allait gagner encore une fois à la fin. Gary Cooper n'est pas venu et Petkov fut pendu. Un de ceux qui l'avaient envoyé à la potence, Traïtcho Kostov, le plus communiste des communistes bulgares, fut pendu lui aussi, deux ans plus tard, comme Petkov, symétriquement, lorsque Staline a commencé à exterminer les « nationalistes » dans les pays satellites. D'autres membres de l'Union Club se sont jetés par la fenêtre ou sont sortis quinze ans plus tard de prison. Les hivers étaient éblouissants de pureté, le pays très beau, le peuple d'une très grande gentillesse. Les gens disparaissaient, on n'en entendait plus parler; certains réussissaient à fuir, tel Moloff, qui s'était fait expédier par bateau de Varna à Marseille, dans une caisse, comme graines de tournesol. Comment il a fait pour tenir quinze jours dans cette caisse, j'en rêve encore... Il vit à présent à Paris avec sa charmante femme et leur très jolie fille. Il y avait des femmes aux yeux superbes, des réceptions où il ne fallait demander des nouvelles de personne, des intrigues amoureuses dont chaque mot était répété à la milice, des diplomates bulgares de l'ancien régime, conservés encore pendant quelque temps à titre de trompe-l'œil, qui pâlissaient lorsqu'un diplomate occidental venait leur dire quelques mots… L'un d'eux, conseiller à la « régence », avait réussi à faire partir sa femme pour Rome. Il s'est ensuite jeté par la fenêtre du palais du gouvernement à Sofia, et sa femme, en l'apprenant, s'est jetée par la fenêtre de son hôtel à Rome… C'était une histoire d'amour communiste. Je me demande parfois ce qu'était devenu leur chien, un fox à poil dur, ils auraient dû me le confier. Il y avait des cerisiers près de la piscine, à la Légation de France. Notre ministre, Jacques Émile Paris, était le plus jeune ministre de la Carrière et sa femme Monique ressemblait à Marie-Antoinette, dont elle gardait d'ailleurs le buste sur la cheminée du salon. Je fus griffé par un chat enragé et dus subir des piqûres contre la rage. J'appris en cours du traitement que cette souche du vaccin ne valait rien et que plusieurs personnes eurent une fin atroce. Je passai plusieurs jours à attendre les symptômes mais ça ne s'est pas fait. Il y avait du caviar, beaucoup de caviar. On pouvait en acheter dans des magasins réservés aux diplomates, c'était du savoir-vivre, chez les autorités. J'ai parlé à Dimitrov de l'incendie du Reichstag, qui fut un des grands événements politiques de ma jeunesse. Je crois qu'aujourd'ui encore on ne sait avec certitude si Gœring l'avait vraiment fait allumer, cet incendie, ou s'il avait seulement exploité un accident. Dimitrov me dit : « Vous savez, c'est vraiment moi qui l'avais brûlé, le Reichstag. » J'ai souri poliment, c'était très drôle. Il faut savoir rire des beaux mots des souverains. C'était le même genre d'humour que chez Khrouchtchev, lorsqu'il pointa un doigt vers Mikoyan, à une réception, en lançant aux journalistes : « Vous savez, c'est Mikoyan qui a abattu Beria! » J'allais souvent en liaison à Belgrade. C'était une époque où Tito avait un berger allemand et où l'ambassadrice de France, Mme Paillard, essayait d'arranger un mariage entre le chien de Tito et sa chienne, pour l'Histoire. Paillard était un merveilleux ambassadeur barbu qui entrait dans ma chambre en pyjama, mégot aux lèvres, à deux heures du matin, pour continuer à parler politique jusqu'à l'aube, chaque fois que je venais à Belgrade, où c'était d'ailleurs le même caviar. C'était un catholique pratiquant d'aspect radical-socialiste qui avait fait vœu de porter la barbe s'il ne réussissait pas à s'évader des camps de prisonniers allemands, pendant la Première Guerre mondiale. Il avait échoué trois fois et rempli scrupuleusement son vœu, si bien qu'on ne voyait de lui qu'un œil tout bleu et le mégot, au milieu d'un visage hirsute. Ses raisonnements étaient pleins de « forces centrifuges » et de « forces centripètes », mais ni lui, ni moi, ni personne n'avaient prévu la rupture de Tito avec Staline. Je revenais à Sofia pour retrouver à l'Union Club les vrais de vrais : ceux qui risquaient leur vie ou leur liberté pour dîner encore une fois dans le monde. Ils devenaient de plus en plus rares, le Club se vidait, se glaçait. Celui qui devait être le dernier play-boy bulgare aux cheveux grisonnants, est apparu un dernier soir en smoking et m'entretint pendant une heure de sa Bugatti d'avant-guerre et en partant, il me dit : « Je vous remercie », avec une émotion qui changea complètement mon opinion sur les automobiles. Il fut arrêté le lendemain, mais fut libéré et devint porteur à la gare. Dans le magasin diplomatique, la livre de caviar coûtait l'équivalent de vingt francs d'aujourd'hui. On le mangeait avec les oignons, mais les diplomates évitaient d'en servir lorsqu'ils se recevaient entre eux, pour ne pas faire passe-partout.

F. B. : *Ça t'a marqué dans tes rapports avec le communisme, la Bulgarie 1946-1948?*

R. G. : Non. Je n'ai jamais été marqué par le communisme et je ne suis donc jamais devenu anticommuniste par désenchantement, comme tant d'autres hommes de ma génération... que tu connais. Tous les préjugés sont toujours détestables et professionnellement, je n'avais pas le droit d'en avoir. Mon métier en Bulgarie consistait à observer froidement et impartialement la mise en place de l'appareil communiste, la prise en main d'un pays, et en tirer si possible des conclusions sur les rapports de l'U.R.S.S. avec les partis communistes des autres pays et sur le mythe de la « révolution mondiale ». Je m'appliquais à penser « communiste », à prévoir le prochain mouvement sur l'échiquier. C'est assez facile avec les communistes, parce qu'ils sont aussi peu traîtres que possible. Ils restent vraiment fidèles au système jusqu'au bout, tu peux donc compter sur eux pour raisonner dans un sens prévisible. Parfois ça se heurte à l'honneur d'être un homme, à la fierté, à la dignité, au « culte du soi », quoi, c'est alors Kostov refusant de « confesser » pour sauver sa tête. Le document le plus abject que j'ai vu, c'est la confession publique de Slansky : pendant que le procureur communiste dénonçait ce « judéo-traître », Slansky arborait un sourire d'une telle tristesse qu'on peut vraiment se demander si cela vaut encore la peine d'être un homme. Il faut dire que le procureur du procès s'est suicidé en se pendant à un arbre, au moment du printemps de Prague, mais il convient de se rappeler aussi que tout est rentré dans l'ordre, là-bas, et qu'on y trouve à nouveau du caviar dans les magasins diplomatiques. Parfois, c'est un *macho* qui se rebiffe : Tito. Il y a eu entre lui et Staline une question de couilles qui avait fort peu à voir avec l'idéologie, car il ne faut jamais oublier que la virilité joue un très beau rôle dans tout cela... Il y a vraiment des castrations qui se perdent. Tu lis souvent dans les journaux, à propos de la politique soviétique, des spéculations sur la tendance « dure » et la tendance « modérée » au sein du

Kremlin : pourtant comme là-bas, jusqu'à présent, tout changement de tendance a été précédé par un changement d'hommes, il est difficile de se tromper. Mais les diplomates réussissent parfois à se tromper, par un excès de finesse. Je me suis trouvé un jour en présence d'un grand ambassadeur de France à un poste très important, il y a dix ans, qui m'expliquait que la rupture entre la Chine et la Russie soviétique était une manœuvre particulièrement astucieuse et diabolique que les Chinois et les Russes avaient montée ensemble pour tromper l'Amérique... C'était un homme trop intelligent. Il n'y a rien de plus décevant pour un grand esprit que d'être obligé de s'arrêter à deux plus deux font quatre. C'est pourquoi Olivier Wormser, qui était notre ambassadeur à Moscou avant d'être gouverneur de la Banque de France, a été le seul ambassadeur là-bas à avoir annoncé froidement trois semaines à l'avance que l'U.R.S.S. allait occuper la Tchécoslovaquie. Il s'était arrêté à deux et deux font quatre, ce qui demande beaucoup de caractère...

F. B. : *Qu'est-ce que tu as prévu, professionnellement, en Bulgarie?*

R. G. : C'est anecdotique, sans intérêt, et ça se trouve sous les initiales R. G., dépêches de Bulgarie, au ministère des Affaires étrangères. Au bout de deux ans, on m'a nommé plus près du pape : à Moscou. J'ai refusé d'y aller. J'en avais marre du caviar.

F. B. : *Quels souvenirs dominants, marquants, de Bulgarie, après près de trente ans?*

R. G. : En dehors de la langue noire de Petkov — il était venu dîner chez moi quelques jours avant son arrestation — j'ai gardé de la Bulgarie un très beau souvenir. De toute ma Carrière, c'est mon dernier poste, la Californie, et mon premier, la Bulgarie, que j'ai préférés.

F. B. : *Cela veut dire que tu as aimé quelqu'un, là-bas?*

R. G. : Ils s'en sont tirés, les Bulgares. Ça a l'air de marcher de mieux en mieux. Il faut toujours laisser au communisme le temps de rater son coup pour qu'il réussisse. J'ai vécu là-bas des moments inoubliables. Les espions, par exemple. Tu ne savais jamais qui espionnait qui, pour le compte de qui et avec quoi : avec les fesses, avec l'amitié ou avec l'amour. Comme partout, les espions locaux n'avaient qu'une obsession : le coffre des missions diplomatiques, le code. Si tu mets la main sur le coffre d'une ambassade, tu peux déchiffrer pendant des mois toutes les communications télégraphiques de toutes les ambassades dans le monde. A Ankara, le fameux Cicero, le valet de chambre de l'ambassadeur de Grande-Bretagne s'était rendu maître de toutes les communications vitales émanant du Foreign Office. C'est le rêve le plus doux de tous les services de contre-espionnage, la clé du paradis, et il est normal que le cul joue dans ce rêve un grand rôle. En Bulgarie, c'était vraiment quelque chose. La femme de l'attaché militaire britannique, une maîtresse femme, a fait pendant toute une semaine le tour de toutes les ambassades occidentales pour nous informer qu'elle avait été photographiée… chez son gynécologue bulgare, et que si nous recevions ces photos, il ne fallait pas nous imaginer qu'il s'agissait de quelque rendez-vous illicite ou d'une séance de tout autre chose que la gynécologie. Une femme admirable. Je la revois encore, très digne, m'informant de ce manquement aux règles professionnelles de la part d'un membre éminent du corps médical. Elle était fille de général et avait compris que la meilleure façon de se défendre était d'attaquer. J'ai été photographié aussi… sous tous les angles.

F. B. : *Tu étais embêté ?*

R. G. : Très. Très. Je n'étais pas en forme, ce jour-là. Je n'étais pas inspiré. La personne en question ne faisait absolument rien pour me faire paraître sous mon meilleur jour : dans le genre viande froide, on ne faisait pas mieux. On était chez elle, dans une chambre au rez-de-chaussée sur courette, avec une vitre cassée à la fenêtre et c'est à travers le trou qu'ils ont dû prendre les photos. J'étais vraiment dans un de mes mauvais jours — je ne cherche pas à m'excuser, car il n'y a pas d'excuses, il faut toujours faire de son mieux, « vingt fois sur le métier remettez votre ouvrage » et caetera… Mais le métier, c'était du bois, mon vieux, du bois mort, j'étais tout seul, quoi. Et huit jours après deux bulgares du genre vachard à moustache m'abordent dans la rue. Ils voulaient me parler. Ils voulaient me montrer quelque chose. On entre dans un café, on prend place et ils m'exhibent les photos. Je regarde et la honte me monte au front. J'étais minable, mon vieux, minable. Et puis, l'angle sous lequel ces salauds-là avaient pris la photo n'arrangeait pas les choses : c'était vraiment... à peine visible. J'étais humilié. J'avais trente ans, c'était mon premier poste diplomatique, je représentais la France... Et ça! Si j'avais su que j'avais des témoins, que j'allais passer à la postérité en tant que représentant de la France à l'étranger, j'aurais fait quelque chose de formidable, c'était pour mon pays, après tout, il y avait une réputation millénaire à soutenir, Jeanne d'Arc, Descartes, Pascal, tout ça. Et la môme ne faisait rien d'historique, elle non plus. Sur la photo, on voyait son visage, elle se tenait là, à quatre pattes, la tête légèrement tournée vers moi, avec l'air de se demander : « Mais qu'est-ce qu'il fait, celui-là? » Quant à moi, on aurait dit que je poussais une charrette. Je regardais les photos, les deux miliciens me regardaient, la fille me regardait sur la photo. C'était le vrai bide. Pourtant, elle était mignonne, une gentille blonde ci-devant qui m'avait parlé d'amour avec tant de conviction qu'elle devait vraiment aimer quelqu'un, quelqu'un d'autre, peut-être ses parents qu'elle essayait de sauver. Ou peut-être était-elle sincère et qu'elle s'était mise spontanément au service du peuple et du socialisme pour avoir la clé du coffre de la Légation de France. Ce n'était pas encore une époque comme aujourd'hui où on met des micros dans le cul des filles. J'ai dit aux deux types : « Écoutez, c'est épouvantable. Je suis confus. » Ils étaient contents. Il y en avait un qui se caressait la moustache d'un air méditatif et il ne se doutait même pas que je faisais le plus gros effort de ma vie pour ne pas lui cracher dans la gueule. C'était d'ailleurs la seule fois dans ma vie où j'avais vraiment envie de cracher au visage de quelqu'un. D'habitude, j'ai énormément de respect pour le visage humain, à cause du très grand service qu'il a rendu à la peinture de la Renaissance. Finalement, le plus sévère des deux flicards me dit : « Avec un peu de bonne volonté de part et d'autre, on peut toujours arranger les choses. » Je débordai de gratitude. « Formidable... Merci, merci... Tout ce que je vous demande, c'est de me donner encore une chance... Convoquer cette jeune personne ou, de préférence, une autre, un peu plus stimulante... Tenez, la fille de votre chef, le ministre de l'Intérieur, j'ai toujours eu envie de me la taper et si vous pouviez m'arranger ça... On déchire ces photos déshonorantes et on recommence. Je vous promets de faire beaucoup mieux. Je vous promets de faire glorieux, surtout si vous me permettez de mettre le drapeau tricolore dans un coin, ça m'a toujours fait un effet inouï, le drapeau tricolore, à ces moments-là, c'est même comme ça que je suis devenu gaulliste. Nous nous réunissons gentiment et vous prenez toutes les photos que vous voudrez, sous des angles bien choisis, pour que je présente bien. Si vous ne voulez pas le faire pour moi, faites-le pour Rabelais, pour Madelon, pour Brantôme et pour Maurice Thorez. » Je me souviens que ma voix tremblait, je sentais vraiment — non, je ne plaisante pas — que je parlais pour le peuple de France, pour celui de la vigne et de la douceur de vivre. Les deux connards communistes me regardaient comme s'ils étaient tombés sur un antéchrist. C'est tout juste s'ils ne réclamaient pas au garçon de l'eau bénite. Je n'ai jamais pu blairer les puritains, jamais. Je leur sortais tout ça entre les dents, en les regardant devenir de plus en plus verts et avec une de ces envies de te leur danser dessus, mon ami...

F. B. : La Danse de Gengis Cohn *et* La Tête coupable. La Fête coupable, *pardon, puisque tu as décidé de changer de titre.*

R. G. : Oui. Toutes les rigueurs absolues me sont odieuses, l'humain, c'est une fête populaire... Il y avait entre ces deux connards et moi des siècles de différence, c'étaient des petits-bourgeois petits-marxistes et sur leur visage régnait une telle incompréhension scandalisée, indignée, que j'éprouvais un de ces moments de parfait délice que seuls peuvent comprendre ceux qui savent aller plus loin que la haine... là où se trouve le rire. Et mon russe est sans accent et ça aussi, ça leur foutait une peur bleue, parce que le russe, c'était le langage du « bien », et j'étais le « mal », et des horreurs sexuelles comme celles que je leur sortais, dites en russe, ça les démoralisait complètement, c'était du blasphème. Je leur ai rendu les photos et je suis parti. Je n'ai plus jamais entendu parler de cette histoire. Mais je comprends parfaitement que pour des gens moins aimablement disposés envers la chose et qui situent l'honneur de l'homme et la morale au niveau du cul et pas à celui du cœur et de la tête, ces histoires de chantage, ça verse tout de suite dans le tragique. Il y a même des pauvres malheureux qui se sont suicidés parce qu'on les a photographiés ainsi en train de bricoler. On a eu un autre cas. On avait là-bas comme secrétaire, une vieille fille de cinquante ans qui n'avait jamais eu droit à sa part du gâteau. Elle avait une petite croix qui pendait toujours entre ses platitudes. Une très brave femme. Un jour je m'aperçois qu'elle se met à dépérir, elle fond et vieillit de dix ans. C'est une secrétaire qui venait de Paris, du genre toute confiance, qui déchiffrait les télégrammes. Pas moyen de lui faire dire ce qui n'allait pas. Des sanglots, et c'est tout. Et puis, un matin, elle se précipite dans mon bureau les mains jointes : « Sauvez-moi! Sauvez-moi! » Et j'apprends qu'un monsieur « bien » l'avait invitée dans son « appartement » à l'hôtel Bulgaria, et qu'il s'était fait photographier ensuite avec elle pendant toute la séance de dépucelage à cinquante ans et de tout le reste. Et d'exhiber les photos, quelques jours plus tard. « Vous allez coopérer avec nous, ou alors »... Il fallait un sacré courage à cette admirable femme pour venir tout nous raconter. Le Quai d'Orsay a été à la hauteur. Ils ont rappelé immédiatement la malheureuse, ils lui ont donné de l'avancement et ils l'ont nommée dans un pays pépère. J'ai gardé un bon souvenir du Quai. En cas de malheur, ils ne laissent pas tomber. C'était encore, en ce temps-là, une administration humaine, ce n'était pas seulement une bureaucratie, c'étaient encore des personnes, ce n'était pas encore personne. Mais il est évident qu'un climat pareil, ça rend un peu parano. Mon souvenir le plus marrant à cet égard, c'est l'histoire de la faucille et du marteau de mon petit fétiche Mortimer que le pauvre bougre avait perdu pendant mon voyage en Turquie. Mortimer, c'était un écureuil en peluche qui a fini la guerre avec moi. Je ne suis pas superstitieux, mais j'aime avoir de la compagnie. C'est ainsi que j'emportais un morceau de pain dans ma poche, lorsque je partais en mission. J'ai connu d'autres aviateurs qui faisaient ça... Il me faut une présence humaine et le pain, du point de vue humanité, on ne fait pas mieux. J'ai bien dû traîner une cinquantaine de trucs bizarroïdes avec moi dans la vie et c'est vrai que ça porte bonheur, puisqu'ils ont trouvé quelqu'un pour s'occuper d'eux. En Bulgarie, j'avais coiffé Mortimer d'un bonnet russe avec faucille et marteau : il aimait se déguiser. Bon, là-dessus je fais un voyage en Turquie, à Brousse, et ce corniaud-là trouve le moyen de perdre son bonnet et son insigne quelque part. Six mois plus tard, je suis assis à mon bureau à la direction d'Europe, à Paris où je venais d'être affecté. Monique Paris, la femme de mon ministre à Sofia, vient me voir. Elle entre, s'assied devant moi et me regarde en silence avec une de ces expressions dans ses beaux yeux, mais une de ces expressions! Il y a du doux reproche, de la consternation, du sous-entendu mystérieux, du « regardez ce que je fais pour vous ». Je lui demande ce qui se passe. Elle ne dit rien et pointe un doigt ganté vers le téléphone sur mon bureau. Les micros, tu comprends. Les micros *bulgares.* Je veux dire, dans son esprit, c'étaient les micros bulgares qui continuaient à la travailler, elle transposait ça sur Paris. A cette époque, en 1948-1949, on n'espionnait pas encore les fonctionnaires français dans leurs bureaux. C'étaient les trois années qu'elle avait passées en Bulgarie qui se manifestaient. Je ne comprenais absolument rien. Alors, dans le plus grand silence, elle sort de son sac le petit bonnet de fourrure de Mortimer, avec l'emblème communiste, elle dépose ça sur mon bureau, doucement, pour que ça ne saute pas tout de suite. Et de nouveau, le même regard, dans le même ordre : doux reproche, consternation, et « ah mon Dieu les risques que je prends pour Romain! » Tu sais ce qui s'était passé? Elle était allée au Brousse-Palace, en Turquie, le maître d'hôtel lui avait remis l'emblème communiste que le diplomate français en poste à Sofia avait perdu. Il lui avait donné ça pour suites à donner. Alors, Monique, qui me connaissait pourtant, nom de nom, s'était demandé si je n'étais pas un agent secret du communisme mondial, un Philby avant la lettre. Elle a attendu d'être à Paris et elle est venue dans mon bureau au Quai, tragique, elle a posé la faucille et le marteau de mon Mortimer sur mon bureau, avec coup de théâtre et tout, et m'a supplié du regard de tout lui dire, de tout avouer. Si tu vis dans un de ces pays où on t'espionne constamment, dans une atmosphère de méfiance constante — j'ai connu un diplomate suisse, là-bas, qui portait la clé du coffre dans une pochette en cuir sous ses testicules — tu deviens légèrement parano. Aujourd'hui, c'est beaucoup moins grave, parce que tu n'as pas de doutes, *tu sais*, les micros sont entrés dans les mœurs, ça fait partie de la vie quotidienne. D'ailleurs, étant donné l'état de viol constant de la vie privée, il n'y a plus aucune raison de ne pas s'accoupler en public comme des chiens, puisque de toute façon nous pouvons être photographiés, écoutés, enregistrés, et que si un ministre de l'Intérieur veut savoir comment M. Marchais jouit, il n'a qu'à appuyer sur un bouton. Je me souviens avoir quitté une soirée à Beverly Hills lorsqu'un jeune metteur en scène nous fit écouter les cris et les roucoulements de trois vedettes de cinéma recueillis sur bandes magnétiques. La disparition de la vie privée ne peut mener qu'à la chiennerie, parce qu'il n'y a vraiment plus aucune raison d'essayer de cacher quelque chose que l'on ne peut plus cacher. L'Amérique est certainement à l'avant-garde des écoutes téléphoniques ou autres, mais tous les pays se prostituent de cette façon. Lorsque j'étais chargé d'affaires à La Paz, en Bolivie, en 1956, j'envoyais au Département des télégrammes assez sombres. C'était alors le pays de la misère à cinq mille mètres d'altitude et c'est aujourd'hui le pays de Barbie, l'exterminateur de Lyon, et celui des chants nazis dans les tavernes. J'envoyais trois ou quatre télégrammes par semaine et je disais ce que je voyais. Et puis, je m'aperçus que je n'avais plus aucun contact nulle part. Pas moyen d'avoir qui que ce soit au ministère des Affaires étrangères ou ailleurs. L'ostracisme absolu. On n'avait pourtant aucun problème politique avec la Bolivie. Donc, c'était personnel. Je ne comprenais rien. Un jour, je me trouvai dans le salon de la Résidence, en train de méditer sur mon échec. Car c'en était un : un chef de mission mal vu *personnellement*, c'est vraiment désastreux. Passe le maître d'hôtel, qui me sert un café. Il avait une tête de tango argentin et, malgré ses quinze ans comme maître d'hôtel à la Légation, il n'avait pas appris un mot de français. Comme ça, on parlait plus librement en sa présence. Je venais à peine de comprendre ce premier point, lorsque j'entends des déclics, dans le bureau à côté. Le coffre n'était pas dans le bureau de la chancellerie, située ailleurs, mais à la Résidence, pour plus de sécurité. Il y avait une cloison avec porte vitrée entre le salon et le bureau, mais on entendait très bien le déclic. C'était le premier secrétaire qui était en train d'ouvrir le coffre. J'écoute et je compte les déclics, avec les pauses — à sept mètres de distance, à travers la cloison! J'attends encore, et j'ai droit à la fermeture du coffre, ce qui me permet d'écouter les déclics et les pauses de la combinaison des trois chiffres qui formaient le code. C'était un vieux coffre au mécanisme usé et esquinté qui faisait un tel boucan que n'importe qui pouvait entendre la combinaison d'une pièce à l'autre. Le maître d'hôtel n'avait qu'à entrer dans le salon et écouter. Et voilà pourquoi j'étais devenu *persona non grata* : les Boliviens lisaient mes câbles et comme ceux-ci étaient moins que chaleureux, ils m'en voulaient à mort. Ils ne pouvaient pas demander mon rappel, pour ne pas révéler le truc. J'ai eu avec le maître d'hôtel une séance intéressante, au cours de laquelle il avait fait en français des progrès absolument sensationnels, avec imparfait du subjonctif. J'ai câblé l'affaire du coffre au département d'État. On m'a rappelé aussitôt. J'espère qu'ils ont changé le coffre depuis, je ne sais pas.

F. B. : *Tu fais donc à Sofia tes premiers pas dans la « diplomatie »... Et c'est un mot qui continue à garder une certaine aura d'initiation, de qualité privilégiée, presque de mystère...*

R. G. : Cela vient du passé, une survivance qui date du XVIIIe et du XIXe siècle, mais cela ne correspond plus à grand-chose. L'ambassadeur, même un grand ambassadeur, aujourd'hui, s'agite de la façon dont on tire les ficelles à Paris. Évidemment, pour le même ballet, il y a des piètres danseurs et il y en a de très habiles, même si les Nijinski sont rares. Il y a aujourd'hui, surtout, un côté « infirmière ». Les diplomates ménagent, rassurent, promettent que ça ira mieux, que c'est guérissable. Ils prennent le pouls, la tension, la température, font bonne impression, font des rapports, inspirent confiance aux malades, signalent les défaillances, les états critiques et s'aperçoivent même parfois de la mort du malade : Ils font ça très bien. Dans le monde aujourd'hui, les masses de réalité socio-économiques, ethniques et géographiques sont d'une telle puissance que les « grands patrons » capables de faire autre chose que de porter des diagnostics et de suivre le processus évolutif de plus en plus rapide, n'ont pratiquement plus d'initiatives. Nous sommes en fin de queue d'une civilisation, il y a quelque part un enfant-civilisation qui donne déjà des coups de pied mais qui n'est pas prêt à sortir et on ne sait encore rien de lui. Une confuse gestation... Chez les femmes, on sait, ça dure neuf mois, mais chez les civilisations... Si tu prends la diplomatie française aujourd'hui, tu vois un homme qui court au plus pressé, Jobert, mais qui n'a absolument aucune action sur les éléments, qui s'efforce de veiller au confort des passagers français pendant un parcours dont la direction lui échappe complètement... Ce qu'il y a en effet de frappant dans l'« accélération de l'histoire » que nous vivons, c'est que cette vitesse vertigineuse à laquelle le monde court vers l'avenir s'accompagne d'une absence de contrôle sur la direction de marche. Dans ce voyage à l'aveugle du passager français, on a réussi à escamoter entièrement la question essentielle, celle de la destination, et à la remplacer par celle du confort matériel à l'intérieur du véhicule... Personnellement, la direction ne me dit rien qui vaille. Pour parler franchement et brutalement, pour parler le langage des origines de cette langue et de l'époque de sa grande santé, je crois que nous allons vers la merde, mais je ne sais pas encore en quelle compagnie...

F. B. : *La tradition associe toujours la notion de diplomatie avec un certain cheminement tortueux, les combinaisons internationales astucieusement élaborées, sinon même avec la duplicité et le mensonge...*

R. G. : La caractéristique la plus typique du malin, c'est que, dès qu'il ignore quelque chose, il devient particulièrement au courant et renseigné là-dessus. Il a un véritable culte des « puissances occultes » qu'il adore haïr, dont il voit partout les manifestations et comme il a l'esprit très logique, qu'il aime expliquer, cette clé de conspiration universelle lui procure un sentiment entièrement satisfaisant d'avoir une réponse à tout. Les Jésuites, la main de Moscou, les francs-maçons, les Juifs, la C.I.A., les diplomates tortueux et, naturellement, « machiavéliques », cela a toujours fait partie du confort intellectuel du Gros Malin. C'est comme ça qu'en 1940 il expliquait les désastres militaires par les espions parachutés par les Allemands et déguisés en curés. J'ai entendu des gens sachant lire et écrire m'informer que les diplomates français étaient payés directement par les grandes banques d'affaires et touchaient des pourcentages sur tous les contrats négociés... Je prenais l'autre jour un café dans un bistrot dont le patron était violemment anti-arabe. Il me tenait un discours d'une admirable logique. Il m'expliquait que Pompidou avait trahi, qu'il était vendu aux Arabes, et qu'il avait ainsi trahi les Juifs, car tout le monde sait, m'expliquait-il, d'un air prodigieusement malin, que c'est les Rothschild qui ont mis Pompidou à la présidence de la République, et enfin, concluait-il, qu'est-ce qu'ils foutent, les Rothschild, qu'est-ce qu'ils foutent les Juifs, comment laissent-ils Pompidou faire ça? Or, il ne s'agissait nullement d'un délirant mais d'un cas extrême de cette connerie renseignée, informée sur tout, qui sait, qui « connaît » et à qui « on ne la fait pas ». J'ai donc entendu dans tous les milieux des propos d'une telle bêtise sur le Quai d'Orsay et les diplomates en général que je ne voyais souvent pas d'autre solution que d'encourager ces gens-là à aller encore plus loin dans leur délire interprétatif, parce que j'aime me griser de tous les éclats prodigieux que peut prendre parfois la nature humaine, lorsqu'on la frotte au bon endroit. Exemple : j'ai rencontré un professeur d'université, un agrégé ès lettres, qui m'a demandé quel était le mystère de ma naissance, car il lui paraissait clair que si le Quai d'Orsay m'avait accepté dans ses rangs, je ne pouvais pas être un bâtard de la steppe russe, mais que je devais être issu de cuisse noble, comme le général Weygand, tu comprends, sans quoi on ne m'aurait jamais admis dans le club français le plus exclusif, entièrement aux mains de la noblesse... Le mot « diplomate » ne cache rien de plus mystérieux qu'un négociateur, un homme de contact à un niveau plus ou moins élevé, un homme de « relations publiques », et un avocat. En ce qui concerne les notions de duplicité et de mensonge, c'est particulièrement comique. C'est un métier où il est impossible de mentir, puisqu'il s'agit la plupart du temps de transmission de consignes précises. Mais il est évident que si tu es un bon ou un grand comédien, comme Hervé Alphand, par exemple, ou comme Dobrynine, l'ambassadeur russe à Washington, tu peux donner une plus grande force persuasive à ton absence de conviction, s'il se trouve que tu exposes une considération politique qui ne te paraît pas à toi-même très convaincante. Le seul mensonge que tu peux te permettre — et encore ! —, c'est de ne pas dire toute la vérité, mais juste assez de vérité pour que ton interlocuteur en tire des conclusions que tu souhaites, ce qu'il fera d'ailleurs très rarement. Le facteur personnel des grands ambassadeurs joue évidemment, mais les seuls ambassadeurs qui « réussissent », sont ceux qui ont la chance d'être en poste lorsque la politique — mettons — des États-Unis et de la France vont dans la même direction. D'ailleurs, le « bon » ambassadeur, c'est celui qui a réussi auprès de son propre gouvernement. Ce sont encore une fois, et de plus en plus, les masses de réalités historiques et géographiques qui déterminent le succès d'une politique et de ceux qui la représentent. Si tu prends, par exemple, Kissinger, lorsqu'il « dégage » les États-Unis du Vietnam, « ,égocie » un accord avec la Chine, « ouvre » le canal de Suez, tu t'aperçois immédiatement que sa « réussite » ne consiste pas à créer des situations historiques nouvelles, mais à se situer dans le sens de l'inévitable... Pour la diplomatie française, qui représente un pays dont la « puissance de réalité » a changé d'une manière incroyable en trente-cinq ans, la situation est particulièrement douloureuse et difficile... Au cours des quinze ans que j'ai passés dans la Carrière, j'ai souvent eu l'occasion de voir à quel point la frustration et le sentiment d'impuissance, le rôle passif d' « observateur » sont éprouvants... J'ai accompagné un jour à la gare un de mes collègues qui quittait Sofia pour rejoindre son poste de deuxième conseiller à Moscou. Il était très content de cette promotion. Trois jours après son arrivée à Moscou, il s'est pendu à la fenêtre de son salon, ce qui demande vraiment beaucoup de résolution, car ses pieds touchaient le sol. Vivre sous une cloche de verre provoque parfois des fêlures psychologiques brutales. Un directeur du personnel m'expliquait à quel point il devait faire attention lorsque tel ou tel agent se mettait soudain à demander un poste excentrique et aussi peu fait pour lui que possible. Ces exigences sont souvent dues à des troubles psychologiques dépressionnaires peu apparents à l'extérieur. C'est ainsi que quelques jours après son arrivée en Uruguay un brillant ambassadeur s'est ouvert les veines dans sa baignoire. Après la guerre, un représentant de la France à Addis-Abeba, qui n'était pas ambassadeur et qui est mort alcoolique depuis, a montré ses fesses à l'empereur Hailé Sélassié au cours d'une réception officielle. Il est parfois extrêmement difficile de vivre des années et des années dans un état de distanciation permanente, de passivité, de neutralité — soudain quelque chose craque à l'intérieur. Si je regarde des camarades de ma génération, ceux qui ont réussi brillamment, Beaumarchais, qui est ambassadeur à Londres, Vimont, qui est à Moscou, Laboulaye, qui est à Tokyo, Sauvagnargues, qui est à Bonn, Soutou et d'autres, je m'aperçois qu'en dehors, évidemment, des qualités d'intelligence et de jugement, ce qui a joué surtout, c'est une question de caractère. C'est au niveau du caractère que le problème se pose, car enfin, pendant combien de temps peux-tu faire preuve continuellement de souplesse, d'adaptabilité et aussi d'acceptation, en ce qui concerne les consignes que tu reçois, les opinions que tu es obligé d'exprimer, les rapports que tu es obligé d'avoir avec des gens qui te font parfois horreur, dans des pays où tu te trouves — et conserver en même temps un caractère intact, ton centre de gravité, des rapports solides avec toi-même, ne pas te laisser dépersonnaliser? Je crois que la plus grande menace, au bout de vingt ans de métier, c'est la dépersonnalisation. A trente ans, tu es un premier secrétaire ou un deuxième conseiller brillant, vivant, « personnalisé », plein d'avenir : et vers la cinquantaine, tu te trouves parfois en présence d'une marionnette parfaitement articulée, bien habillée, polie, souriante, mais complètement creuse à l'intérieur, qui évoque les raouts d'autrefois... C'est assez atroce. C'est pourquoi j'ai une grande admiration pour quelques-uns des camarades, comme ceux que j'ai cités plus haut. Ils ne sont ni trop pliés, ni cassés. Naturellement, je passe sur les cas de folie pure et simple, qui existent partout. Je me souviens d'un conseiller que l'on a trouvé flottant sur le ventre dans sa salle de bains — c'était un gros chauve — avec un cigare allumé dans le derrière : il se prenait pour le paquebot *Normandie*. Les cas de folie sont particulièrement tragiques dans tous les métiers, mais lorsqu'il s'agit d'un diplomate à l'étranger, qu'il convient à tout prix, dans certains pays, de cacher ça et de faire partir l'homme délirant sans que personne s'aperçoive... Enfin.

F. B. : *Tu rentres donc à Paris à la Direction d'Europe, en février 1948.*

R. G. : Je m'installe dans une chambre que me loue dans son appartement, rue du faubourg Saint-Honoré, le vieux marquis de Saint-Pierre, le père de Michel du même nom, qui faisait alors ses débuts d'écrivain. C'était un très grand appartement, avec château en province. Le vieux Saint-Pierre me fait faire le tour du propriétaire. On était alors à peine sortis des grandes grèves, il y avait la « menace communiste », Jules Moch créait les C.R.S., beaucoup de gens s' « attendaient »... Le vieux marquis ouvre une fenêtre, lève l'index, ferme un œil à demi et me glisse confidentiellement à l'oreille : « A côté, vous avez l'ambassade des États-Unis et celle de la Grande-Bretagne et derrière, juste derrière, monsieur »... — là, c'était presque triomphal dans le murmure — « derrière, vous avez la place Beauvau, M. Jules Moch, le ministère de l'Intérieur... C'est vous dire, monsieur, qu'en cas de troubles, vous ne serez pas plus mal ici qu'ailleurs! » J'ai tout de suite versé des arrhes, c'était très beau. Le souffle aristocratique de la révolution française venait d'effleurer mon front. J'avais beaucoup de mal à joindre les deux bouts. On touchait des traitements de misère, Gaston Gallimard ne me donnait pas d'avance. Il se méfiait, il ne savait pas encore si j'avais de l'argent en moi, si j'allais être rentable. Je me suis installé ensuite dans une chambre d'hôtel, rue des Saints-Pères où j'ai écrit *Le Grand Vestiaire*, assis sur le bidet dans la salle de bains. A la Direction d'Europe, j'avais pour patron le gendre de Paul Claudel, Jacques-Camille Paris, un type adorable qui s'est depuis fait tuer par un camion. Je lui remettais mes notes et souvent il les portait toutes chaudes au cabinet du ministre.

F. B. : *Tu as le sentiment d'avoir joué un rôle, à la Direction d'Europe?*

R. G. : Tu veux rire. Aucun. D'abord, j'étais trop petit, et ensuite, personne de nos jours n'a jamais vu une politique étrangère faite par des diplomates. Tes « cogitations » ne jouent un rôle que si ça va dans le sens de la politique du moment. Lorsque tu écris le discours d'un ministre, tu tiens compte de ses idées et non des tiennes. Si tu as des idées originales, on mettra dans ton dossier : « Caractère très personnel. » Tu seras classé comme difficile à utiliser : « Si vous voulez défendre vos idées, faites de la politique. » Mais ce serait marrant de retrouver ces notes. J'ai fait avec Fabre et avec Maillard — aujourd'hui ambassadeur à l'Unesco — la première proposition jamais formulée sur la création d'une communauté charbon-acier. Et j'ai pondu aussi la toute première note — *mea culpa* — sur la création d'une

Europe ». C'est tombé dans la silence. Au moment du blocus de Berlin, je voyais passer des dépêches invitant à la capitulation et à l'évacuation de Berlin pour éviter la guerre avec l'U.R.S.S... et pour mieux morceler l'Allemagne. C'était tellement absurde que j'ai démissionné — ça doit être encore dans mon dossier — et c'est Jacques-Camille Paris qui m'a fait revenir sur cette décision. Je ne dirais pas ici de quels grands noms étaient signées ces aberrations capitulardes, j'ai horreur des mises au pilori. Il y avait des hommes de caractère. Pierre de Leusse, entre autres, qui démissionna plus tard de son poste d'ambassadeur à Tunis, lorsque Guy Mollet et Robert Lacoste se sont rendus coupables du premier détournement d'avion dans l'histoire, en kidnappant Ben Bella, le leader algérien. Ils ont fait atterrir son D.C. 3 de ligne en Algérie. Je pense qu'il ne convient pas d'oublier que c'est le gouvernement français de l'époque et MM. Guy Mollet et Robert Lacoste, les leaders socialistes français, qui avaient ainsi ouvert la voie à la piraterie aérienne. Robert Schuman était alors ministre, Clapié, son directeur de cabinet et ils n'avaient encore jamais parlé de « faire l'Europe ». Je les bombardais de notes que Jacques-Camille Paris approuvait où je m'évertuais à démontrer qu'évacuer Berlin pour apaiser Staline était une monumentale imbécillité... ce qu'ils savaient, bien sûr. On m'a gentiment nommé à Berne, pour que je me calme et on ne fait pas mieux que Berne, comme calme. Ce qu'il y a de marrant, c'est que tout cela était, du côté français, complètement théorique : c'étaient les Américains qui décidaient...

F. B. : *Qu'est-ce qui t'avait le plus frappé, pendant ton passage aux affaires politiques?*

R. G. : Que personne ne pensait vraiment au futur. Il n'y avait jamais aucun « scénario » pour l'avenir. La preuve, c'est que c'est seulement en décembre 1973 que Jobert a créé au ministère des Affaires étrangères une section de prévision à long terme, comprenant surtout des techniciens... Tu te rends compte? En 1973... *Après* le pétrole. Mais, je ne crois pas que ce soit très important, du train où l'on va... Toute cette politique qui consiste à se demander comment la France ou l'Europe doivent s'y prendre pour devenir une Amérique afin de ne pas devenir américaines, ça ne peut intéresser que le petit Chaperon rouge... Si la France s'intéresse aux sauces auxquelles on lui propose d'être mangée... eh bien! c'est pousser un peu loin le goût de la bonne cuisine, mais que veux-tu que j'y fasse? De toute façon, je ne crois pas que ce soient les hommes aujourd'hui ou demain matin au pouvoir qui décideront. Il n'y a pas en ce moment un seul discours politique où l'on ne sente pas le désarroi et les habiletés des manchots. Il est possible que la France redécouvre ses mains, qu'elle en retrouve le sens de civilisation et l'usage...

F. B. : *Méfie-toi. Les mains vont finir par devenir pour toi des articles de luxe...*

R. G. : C'est ce qu'on dit toujours quand les vôtres sont devenues des moignons. Je ne crois pas aux prothèses à perpétuité. Si la jeunesse gueule tellement pour la protection de la nature, ce n'est pas pour se laisser berner indéfiniment par des godemichés idéologiques dans le genre « indépendance Europe-tiers monde » pour « échapper à la domination américaine » et pour que « la France reste la France ». C'est trop con et c'est l'équivalent du bon vieux « mondialisme », genre O.N.U., un film de bourrage de crâne en Mondovision qui ne fera pas recette. Les idées, il faut les prendre dans la main, les toucher, les palper, pour voir si c'est vivant, si c'est chaud, ou si c'est des trucs. Je regarde toujours les mains avant les idées, à cause du bœuf et de la charrue. Ce qu'il y a de génial chez Montaigne, chez Pascal, ce n'est pas l'abstraction : c'est le bon sens...

F. B. : *... Est-ce que je me trompe ou est-ce que tu es arrivé en France pour la première fois à l'âge de treize ans ?*

R. G. : C'est pourtant exactement ce que j'entends par « mains françaises » : dans mon cas, celles d'un professeur de français au lycée de Nice, Louis Oriol. Il m'a fait à la main. C'était un paralysé de la guerre 14-18 qu'il fallait lever de son fauteuil pour le monter en chaire. Je n'oublierai jamais. Jamais. Les hommes, ça ne se fait pas avec du foutre, ça se fait avec les mains.

F. B. : *Est-ce que tu ne crois pas qu'il y a dans cet attachement à « une certaine idée de la France » autre chose que les rapports avec une civilisation, qu'il y a là l'effet des vibrations affectives de la guerre, de l'esprit d'escadrille, d'un groupe humain vécu pendant quatre ans dans la plus étroite communion...*

R. G. : Je suis un être de chair et de sang et je ne me situe pas en dehors de toute souffrance et de tout amour pour réfléchir avec une profonde indifférence. Écoute, à un programme de radio, *Le Masque et la Plume,* un aimable quelqu'un m'a dit sévèrement : « Il faut se situer en dehors de soi-même, lorsqu'on fait ses choix politiques. » Très drôle. Parce que ce gars-là, il n'a pas de subconscient, tu comprends. Il est entièrement au courant de lui-même. Quand il fait un choix politique, il dépose d'abord son subconscient au vestiaire. Il est vrai que j'éprouve des difficultés à faire des choix politiques mais la raison me paraît évidente. Nous vivons une queue de civilisation. A l'intérieur de cette queue-queue, le « programme commun de la gauche » ou celui de l'U.D.R., ce sont des refus de changement, des façons légèrement différentes d'aménager les fauteuils et les couchettes dans le train express, mais sans aucun effort pour déplacer les rails, la direction. Ce sont les mêmes meubles. Il y a toujours une question préalable dans tout programme, c'est l'homme, les hommes. Les programmes se cassent la gueule sur les hommes et alors cassent la gueule aux hommes...

F. B. : *Il y a tout de même des hommes politiques que tu estimes?*

R. G. : Personnellement, oui. J'aime bien Savary, et j'aurais voté pour lui à titre personnel, mais c'est un gars frappé d'honnêteté intellectuelle, il n'a aucune chance, dans le contexte.

F. B. : *Mais... est-ce qu'il ne serait pas Compagnon de la Libération?*

R. G. : Oui, et alors? C'est redhibitoire?

F. B. : *Je relève la coïncidence... ou la fidélité, c'est tout. Mitterrand?*

R. G. : C'est pour moi une découverte littéraire. Je lis parfois les éditoriaux qu'il publie dans son journal, et c'est remarquablement bien torché. A suivre, comme écrivain.

F. B. : *Sur le plan d'action politique?*

R. G. : Je t'avoue franchement qu'il m'a complètement épouvanté, avec son emblème. Aux dernières élections, je me dirigeais vers le bureau de vote — j'étais revenu exprès de chez moi à Majorque — qu'est-ce que je vois, sur les murs? L'affiche mitterrandiste, tu sais, la rose au poing. Je me suis arrêté, stupéfait. J'étais là, n'en croyant pas mes yeux : cette main refermée autour de la tige de la rose, sans se soucier le moins du monde des épines qui s'enfonçaient dans la chair... Ça devait saigner vachement à l'intérieur... C'est certainement l'affiche la plus maso-politique que j'aie jamais vue... Finalement, je n'ai pas voté du tout.

F. B. : *Toujours les mains...*

R. G. : Oui. Toujours et avant tout.

F. B. : *Mendès France?*

R. G. : J'ai une grande estime pour son intégrité intellectuelle et j'admire sa fidélité à lui-même. Mais cela va de pair avec une confiance excessive dans les épures et les constructions abstraites. J'en ai fait l'expérience... Mendès était dans mon escadrille, à la fin de la guerre. Il était imbattable « en classe », dans les exercices de navigation sur le papier. Mais un jour, je l'ai eu dans mon avion au cours d'un vol d'entraînement. Malgré ses calculs, il s'était paumé, ne savait plus où on était et est venu me demander de lui faire voir mes calculs de navigation. Je n'en avais pas fait : je connaissais le « triangle » par cœur, j'étais commandant de bord, il faisait beau, je naviguais à vue. Je le lui dis. Il se fout dans une rogne noire, me crie que je refusais de lui montrer mes calculs... je crois qu'il me prenait pour un « anti » et faisait une petite tempête psychologique. Il m'a même lancé — et je cite : « Je vous revaudrai ça. » D'ailleurs, quand il aurait pu le faire, des années après, lorsqu'il est venu à New York comme Premier ministre, à l'O.N.U., où j'étais petit porte-parole, il a été avec moi d'une grande gentillesse. Bref, je le laisse tempêter, je lui montre le patelin qu'on survolait, je lui dis que c'est Buckingham et qu'il n'a qu'à partir de là. Il regarde ses calculs, et me dit : « C'est Odiham. » Je lui dis : « Buckingham », en montrant au sol les deux citernes vertes que je connaissais. Il me fourre ses papiers sous le nez et me répète : « Odiham. » Je demande un relèvement au sol et lui montre la position, avec preuve matérielle à l'appui : « Vous voyez bien que c'est Buckingham. » Mendès regarde encore une fois ses calculs, me sourit, répète : « Odiham » et s'en va... Bon il y a la part de l'humour et du sourire mais il a vraiment une confiance excessive dans les calculs abstraits...

F. B. : *Chaban-Delmas?*

R. G. : Très sympathique. Tu te souviens des attaques contre lui, à cause de cette feuille d'impôts qu'il avait eu le tort de remplir conformément à la loi? Il a été l'objet d'une campagne de haine et a dû quitter le pouvoir parce qu'il ne fraudait pas et n'était donc pas représentatif... Je vais voter pour lui précisément pour ça, et uniquement pour ça : parce qu'il n'est pas représentatif...

F. B. : *Tu ne peux tout de même pas refuser tout choix politique?*

R. G. : La vérité politique est faite de moments

de rencontres avec la vérité historique, c'est une ligne qui court en zigzags et en oscillations à travers tous les partis, et je me force de suivre cette ligne et les partis qu'elle traverse momentanément. Mais il y a autre chose. La seule obligation sacrée que j'attribue à l'art ou à la littérature, c'est la recherche des *vraies* valeurs. Je crois qu'il n'y a rien de plus important pour un écrivain, dans la mesure où il se soucie de la vérité. Or, seuls le manque de respect, l'ironie, la moquerie, la provocation même, peuvent mettre les valeurs à l'épreuve, les décrasser et dégager celles qui méritent d'être respectées. Une telle attitude — et c'est peut-être ce qu'il y a de plus admirable dans l'histoire de la littérature — est pour moi incompatible avec toute adhésion politique à part entière. La vraie valeur n'a jamais rien à craindre de ces mises à l'épreuve par le sarcasme et la parodie, par le défi et par l'acide, et toute personnalité politique qui a de la stature et de l'authenticité sort indemne de ces agressions. La vraie morale n'a rien à redouter de la pornographie — pas plus que les hommes politiques qui ne sont pas des faux monnayeurs, de *Charlie Hebdo,* du *Canard enchaîné,* de Daumier ou de Jean Yanne. Bien au contraire : s'ils sont *vrais,* cette mise à l'épreuve par l'acide leur est toujours favorable. La dignité n'est pas quelque chose qui interdit l'irrespect : elle a au contraire besoin de cet acide pour révéler son authenticité.

F. B. : *Tu avais assisté et pris la parole au Congrès de l'U.D.R. à Nice en 1963?*

R. G. : Oui, et j'ai joué mon rôle acide. C'était un moment où l'anti-américanisme gaulliste était à son apogée. J'ai été le premier à parler et j'ai annoncé le titre de ma conférence : *L'Amour de l'Amérique*. Il y a eu un de ces silences de mort et de glace qui m'aurait fait froid dans le dos, si j'étais porté au cliché. Je me suis mis à parler avec sympathie de l'Amérique et de Kennedy que je connaissais un peu et comme mon auditoire devenait de plus en plus glacé, l'éloge que je faisais devenait de plus en plus chaleureux. Lorsque j'ai terminé, une fillette de douze ans au bout de la salle a essayé d'applaudir, mais son papa l'a immédiatement arrêtée. Au même moment, Jacques Baumel, qui était alors le secrétaire général de l'U.D.R. — tu sais, celui que Pompidou appelait toujours le beau Brummel — se précipite comme un boulet de canon sur l'estrade, s'empare du micro et lance : « Je tiens à préciser que Romain Gary parlait à titre strictement personnel. » Et de foutre le camp sans me dire un mot. Or, mon bon, il se trouve que pendant que je faisais l'éloge de Kennedy, celui-ci se faisait assassiner à Dallas et que la nouvelle est parvenue à l'hôtel Ruhl, où se tenait la réunion, dix minutes après la fin de ma conférence. Il s'est alors passé quelque chose de vraiment cocasse et même d'assez caca. Je fus entouré par une foule U.D.R. débordante de sympathie, les larmes aux yeux, et ces messieurs-dames se sont mis à défiler devant moi et à me serrer la main, en murmurant : « Vous avez sauvé l'honneur. » On m'a mis à la place d'honneur au banquet. Une personnalité au sommet est venue me donner l'accolade devant la caméra de la télé. Au cas où tu aurais le moindre doute en ma parole, regarde *Le Canard enchaîné* de l'époque. Il en parle.

F. B. : *En 1967, tu as accepté d'entrer au cabinet de Gorse, ministre de l'Information?*

R. G. : Tout le monde peut se tromper, comme disait le hérisson en descendant d'une brosse à habit. Je voulais briser les reins de la Commission de censure, qui sévissait alors d'une manière éhontée... J'avais posé comme condition une autorisation de sortie pour *La Religieuse*, un film d'après Diderot que le ministre précédent avait fait interdire. Gorse obtient l'accord de De Gaulle. J'étais « conseiller sans traitement », libre. Je tourne *Les oiseaux vont mourir au Pérou*, et aussitôt la Commission interdit mon film. J'ai eu sur le bureau un rapport sur leurs délibérations : à une voix de majorité, — celle d'un psychiatre... — la Commission motivait son interdiction en disant que, attendu que mon film traite de la frigidité féminine en termes tragiques allant jusqu'à une tentative de suicide, attendu que six névroses féminines sur dix sont causées par la frigidité, mon film risquait de pousser au suicide des femmes atteintes de frigidité... Authentique. Gorse me donne l'autorisation de sortie. Là-dessus, j'obtiens de Malraux et de Gorse un accord pour une production de films en commun entre le Centre du cinéma et l'O.R.T.F. Réunion au sommet avec les « directeurs » : Hallaud pour le Centre, Jacques Dupont pour l'O.R.T.F. Ces deux hauts fonctionnaires cherchent à nous démontrer que le projet est irréalisable. A la sortie, Gorse me met un bras autour des épaules et me dit : « Ah, mon cher Romain, nous avons fait un beau rêve. » Le ministre s'inclinait devant les bureaux. Je suis parti.

F. B. : *D'autres souvenirs de cette époque?*

R. G. : Aucun. Amnésie totale. Ah si... un coup de téléphone de De Gaulle. C'était au moment de la grève de Rhodiacéta. On donne à la télé l'interview d'un journaliste avec un gréviste. Coup de téléphone de De Gaulle, furax : « Qu'est-ce que c'est que ces façons? De quel droit ce journaliste *tutoie* cet ouvrier? Ils ont été à l'école ensemble? » Et de raccrocher...

F. B. : *Mais tes rapports avec de Gaulle lui-même? Est-ce que tu l'as jamais mis à l'épreuve de l'ironie? Tu ne vas quand même pas nier que tu le vénérais?*

R. G. : Oui. Non. Je ne vénère pas, je respecte. Et tu vas me permettre de me citer moi-même. Je n'ai pas besoin de te rappeler l'importance qu'il attachait à sa place dans l'histoire. Or, tu trouveras dans *Tulipe*, réédité en 1970 — tu sais qu'il s'agit d'un conte situé dans un avenir lointain, la note suivante : *Résistance : action opposée de 1940 à 1945 par le peuple allemand à l'envahisseur au moment où les armées françaises avaient occupé l'Allemagne sous le commandement d'un chef tribal qui s'appelait Charles de Gaulle. Ce dernier avait finalement été vaincu à Stalingrad par les Chinois et se suicida avec sa maîtresse Eva Braun dans les ruines de Paris.* Là-dessus de Gaulle m'a torché une lettre dans laquelle il me demandait s'il était exact que c'était moi qui avais écrit la série noire des *Gorilles* sous le pseudonyme de Dominique Ponchardier et si j'allais continuer toute ma vie à osciller entre l'idéalisme et le cynisme. Le vieux prenait très bien la satire. Je me souviens qu'à un dîner à l'Élysée, la femme d'un ministre avait protesté de façon à être entendue par le Roi contre les imitations que faisait de lui un chansonnier célèbre à l'époque. De Gaulle lui lança : « Mais, madame, il fait ça très bien, et d'ailleurs, je l'imite parfois aussi, à mes mauvais moments. » Le grand Charles a été tellement sanctifié, statufié, revu et corrigé que ça fait pitié. Et je trouve absolument affligeantes ces exégèses que l'on fait aujourd'hui de sa pensée et de ses idées. J'ai horreur des reliques. Je pense que les reliques, que ce soit celles de Marx, de Lénine, de Freud, de Charles de Gaulle ou de Mao, sont toujours néfastes. Il y a quelques années, je me baignais à Monte-Carlo, et il y avait à côté de moi, sur une des deux jetées à l'entrée du port, un groupe, des gamins monégasques, quinze ou dix-sept ans. Tu connais la saleté de la Méditerranée et l'eau était assez ignoble. Il y avait alors dans le port le grand yacht d'Onassis, le *Christina*. Un des gamins plonge et réapparaît à la surface au milieu d'une très belle collection d'étrons, fort bien moulés. Il hurle, ferme la bouche, jure, proteste. Et un de ses copains lui lance, d'une voix pleine de respect : « Mais tu te rends pas compte, ça vient peut-être d'Onassis! » C'est tout à fait l'effet que me font les amateurs et les adorateurs des reliques des grands hommes. D'ailleurs en ce qui concerne de Gaulle, la plus sûre façon de trahir un héritage qui est uniquement éthique, c'est d'essayer d'en faire un produit politique de consommation courante. Lorsque j'ai dit un jour à la télé que mes rapports avec de Gaulle relevaient d'une métaphysique plutôt que d'une idéologie, j'ai eu droit aux sourires dans la presse : c'est le sourire vertical des cons, défini pour la première fois par le romancier américain Richard Condon. J'entendais par là que ce que je trouvais attachant chez de Gaulle et ce qui me liait à lui, c'était le sens de ce qui est immortel et de ce qui ne l'est pas, parce que le vieux croyait à la pérennité de certaines valeurs humanistes qui sont aujourd'hui déclarées mortes et que le monde redécouvrira tôt ou tard, comme la révolution française avait redécouvert la cité antique et comme la Renaissance avait redécouvert l'Antiquité.

F. B. : *Pourquoi crois-tu que si peu d'artistes et d'écrivains avaient apporté leur adhésion à de Gaulle, lorsqu'il est revenu au pouvoir, en 1958?*

R. G. : Parce que l'instinct des écrivains et des artistes est de ne pas avoir de respect et de sympathie pour les dirigeants, les chefs, les patrons, les grands hommes d'État, les hommes providentiels, les sauveurs de la patrie et pour tous les autres tralalas. Si les écrivains et les artistes étaient tous pour le pouvoir établi, ce serait à désespérer de tout. Et de toute façon, dans le domaine des idéologies, la « grandeur », enfin, dès qu'on prononce ce mot, on pense aussitôt la puissance, à Hitler et Staline. Il y a aujourd'hui une extrême confusion dans la merde, due à l'abondance. Le monde ne semble plus avoir le choix qu'entre le bourrage de crâne et le lavage du cerveau. Ajoute à cela ce caractère individualiste qui fait que lorsqu'on parle en politique d'un « grand homme », le Français se sent personnellement diminué, comme si on lui avait volé quelque chose. Je connais un monsieur très distingué qui n'a jamais pu voter de sa vie parce que donner sa voix à un autre que lui-même, ça le met en rogne. C'est beaucoup plus fréquent qu'on ne le croit. Si tu regardes l'histoire du XXe siècle, tu verras que malgré toutes ces voix qui allaient vers lui, de Gaulle a payé pour le Kaiser Wilhelm, pour Hitler, pour Mussolini, pour Staline et pour Pétain.

F. B. : *Tu m'avais dit en 1967 que de Gaulle avait raison de changer la politique française à l'égard des Arabes au moment de la guerre des Six Jours.*

R. G. : Ce n'est pas ce que je t'avais dit. Je me souviens parfaitement t'avoir écrit que la politique arabe de la France était insoutenable, parce qu'on ne pouvait la qualifier autrement que de politique du mépris. Et j'avais ajouté que l'embargo sur les Mirages vendus aux Israéliens a été une iniquité, une saute d'humeur du maître d'école qui donne un coup de règle sur la main d'un enfant. De Gaulle avait raison de mettre fin à la politique du mépris à l'égard des Arabes parce qu'on ne pouvait pas continuer à faire mentir un siècle d'armée française, Foucauld, Lyautey et toutes les belles histoires que nous nous sommes racontées sur nous-mêmes. Il y avait d'ailleurs chez de Gaulle un côté « grand chef blanc » tout à fait évident. Je pense qu'il aurait joué volontiers le protecteur aussi bien d'Israël que des Arabes, mais ça n'a pas pu se faire, l'une des parties en présence ayant failli à ce qu'il attendait d'elle. Je crois aussi qu'il se serait servi volontiers d'Israël pour asseoir sa popularité auprès des Juifs américains et trouver ainsi un bon petit levier aux États-Unis. Cela aurait pu se faire dans le légendaire et le biblique, entre lui et Ben Gourion, mais quand Israël n'a pas obéi au grand chef blanc, bon, juste et généreux, le vieux a piqué une colère du tonnerre de Brest, comme après le putsch des généraux à Alger, quand on lui avait refusé la peau de Salan. On entendait sa voix aiguë à travers quatre murs...

F. B. : *Il ne pensait pas un peu au pétrole, dans ce renversement des alliances?*

R. G. : Je ne le crois pas. Je crois que lorsque de Gaulle se mettait en rogne, il y avait une sorte de *bitchery* qui intervenait, une colère presque féminine, avec vacherie, rancune et méchanceté à l'appui, et que toute sa puissance de raisonnement, une fois récupérée, s'organisait alors autour de sa rancune. C'était un homme qui avait entre autres le génie de la rancune. Je ne crois pas une seule seconde que de Gaulle aurait lâché Israël pour du pétrole ou pour vendre des armes aux Arabes. Il y avait une autre façon de se rapprocher des Arabes et il est d'ailleurs parfaitement évident aujourd'hui qu'Israël nous manque plutôt, dans nos rapports avec les Arabes : on n'a plus rien à lâcher. Les passions aveuglent tous les esprits. On dit par exemple que l'U.R.S.S. veut la disparition d'Israël. Absurde! Si Israël disparaissait, l'U.R.S.S. perdrait ses positions au Moyen-Orient parce qu'elle deviendrait complètement inutile aux Arabes, l'U.R.S.S. n'a pu pénétrer au Moyen-Orient que grâce à Israël. Encore une fois, qu'est-ce qu'on veut dire, lorsqu'on parle de la « politique arabe de la France »? D'une absence de choix...

F. B. : *Qu'est-ce que c'est pour toi, le gaullisme?*

R. G. : Un souvenir. Il y eut un moment de l'histoire, une rencontre, comme il y en a parfois dans l'histoire de tous les pays, un souffle qui est passé sur le pays français. Maintenant, c'est fini, et c'est très bien ainsi. Il y aura d'autres moments, d'autres hommes, d'autres rencontres, d'autres souffles. Ce n'était pas le dernier. C'était quelque chose de vivant et ça ne peut pas être préservé, embaumé ce n'était pas une fois pour toutes. Il est bien venu et il est bien parti. Je suis heureux d'avoir vécu ça. Aujourd'hui, quatre-vingts pour cent des jeunes Français de moins de trente ans ne savent pas ce que c'est un Compagnon de la Libération, et c'est très bien comme ça aussi. S'il y a une chose que de Gaulle exige, c'est l'originalité, et cela veut dire la fin du reliquaire. Il y a une leçon à tirer de la façon dont il a refusé d'organiser sa succession, non? Il ne voulait pas être continué. Il a toujours parlé de renouveau, et cela ne veut pas dire marcher vers l'avenir à reculons les yeux fixés sur une image sainte. En U.R.S.S., ils ont embaumé Lénine et ils l'exhibent sous une cloche de verre, et regarde ce que ça a donné : un Lénine embaumé, empaillé, une figure de cire, un machin une fois pour toutes et à perpette avec interdiction de changer...

F. B. : *Je crois me souvenir que de Gaulle t'avait suggéré à un moment de faire de la politique?*

R. G. : A deux reprises, mais avec ironie et dédain, comme pour me dire que je ne méritais pas mieux. Enfin, il ne m'a pas dit d'aller chez les putes, il ne parlait pas comme ça, mais il y avait une montagne de dédain dans sa suggestion. La première fois, ce fut au début de sa « traversée du désert », avant mon départ pour Berne, et plus tard, rue Solférino, au moment de l'apogée du R.P.F., alors que ça piaffait autour de lui de jeunes maréchaux futurs. Et chaque fois avec un sourire ironique, dans le genre « vous aussi ! » Avant de quitter la Direction d'Europe pour me rendre en Suisse, j'ai failli abandonner le Quai entièrement pour m'occuper d'un hebdomadaire satirico-littéraire qui devait se faire, mais ne s'est jamais fait, heureusement, et je suis allé voir de Gaulle rue La Pérouse, pas tellement pour lui demander conseil mais comme ça, pour toucher du bois. Il ne m'a pas donné le moindre conseil et m'a interrogé pendant un quart d'heure... sur Malraux ! Malraux le divertissait prodigieusement — Mme de Gaulle disait de lui : « Le diable »...

F. B. : *Tu as finalement rejoint ton poste à l'ambassade de France à Berne et tu y es resté dix-huit mois. Attention à ce que tu vas dire, je suis helvète...*

R. G. : Ne t'inquiète pas : je n'en ai gardé aucun souvenir... Un blanc de dix-huit mois dans ma mémoire. Je me rappelle vaguement une horloge avec des bonshommes qui frappent l'heure ou quelque chose comme ça. Il paraît que j'ai fait des conneries. Je suis descendu, me dit-on, dans la fosse aux ours du Bärengraben, peut-être dans l'espoir qu'il allait enfin se passer quelque chose. Il ne s'est rien passé du tout, les ours n'ont pas bougé, c'étaient des ours bernois. Les pompiers sont venus me tirer de là deux heures plus tard. J'ai trouvé un autre jour une lettre datée de Berne, en 1950, d'une personne dont je ne me souviens pas, une lettre où elle me dit qu'elle ne me pardonnera jamais, c'est souligné trois fois, je ne sais pas ce que je lui ai fait ou n'ai pas fait, j'ignore complètement de quoi il s'agit, et ça m'a fichu un remords terrible, c'était peut-être quelque chose de vraiment ignoble, ce que je ne lui ai pas fait. Et en anglais, encore. Elle m'a écrit ça en anglais et je ne sais pas pourquoi, ça fait que je me sens encore plus coupable, à cause de *gentleman*, comme ce nom l'indique. Si elle lit ces lignes, qu'elle veuille bien prendre la peine de m'exposer son cas. Je ne me souviens de rien. Ah si, j'ai déjeuné avec Churchill à l'ambassade, en petit comité, et il a bu à lui seul une demi-bouteille de whisky avant, une bouteille de champagne pendant le repas, un tiers de la bouteille de cognac avec le café. Pendant la guerre, j'étais tombé amoureux de sa fille Mary dans un compartiment de chemin de fer entre Waterloo et Camberly, un parcours d'une heure, mais on ne s'était pas adressé la parole, parce qu'on était seuls dans le compartiment et que je voulais montrer que j'avais du savoir-vivre anglais. Une heure de silence expressif de ma part et la môme n'a pas cessé de regarder par la fenêtre, sans me jeter un coup d'œil, elle n'aurait pas pu résister, autrement. C'était très beau, très élevé. Seulement, à la sortie, elle me regarde droit dans les yeux et elle me dit : « J'aurais cru que vous parliez français. » Comme ça, en pleine gueule. Et puis s'en va. J'étais tellement écœuré que j'ai même oublié de descendre du train. Complètement pulvérisé. Et ça devait devenir même encore plus affreux : en 1972, à l'ambassade de Grande-Bretagne, Mary Churchill, qui était devenue Mrs Soames, la femme de l'ambassadeur de Grande-Bretagne à Paris, m'invite à une réception. J'étais ému : une heure de silence et elle se souvenait encore de moi, trente ans après. Je lui ai rappelé notre souvenir commun et... non, tu ne me croiras jamais : elle ne se souvenait de rien! C'était le bide total. Je raconte donc à Churchill comment j'ai failli épouser sa fille en 1943, il réfléchit, me regarde dans les yeux et dit : « Oui, évidemment, c'était toujours comme ça avec de Gaulle! » Ça m'a achevé, je n'y étais plus du tout, quoi. L'effet que Berne peut faire aux gens, c'est tout à fait bizarre. C'est certainement le lieu le plus mystérieux du monde, une espèce d'atlantide qu'il reste à trouver. Tu sais, un de ces endroits où tout se passe toujours ailleurs. J'ai fini par expédier à Bidault un télégramme personnel, surchiffré, priorité absolue : « J'ai l'honneur d'informer Votre Excellence qu'il a neigé à treize heures pendant vingt minutes sur Berne. Il convient de remarquer que cette chute de neige n'a pas été annoncée par le service météorologique helvétique et je laisse à Votre Excellence le soin de tirer les conclusions qui s'imposent. » Bidault a tiré les conclusions aussi sec. Il a dit à Bousquet, le directeur du personnel : « Envoyez-le chez les fous. » C'est ainsi que j'ai été nommé aux Nations Unies, à New York, en qualité de porte-parole. J'ai eu droit auparavant à quelques semaines de congé pour surmenage — surmenage à Berne! — que j'ai passé à l'hôtel des Théâtres, avenue Montaigne, fréquenté alors par les plus beaux mannequins du monde, Dorian Leigh, Assia, Maxine de la Falaise, Bettina naturellement, Nina de Voght et Suzy Parker, parmi d'autres. L'hôtel avait un ascenseur minuscule et quand tu avais la chance de le prendre par hasard avec une de ces déesses, tu montais au paradis. Malheureusement, il y avait là le fameux marquis de Portago, qui s'est tué plus tard aux Vingt-Quatre Heures du Mans, il avait des voitures du tonnerre de Dieu et moi, je n'avais que l'ascenseur. L'hôtel des Théâtres, à ce moment-là, c'était un de ces lieux et moments de Paris qui gardaient encore la trace du *Paris est une fête*, de Hemingway. Y trônaient Capa, le célèbre photographe de *Life*, qui avait photographié le débarquement en Normandie et devait sauter plus tard sur une mine en Indochine, Irwin Shaw, Peter Viertel, Ali Khan, et il se passait dans les chambres des choses merveilleuses, que j'ose à peine imaginer, par moralité et faute d'expérience. Je n'avais droit qu'à des coups d'œil, lorsque parfois une de ces créatures extra-terrestres se trompait de porte. La porte s'ouvrait, elle apparaissait, il fallait faire vite, avec le nez seulement, flairer quelques souffles de paradis, et puis la porte se refermait. C'étaient des visions, j'étais visité, au sens mythique du terme.

F. B. : *Ouais. La poésie, quoi...*

R. G. : Je reviens parfois au Bar des Théâtres et je pense à ce qu'aurait pu être ma vie si j'avais de l'initiative...

F. B. : *Bon, après cette crise d'humilité, si tu es remis, partons à New York. C'était ton premier contact avec l'Amérique.*

R. G. : Il est à peu près impossible d'avoir un premier contact avec l'Amérique. C'est probablement le seul pays qui est vraiment comme ça, tel qu'on le connaît avant d'y aller. La première chose que tu constates en arrivant, c'est que le cinéma américain est le plus vrai du monde. Le plus mauvais film américain est toujours véridique, il rend toujours fidèlement compte des États-Unis. Cela rend la découverte de l'Amérique très difficile. Tu n'as droit qu'à une longue suite de confirmations. Tu prends un film américain et chaque bout de pellicule est imbibé d'authenticité, quelles que soient l'inanité et l'invraisemblance de l'ensemble. L'Amérique est un film. C'est un pays qui *est* cinéma. Cela veut dire quelque chose de plus que le rapport réalité-cinéma. Cela veut dire que la réalité américaine est si puissante qu'elle bouffe tout, si bien que tous les modes d'expression artistiques là-bas sont toujours spécifiquement américains, le cinéma, le théâtre, la peinture, la musique. Cela va très loin. Depuis trente ans, la France vit la civilisation américaine, comme tout l'Occident. Et évidemment, l'authenticité à cent pour cent de ce mode de vie, c'est en Amérique que ça se fait. Si bien que nous sommes menacés ici par une part purement imitative. La part française assimilait tout au XVIIIe siècle et au XIXe, mais la vie française exige aujourd'hui une vitalité américaine. Il y a aujourd'hui un jeune cinéma français qui essaye de se défendre et qui retourne presque au « terroir », sous son aspect du jour. Mais cela veut dire qu'il retourne chez Pagnol, qui fut le dernier à avoir avec la France, avec la Provence, le rapport que l'Amérique a avec son cinéma. Je crois que l'Europe ne pourra trouver ses réalités, sa vitalité que si elle revient à ses grandes, ses vraies origines, les villes italiennes, les provinces françaises, les principautés allemandes. C'est une supra-nationalité qui ne peut se faire que par les racines. Sinon, l'Europe ne sera jamais qu'une Amérique à la manque. Je crois qu'il n'y a jamais eu dans l'histoire du monde une forme d'expression populaire plus représentative d'une civilisation et plus en symbiose avec elle que le cinéma américain. Chaque frémissement psychologique, politique, éthique, ethnique de la nation américaine est immédiatement réfléchi sur la pellicule. Malgré tous les barrages de l'argent et du box-office, la vitalité du corps américain, dans toute sa violence, dans tout son cynisme ou dans sa fureur trouve le chemin du film. Lorsque je suis arrivé à New York, je n'ai donc éprouvé qu'un sentiment du déjà vu. Chaque silhouette, chaque coin de rue, chaque séquence de vie ressemblaient à ces bouts de film non utilisés au montage, qui traînent par terre. Avant de prendre mes fonctions, j'ai fait le tour des États-Unis en utilisant uniquement des bus locaux. J'ai cherché, comme je fais toujours lorsque j'aborde un pays nouveau, à courir à ras de terre. A Memphis, je me suis fait tabasser par un chef de gare des Greyhound Bus, qui m'avait traité de « chien mexicain »; lorsque je suis allé me faire panser dans une pharmacie, il m'ont badigeonné la gueule de teinture d'iode : « Sur vous, ça se verra moins que de l'alcool blanc... » On apprend plus là-bas avec un visage basané qu'avec un visage pâle. A Los Angeles, une notairesse — les études de notaires, là-bas, sont des échoppes comme chez nous les bureaux de tabacs — m'a dit : « J'aime ce que vous faites à la télé. Mais pourquoi vous font-ils toujours jouer les traîtres? » Je ne sais pas pour qui elle m'avait pris. A La Nouvelle-Orléans, je me suis arrêté dans un motel miteux et je fus surpris de voir sur le bureau à l'entrée une photo dédicacée de De Gaulle. Je me renseigne : le propriétaire était Gauthier, un camionneur de la France libre que j'avais connu à Bangui, en Afrique équatoriale. Je lui mets un mot. Je devais partir le lendemain et je suis resté dix jours. Gauthier, que j'avais rencontré à soixante-dix kilos, pesait alors dans les cent vingt, le tout habillé de Texas, depuis les bottes jusqu'au *gallon hat.* Son motel était le centre de poker professionnel à La Nouvelle-Orléans et je les ai tous connus : Tawny Jack, avec une tête incroyable de bébé sous un énorme sombrero, qui jouait dix-huit heures sur vingt-quatre depuis trente ans, Mavro the Buck, qui ne sortait pas de son incroyable costume argenté et lamé, avec une chemise blanche qui semblait être faite de crème Chantilly débordant du veston, très mince, une tête de scribe égyptien, crâne rasé, et un sourire mort qu'on avait dû oublier d'enlever de ses lèvres vingt ans auparavant, et j'ai m?me eu l'honneur d'y rencontrer Nick the Greek, peut-être le plus célèbre joueur professionnel du poker, qui daignait parfois faire une apparition, pour rehausser le prestige de la maison. Il jouissait d'une telle gloire que ses seules apparitions parmi les joueurs lui étaient grassement payées. Il ne jouait pas et regardait ça, en souriant, indulgent, dépourvu d'âge, avec une de ces têtes que les Grecs, les

Arméniens et les Iraniens se partagent depuis des millénaires, et se tenait là, un peu languide, mais l'œil vif, attentif aux mises — je me demande qui était le véritable propriétaire d? l'endroit...nLes pigeons venaient se faire plumer avec plaisir, pour l'honneur de se mesurer avec les géants : c'était l'équivalent de ces personnages classiques des westerns qui veulent « tirer » — *draw* — contre les pistoleros légendaires. Personne ne trichait : le prestige de champion était tel que les types qui se mettaient de la partie perdaient tous leurs moyens, n'arrivaient pas à réfléchir et partaient battus.nIls venaient là pour vénérer, pour s'immoler sur l'autel de leur admiration. C'étaient des conformistes. Quand ils avaient laissé leurs dernières plumes, ils se levaient et allaient serrer la cuillère du *supremon* en répétant : « C'est un plaisir et un honneur, Jack, oui, un plaisir et un honneur. » D'ailleurs, on jouait là je ne sais combien de genres de poker, avec trois cartes ouvertes, le poker à l' « envers », où le gagnant est celui qui n'a jamais de jeu, le poker « menteur » et caetera, et les « maîtres » passaient rapidement d'une règle de jeu à l'autre, désorientant complètement les amateurs qui se noyaient là-dedans. Ça continue à Las Vegas, aujourd'hui. Il y avait là des pauvres mecs qui avaient économisé pendant un an pour venir se frotter aux « grands ». Le mythe américain le plus fort, le plus solidement ancré, c'est lafivision des hommes en « gagnants » et en « perdants », en *winners*, et en *loosers*, c'est la

base même du *machismo*, le rêve américain du
« succès », qui cause dans le psychisme américain
des ravages atroces, détruit Jack London, Fitzgerald et pousse au suicide Hemingway. C'est la
seule chose qui ne change jamais en Amérique. Et
je dis ceci aussi à mes amis Jimmy Jones, Irwin
Shaw et à mon ex-ami Norman Mailer qui sont
tous bouffés vivants par cette détestable obsession. Il y a pour eux des types qui partent perdants
et des types qui partent gagnants, et il ne suffit
même pas d'être un gagnant, il faut encore être
plus fort que les autres gagnants. Le succès, le
machismo... Du pus psychologique, la pourriture
la plus active, la plus agissante et la plus dévastatrice du psychisme américain et de l'histoire américaine. C'était très famille, dans la salle de jeu,
sans putes autour, entre hommes, de *vrais* hommes. Exactement ce dont j'ai horreur, des couilles
à l'état pur, rien que des couilles, rien que de la
couille. Une mentalité de bande dessinée, si j'ose
dire. Je traînais dans la ville. Le jazz traversait
alors une époque creuse, tristarde, mollasse, avec
le be-bop, je vadrouillais chez les Noirs à la recherche du *dixie*, du *rag*, mais il y en avait très
peu. Je me suis lié d'amitié avec un vieux Noir
traîne-partout, Sweeny, qui devait avoicdans les
soixante-dix ans, u démarcheur pour les bookmakers. Il s'était mis à faire de la peinture naïve,
pleine d'anges et de paradis. Il avait une de ces
voix de quelqu'un qui semble avoir hurlé toute sa
vie, mais je crois que c'est héréditaire. Les

Noirs, il y a des générations et des générations qu'ils hurlent à l'intérieur, alors il y en a qui naissent avec une extinction de voix. Il avait une nièce d'une telle beauté que je n'en suis pas encore revenu. Je ne l'ai connue que quelques jours, et elle s'appelait Pepper, poivre, je l'ai revue quatorze ans plus tard à Los Angles, elle était devenue *call girl*, et puis je ne l'ai plus revue. J'ai encore un tableau de Sweeny chez moi à Majorque. Je suis tombé malade à la fin, on a ameuté le consul général de France à la Nouvelle-Orléans qui m'a trouvé couché dans le lit de Sweeny et je n'ai jamais vu un consul général de France plus étonné. J'ai repris le bus, encore assez faiblard. J'ai fait deux mille kilomètres de bus pour arriver à Big Sur, une centaine de kilomètres de beauté fantomatique, d'une beauté à vous faire sentir devant ça comme une sorte de pollution en veston, un lieu où le grand fantôme de l'océan rencontre le fantôme de la terre dans une atmosphère brumeuse, vaporeuse, noù aboient les phoques et où on a envie de faire son mea-culpa uniquement parce qu'on n'est pas eau, ciel et air. Mais le plus grand choc, ce fut San Francisco, qui est restée pour moi la plus belle ville du monde, et qui semble avoir été chassée de l'Asie et en avoir gardé la nostalgie et la lumière. J'avais un mot pour Jack Kerouac, qui n'était pas encore connu, mais il n'était pas là, heureusement. Je dis heureusement, parce que je ne bois pas, alors ça n'aurait rien donné. C'était un prophète, Kerouac. Il fut le premier et le seul à avoir prédit quinze ans à l'avance l'Amérique des hippies, l'Amérique du bouddhisme, du zen, l'Amérique d'une quête spirituelle désespérée, qui commençait déjà dans la marijuana pour finir dans l'héroïne. Finalement, depuis bientôt soixante-quinze ans, l'Amérique ne fait qu'osciller, sur le plan de « qui suis-je? », entre le capitaine Achab et sa baleine blanche, les paradis perdus de Walt Whitman, et les *hobos* de Jack London, qui fut le premier hippie, à ses débuts. A San Francisco, j'ai reçu une avance de mon éditeur américain pour *Les Couleurs du jour*, et j'ai logé dans un palace avec vue sur la baie, je regardais le Golden Gate : il y a aux pieds de ce pont immense jeté sur la baie un endroit où les photographes viennent attendre des candidats au suicide qui font le saut de la mort. Lorsque j'y étais l'an dernir, il y en avait déjà cinq cents qui avaient sauté. San Francisco détient le record du suicide et de l'alcoolisme aux 3tats-Unis. Pourquoi? Je crois que c'est parce que la vie est beaucoup moins rapide qu'ailleurs aux États-Unis : les gens ont le temps de méditer... et de conclure. J'ai vu une autre histoire de photographes à l'affût du même ordre, mais à Singapour. Singapour est une île et il y a très peu de terrain libre. Alors les Chinois se sont mis à bâtir en hauteur, en gratte-ciel, ils ont aboli d'un seul coup la tradition cinq fois millénaire de la vie horizontale chinoise et ils ont essayé de faire vivre les Chinois à la verticale. Ce que ça a donné, c'est un taux de suicides multiplié par *dix*. Je suis allé les visiter, ces ruches verticales, et c'est assez extraordinaire, ce que j'y ai trouvé. Les Chinois ont toujours vécu groupés autour de leurs petits marchés, devant leur boutique de fruits et légumes. Quand on les a obligés à vivre en hauteur, ils ont aussitôt recréé leurs petits marchés à chaque étage de l'immeuble, dans les corridors, ils ont étalé leur humble marchandise devant leur porte. Ils ont fait ce qu'ils ont pu, quoi. Mais cette vie loin de la terre, ça les rend dingue. Alors ils ont commencé à se jeter par les fenêtres. Et tu as à Singapour des touristes toujours à l'affût de couleur locale qui vont avec leurs caméras dans les quartiers de Toa Tayoh et qui attendent, dans l'espoir qu'il y aura un petit Chinois qui va sauter. Pour le Golden Gate, j'ai vu à San Francisco une carte postale qui représentait en couleur la baie, le pont, et entre les deux, un bonhomme en train de conclure. J'avais pris là-bas des quartiers, sur la barque d'un pêcheur de crevettes, puis je suis revenu au palace, et j'y ai passé huit jours merveilleux, bien que je m'y sois fait voler dans des circonstances indépendantes de ma volonté. Il y a des circonstances où ma volonté subit une éclipse. L'océan est glacial là-bas, il a horreur des bains de mer, ce salaud-là. Des bateaux de pêche te prennent à bord pour la nuit et tu pars avec des types qui ne te ressemblent pas du tout, j'aime ç‚ les types qui ne me ressemblent pas du tout. Le physique américain est tellement différent du mien, je me sens enfin chez quelqu'un d'autre, vraiment ailleurs, c'est très agréable. Mais il ne faut pas trop leur parler, à ces types si différents de toi, parce qu'alors ils commencent à te ressembler vachement et c'est encore une fois la même merdouille, tu te retrouves dans tes meubles. J'ai toujours essayé de me lier avec ces types qui n'ont rien de commun avec moi, c'est bon pour mes illusions, c'est bon pour ma foi dans l'humanité...

F. B. : *Qu'est-ce qui te déplaît tellement, chez toi?*

R. G. : Le côté souffreteux.

F. B. : ?

R. G. : Oui. Je souffrote tout le temps. Finalement, qu'est-ce que j'ai à en foutre, des Noirs, par exemple? Rien. Je n'ai rien à en foutre, ils sont pas différents. Mais comme je suis un souffreteux, ils me font mal au ventre. J'ai un côté complètement faiblard. J'ai tout le temps mal chez les autres, un côté pédé, enfin, je ne dis pas ça au péjoratif, les pédés, je les respecte, mais j'ai un côté qui est plus efféminé que féminin, tu sais, du genre « cinquante mille Éthiopiens qui sont encore morts de faim ». C'est baveux. Il n'y a vraiment aucune raison pour qu'un type décoré pour sa valeur militaire manque à ce point de santé morale. Enfin bref. Je sortais la nuit sur ces barques de pêche, avec des types cons et simples, avec de vraies épaules de *machos* et de vraies têtes de cons pleines de santé morale, mais dès qu'ils se mettaient à me faire des confidences, ils cessaient brusquement d'être cons, il n'y a plus moyen de croire à rien. Quand tu as une espèce de géant qui se met à t'ouvrir son cœur, et qui est tout tendre à l'intérieur, c'est démoralisant au possible. Je suis tombé là-bas sur un capitaine — ils sont tous capitaines — qui avait une gueule comme celle de mon pote Sterling Hayden, et qui s'était mis à me parler, à trois heures du matin, en plein océan, de valeurs spirituelles. Je ne m'en sors pas, quoi. J'en viens même parfois à me demander si les femmes ne sont pas en réalité des hommes qui cachent leur jeu. Mais il y avait un air d'une fraîcheur extraordinaire, comme si rien n'était encore pourri et ne pouvait l'être, et sur terre, à douze kilomètres du Golden Gate, tu as des *redwoods,* des arbres rouges qui ont trois mille ans et cent cinquante mètres de hauteur, trois mille ans et ils sont toujours là, comme pour te prouver que c'est possible, qu'on n'est pas obligé de tout détruire. Je m'asseyais le dos contre l'écorce d'un *redwood* et puis j'essayais de lui prendre quelque chose, de lui voler quelque chose, en douce, mine de rien, par contact subreptice, lui soutirer deux sous de dureté, d'impassibilité, d'indifférence, de je vous emmerde tous. Ça ne marchait jamais. Il y a aussi les pierres, mais on ne peut rien leur prendre non plus. On restait de part et d'autre. C'est comme ça que j'ai inventé le personnage de Saint-Denis, dans *Les Racines du ciel,* assis aux pieds d'un séquoia de la Californie du Nord. Les séquoias de Californie, ce sont les derniers Américains. Tu vas peut-être encore me parler de ma quête du Père, mais je t'assure que quand tu te tiens sous un arbre qui a cent cinquante mètres de hauteur, trente mètres de circonférence et trois mille ans d'âge et qui a survécu à tout et qui continue, tu te sens mieux, tu as l'impression que c'est possible, que ça peut survivre et être sauvé, en dépit de tout.

F. B. : « *Ça?* »

R. G. : Oui, *Ça*. Il y avait sûrement là-dedans une faiblesse secrète qui se cachait, circulait, montait, protégeait partout toute cette dureté prodigieuse. Peut-être que la faiblesse aura le dernier mot, je ne sais pas. J'apportais de la boustifaille pour toute la journée et j'étais bien. Parfois je levais le nez, et ça se dressait au-dessus de moi, majestueux et souverain, inébranlable. Oui, les séquoias, on les appelle. Je me sentais moins souffreteux. Je repartais de là en sifflotant, ayant récupéré l'enfant de huit ans que j'avais laissé quelque part en Russie trente ans auparavant. Et puis j'ai fait une deuxième crise de malaria à l'hôtel, et j'avais un tel besoin d'une présence féminine à côté de moi que j'ai failli crever. Ce n'est pas demain que je serai un séquoia. J'ai fait ensuite l'Oregon, où l'océan et les forêts se mélangent mieux que n'importe où ailleurs et où l'eau est encore plus glaciale qu'à San Francisco et j'ai perdu connaissance près de Seattle, j'ai eu juste le temps de me sortir de l'eau. J'ai été ramassé par

Mme et M. Donovan qui m'ont pris chez eux, dans une maison en planches parmi les pins. Les Donovan avaient un chien, Peter, qui m'a soigné. Les chiens se sont toujours occupés de moi avec beaucoup d'amitié. Mrs Donovan était une femme gaie et qui avait avec la vie des rapports contagieux, ça m'a aidé aussi. C'était une de ces Américaines qui croient que tout est simple, et parfois ça le devient, grâce à leur sainte conviction. Quand ils m'ont ramassé, ils ont trouvé dans mon veston mon passeport diplomatique et je ressemblais si peu à l'idée qu'ils se faisaient d'un passeport diplomatique qu'un soir, John Donovan est venu me voir, m'a mis la main sur l'épaule et m'a invité à tout lui dire, m'assurant que je pouvais avoir confiance, qu'il ne me trahirait pas. Il était sûr que c'était un faux passeport et que j'étais quelqu'un d'important, traqué par la police. Ils avaient tellement envie de m'aider et ils étaient tellement gentils que je leur ai avoué que j'étais en réalité un Russe, que mon vrai nom était Kacew, que j'avais été condamné à mort comme déserteur par la France en 1940-1941 et j'ai confessé que le passeport diplomatique français au nom de Romain Gary m'avait été délivré par un certain Gilbert, au ministère des Affaires étrangères à Paris, en 1945, pour m'aider à fuir. Comme tu vois je ne leur ai pas menti, et ils furent rassurés. Ils sont venus me voir deux ou trois fois à Paris, depuis, et je les aime. Je les aime beaucoup. J'aime profondément une certaine Amérique et ma confiance en l'homme règne encore. Ça a donné *Adieu Gary Cooper,* douze ans plus tard, que j'ai écrit en argot américain sous le titre de *Ski Bum* et qui fut avec *le Grand Vestiaire* et *La Danse de Gengis Cohn* mon plus grand succès aux États-Unis. J'ai quitté les Donovan me sentant assez coupable, coupable de croire que j'en savais plus long qu'eux, que j'étais mieux renseigné sur tout ça, que le XVIIIe siècle français m'avait éclairé sur tout et qu'on ne me la faisait pas, coupable de me sentir même un peu supérieur. Je tiens à dire ici à Mary Donovan qu'elle et son mari « savent » beaucoup mieux que moi, qu'ils sont beaucoup plus près de la vérité que je n'ai jamais été et ne le serai jamais, que les séquoias sont et restent en Amérique et que tout ce que le chercheur que je suis croit savoir est fait pour une bonne part de ce qui ne vaut pas la peine d'être connu. Les cheveux de Mary sont tout gris maintenant, mais elle n'a pas vieilli et tout ce que nous n'avons pas en commun, les Donovan et moi, c'est tout ce qui me manque. Je n'avais plus un centime et j'ai emprunté de l'argent à Louis de Guiringaud, aujourd'hui notre représentant aux Nations Unies et qui était alors consul général à San Francisco. Je devais rentrer à New York pour prendre mes fonctions mais j'ai fait un détour par le Mexique et le Guatemala, j'ai toujours rêvé de volcans et j'y ai couru pour voir si je n'y étais pas. Je n'y étais pas, c'est de naissance.

F. B. : *C'est irrattrapable?*

R. G. : Si tu parles de mon échec, de mon « retour d'Ulysse », à la maison, les mains vides, trop tard pour rendre justice à ma mère, je tiens à dire ici une fois pour toutes que ma vie n'a pas été, n'est pas « la suite que M. Romain Gary a donné à *La Promesse de l'aube* ». En 1945, une de mes vies a pris fin et une autre a commencé, une autre et une autre encore, chaque fois que tu aimes, c'est une vie nouvelle qui commence, quand ton enfant vient au monde, c'est *ta* nouvelle vie qui commence, on ne meurt pas au passé. Je n'ai jamais vécu une vie d'*ex*. C'est tellement vrai que mon *je* ne me suffit pas comme vie, et c'est ce qui fait de moi un romancier, j'écris des romans pour aller chez les autres. Si mon *je* m'est souvent insupportable, ce n'est pas à cause de mes limitations et infirmités personnelles, mais à cause de celles du *je* humain en général. On est toujours piégé dans un *je*.

F. B. : *Je me demande seulement dans quelle mesure tu as réussi à te libérer de l'emprise?*

R. G. : Ce sont des sentiments qui t'honorent. Moi aussi, j'ai des doutes là-dessus. Mais des doutes heureux. J'entends par là que « se libérer » de l'amour d'une mère et de l'amour que l'on a pour une femme, ce n'est pas ce que j'appelle une libération, c'est très exactement ce que j'appelle un appauvrissement.

F. B. : *Tu es donc rentré à New York et tu as pris tes fonctions de porte-parole à la Délégation française aux Nations Unies. Cela consistait en quoi ?*

R. G. : A présenter les points de vue français devant la presse, à la télévision, et à la radio, présenter la politique de la Quatrième République dans ses rapports avec le monde, et notamment en Europe, en Indochine et en Afrique du Nord.

F. B. : *Indéfendable, non ? Défense du colonialisme...*

R. G. : D'abord, je n'avais pas à la défendre, j'avais à expliquer. Ce n'était pas moi qui la défendais aux Nations Unies, cette politique, c'était l'ambassadeur Hoppenot, qui n'y croyait pas du tout, qui y était même farouchement opposé, et on le savait si bien à Paris que je l'ai entendu traité de « faux jeton » par un ministre des Affaires étrangères de passage... Voilà ce qui s'était passé. La C.I.A. a fabriqué un coup d'État au Guatemala contre le régime de « gauche » d'Arbenz, le Allende de l'époque. C'était un dimanche. Les Russes convoquent d'urgence le Conseil de sécurité. Hoppenot a profité du fait qu'il n'avait pas eu le temps de recevoir des instructions de Paris pour exiger la constitution d'une commission d'enquête des Nations Unies chargée d'aller voir ce qui s'était passé au Guatemala. Ce qui s'était passé, évidemment, c'était la C.I.A. et Foster Dulles, le secrétaire d'État américain, qui avait autant envie de voir une commission de l'O.N.U. enquêter au Guatemala que de se faire couper le nez. C'était, comme je te l'ai dit, un dimanche, et j'étais le seul conseiller présent avec Hoppenot au banc de la Délégation française. Il était déjà mon ambassadeur à Berne et on s'était trouvés réunis à New York une fois de plus. Quand il m'a dit qu'il avait exigé la constitution de la commission, j'ai fait mon devoir : je lui ai dit que Paris allait lui casser les reins. Mais le vieil ambassadeur était dans une rogne absolument épouvantable, il pétait le feu, il n'y avait pas moyen de le tenir, il s'est tourné vers moi avec hauteur et m'a dit — et je cite : « Ce sont d'affreux gredins. » Je ne saurais affirmer sur l'honneur qu'il se référait ainsi aux agents de la C.I.A. au Guatemala... Le voilà donc exigeant, sans instructions, et en contradiction absolue avec toute la politique française de l'époque, qui était à la botte américaine, l'envoi d'une commission d'enquête au Guatemala. C'était une de ces bombes diplomatiques de première bourre qui ne font en général sauter que celui qui les lance. Un des adjoints de Dulles s'est approché de moi et m'a glissé à l'oreille : N« *That's typically french* », c'est typiquement français. La traîtrise, il voulait dire. Je lui réponds : « *Go and fuck yourself* », allez vous faire en... C'était tombé à ce niveau-là, entre diplomates distingués. Les Américains ont fait jouer leur droit de veto, il n'y a pas eu de commission d'enquête et quelques heures plus tard Foster Dulles exigeait du gouvernement français le rappel de Hoppenot. C'était un coup de chance inouï : le cornac qui était le ministre des Affaires étrangères à l'époque ne pouvait se laisser humilier à ce point, surtout lorsqu'on pense que l'ambassadeur Hoppenot n'était pas accrédité auprès de Washington, auprès de l'Amérique, mais auprès des Nations Unies. Hoppenot était donc resté en fonction, et moi avec lui. C'était d'ailleurs une de ces journées complètement dingues où règne dans toute sa beauté l'esprit d'entente et de coopération internationales. Profitant de la traduction d'un discours, bouleversé par l'idée que mon vieil ambassadeur venait de perdre définitivement toute chance de prolonger sa carrière, je me lève pour aller pisser. J'étais en train d'avaler mon émotion, soulagé, lorsque brusquement, surgissant de nulle part, un pseudo-attaché de presse soviétique, un certain Titov — enfin, c'est le nom sur lequel il fonctionnait à l'époque — se met à pisser à côté de moi. Me voyant complètement désorienté et jugeant le moment idoine, il se penche vers moi par-dessus nos jets et me lance dans un murmure fiévreux, en russe : « Dites-moi, mon cher collègue, combien d'avions de chasse la Grande-Bretagne a-t-elle fournis à l'Allemagne Fédérale? » Ce gros toto, qui était à peu près autant attaché de presse que sa grand-mère, se livrait sur moi à une tentative d'espionnage, s'imaginant sans doute qu'après ce premier pas, je ne pourrais plus me dégager de ses griffes. Je lui ai répondu en russe également, et je cite, pour les connaisseurs de cette belle langue où les possibilités de l'insulte sont pour ainsi dire illimitées : « *Ouberaïsia k yebeneï materi na legkom katere.* » C'est intraduisible, naturellement, mais cela met en jeu sa maman, certaines parties intimes de celle-ci, et un voyage à bord d'un voilier léger que je l'ai invitée à accomplir avec quelque chose de tout autre qu'un mât planté quelque part tout à fait ailleurs que sur le pont d'un navire. Une belle journée de l'O.N.U., quoi. Je devais en voir d'autres.

F. B. : *J'aimerais qu'on s'entende sur un point, et clairement. J'ai soulevé tout à l'heure ce qui me semble être un problème de conscience. Tu m'as expliqué que tu ne « défendais » pas la politique étrangère française devant l'opinion publique américaine et mondiale, mais que tu l' « expliquais ». Il me semble que c'est une réponse évasive, dont la subtilité est d'un ordre plus astucieux que convaincant. Au moment où tu étais porte-parole de la Délégation française à l'O.N.U., 1951-1952-1953, tu as eu à « expliquer » la guerre que l'armée française menait en Indochine, le refus absolu d'accorder l'indépendance à la Tunisie et au Maroc, ainsi qu'à l'ensemble des colonies africaines — et on ne mentionnait même pas l'Algérie, en ce temps-là, car elle était « terre française », purement et simplement. Or, au même moment, tu écrivais* Les Racines du ciel, *dont un des deux thèmes les plus apparents — avec la défense de notre milieu naturel — est un appel à la liberté africaine. Alors je te pose la question suivante : devant les millions d'Américains, devant les représentants de la presse mondiale, chaque fois que tu prenais la parole, et c'était pratiquement tous les jours, pour « expliquer » cette politique-là, tu allais contre tes propres opinions et donc contre ta conscience?*

R. G. : Je te répondrai avec toute la précision que tu es en droit d'exiger. Il se pose là avant tout une question de démocratie. Ma conscience n'est pas la conscience du peuple français. Le peuple français avait démocratiquement élu un parlement et celui-ci désignait le gouvernement, dans la légalité républicaine la plus stricte. Ce gouvernement comprenait le ministre des Affaires étrangères, qui venait à New York : M. Maurice Schumann, le même qu'aujourd'hui ou hier — enfin, plus ou moins; M. Edgar Faure, le même qu'aujourd'hui — enfin, dans la mesure où il existe un Edgar Faure saisissable; M. Mitterrand, le même qu'aujourd'hui — enfin, dans la mesure où celui d'aujourd'hui a des rapports de mémoire avec celui d'hier. La France était donc représentée par tout ce que la Quatrième République pouvait offrir de plus prometteur sur le plan de la liberté des peuples. Ces gouvernements de la Quatrième République avaient une politique étrangère qui était donc incontestablement celle de la France, si la démocratie parlementaire veut dire quelque chose. L'ensemble de cette politique était approuvée par l'électorat, régulièrement, d'élection en élection, pour arriver ainsi à M. Messmer, M. Jobert et demain, peut-être, à un renouveau encore plus complet, c'est-à-dire à MM. Mitterrand ou Edgar Faure. C'était cette politique du peuple français que je « défendais » de mon mieux — j'accepte le mot, car mon métier était celui d'avocat, celui de Moro-Giafferi lorsqu'il défendait Landru, ou de Me Naud, lorsqu'il défendait Laval. J'ai fait ce métier d'avocat avec toute la virtuosité technique dont j'étais capable, avec toute ma loyauté.

F. B. : *Jusqu'où peut aller cette loyauté ?*

R. G. : Jusqu'à la fin de la démocratie.

F. B. : *Ça aussi, ça sent la virtuosité.*

R. G. : Tant mieux, merci. Mais si tu veux, je te mettrai les points sur les *i* de ma « conscience morale ». Pour cela, prenons par exemple un avocat de gauche, qui publie dans *Le Monde* de très beaux articles de gauche, dont la conscience morale de gauche est absolument incontestable, je veux dire Me Badinter. Eh bien, Me Badinter, un homme de gauche, est entre autres l'avocat du plus grand empire publicitaire français. Ou Me Roland Dumas, homme politique de gauche, incontestablement détenteur et titulaire d'une conscience morale. Eh bien, il a défendu par tous les moyens juridiques les milliards de Picasso contre les héritiers de sang de Picasso, les enfants non reconnus par Picasso, et donc, légalement, non-héritiers de Picasso, parce que je présume qu'une conscience de gauche est avant tout scrupuleusement juridique et avant tout moralement attachée à la lettre de la loi, en dépit de toutes les autres considérations que l'on pourrait peut-être à la rigueur qualifier d'humaines. Il est évident que pour l'avocat Me Roland Dumas, le grand pognon du propriétaire, c'est le grand pognon du propriétaire, qui doit se transmettre selon toutes les rigueurs de la lettre de la loi capitaliste. Comme avocat de la France, je faisais donc exactement comme Me Roland Dumas et Me Badinter lorsqu'ils défendent le grand capital de leurs clients. *Any more questions?*

F. B. : *Ça ne devait pas être facile?*

R. G. : Ça ne l'était pas. C'était même la seule chose intéressante, là-dedans.

F. B. : *Encore les délices de la virtuosité...*

R. G. : J'ai été en effet très bien noté. M. Maurice Schumann est venu me serrer la main après une session de l'O.N.U. et m'a dit : « C'est du bon travail. »

F. B. : *Pourquoi le Quai d'Orsay t'avait-il choisi, toi?*

R. G. : Je ne sais pas. Je ne sais pas du tout. Je ne crois pas que le Quai d'Orsay ait le sens de l'humour. Peut-être parce que je parlais un anglais « chaud », le *colloquial,* je le parlais comme père et mère, malgré un accent russe très prononcé. J'ai toujours l'accent russe en anglais. Beaucoup de mes collègues parlaient bien l'anglais, mais c'était l'anglais des élites, et tu ne passes pas avec ça à la télé ou dans les débats publics, dans les médias. Je parlais l'américain comme Mao, je veux dire, j'étais là-dedans « comme un poisson dans l'eau », et c'est ce que Mao recommande fortement.

F. B. : *Il y a là une chose que je ne comprends pas. Je me souviens combien tu te lamentais, avant la guerre, parce que tu ne parlais pas un mot d'anglais. Jusqu'en 1940, tu ne parlais pas un mot d'anglais, et de 1940 à 1945, moins deux ans de guerre en Afrique et au Moyen-Orient, c'est-à-dire en trois ans, tu apprends l'anglais au point d'écrire six romans très littéraires dans cette langue. Tu étais pourtant dans une escadrille française et entouré de camarades français. Comment est-ce possible?*

R. G. : J'avais des facilités.

F. B. : *Comment as-tu fait pour apprendre l'anglais « chaud »?*

R. G. : On fait tout de même des rencontres.

F. B. : *Sur l'oreiller?*

R. G. : On faisait des rencontres. Tous les aviateurs français parlaient anglais à la fin de la guerre, selon leurs possibilités.

F. B. : *Quel genre de « possibilités »?*

R. G. : Nous étions très jeunes, et on se débrouille très vite dans une langue étrangère quand on est jeune... Écoute, en Angleterre, on avait des ordonnances qui étaient des filles. A Biggin Hill, par exemple, la plus célèbre escadrille de chasse — où il y avait notamment Johnny Johnson, trente-six victoires —, le personnel féminin, qui constituait trente pour cent des effectifs, était choisi parmi les plus jolies filles d'Angleterre, et dans le bombardement on n'était pas mal pourvu non plus. Demande à Mendès France.

F. B. : ???

R. G. : On avait la même ordonnance, à Bicester, lui et moi. Une rousse. Je me souviens d'un autre cas — je précise bien qu'il s'agit d'un autre, mon escadrille débordait d'hommes d'État futurs, et je ne citerai aucun nom, car il y a aujourd'hui une morale du cul qui cherche à rompre avec ce qu'il y avait de plus français dans la tradition du bonheur et de la joie de vivre de ce pays — pour échapper à la « domination américaine », n'est-ce pas... Je ne veux jeter aucune ombre du sourire et de la joie de vivre sur Mendès France ou sur un autre, je prends tous les péchés sur moi, je reconnais que mes rapports si libres et si francs avec la morale sexuelle sont dus à mes origines étrangères. Je partageais donc à un moment un bungalow avec un futur homme d'État remarquable et pour qui j'ai beaucoup d'estime. Cette fois encore, on avait la même ordonnance, et cette fois encore c'était une belle rousse... Le nombre d'hommes d'État français et de belles rousses qu'il semble y avoir eu dans mon escadrille à cette époque-là, c'est quand même pas croyable... Il y a comme ça des moments dans l'Histoire... Enfin, je ne vais pas m'attendrir. Cette fille était prodigieusement juteuse, longue sur pattes avec une bouche où le soleil se levait à chaque sourire, et quand elle venait à six heures du matin avec le plateau du petit déjeuner... Ah, mon vieux! Il y a comme ça dans la vie des réveils prodigieux qui changent complètement tes rapports avec le jour qui se lève... Un matin donc, elle vient m'offrir le pain et le sel, et puis s'en va. Je reste encore un moment allongé, dans un état de bénédiction yoga, de communion avec le zin et le zen, un état qu'on appelle si justement zinzin, en français, une sorte de flottement bouddhique dans la béatitude, lorsque j'entends un éléphant qui galope dans la pièce à côté, où créchait un de nos plus grands esprits politiques... Je me précipite : c'était aussi mon ordonnance, après tout. J'ouvre la porte et je vois notre homme d'État hilare, en pyjama, en train de cavaler autour de la table, à la poursuite de l'ordonnance. Il voulait lui reprendre le plateau du petit déjeuner, tu comprends. Je ne sais si c'était dans ses habitudes, il avait peut-être besoin de faire un petit galop matinal. Si ce n'est pas vrai, l'homme d'État en question n'a qu'à me démentir. S'il démentit, je me rétracte et je lui présenterai mes excuses. Je dirai que j'ai fait un rêve érotique avec... avec un homme d'État, voilà.

F. B. : *Tu as dû quand même te donner beaucoup de mal pour écrire des romans en anglais...*

R. G. : Je n'appelle pas ça me donner du mal. En 1945, j'ai épousé une Anglaise, je me suis perfectionné... Il n'y a pas de quoi te marrer.

F. B. : *Quel effet t'ont fait les Nations Unies?*

R. G. : Il y a un corps de fonctionnaires internationaux admirables, dont le symbole fut le secrétaire général Dag Hammarskjöld, mort au Congo. Pour le contenu politique, c'est le viol permanent d'un grand rêve humain. L'O.N.U. a été dévorée par le cancer nationaliste. Le nationalisme, surtout quand il est jeune, frais et pimpant, c'est d'abord le droit de disposer sans appel d'un peuple — par tyrannie intérieure — au nom du droit des peuples à disposer d'eux-mêmes. C'est le droit de couper les mains ou le clitoris des filles, de lapider les femmes adultères, de fusiller, d'exterminer, de torturer, au nom du droit du peuple à disposer de lui-même. Tu peux faire tuer un million d'hommes à l'intérieur des frontières de ton pays et siéger aux Nations Unies à la Commission des Droits de l'homme, monter à la tribune de l'Assemblée générale et prononcer un discours sur la liberté, l'égalité et la fraternité et te faire acclamer, parce que les affaires intérieures d'un État, c'est sacré. « Nations Unies », ces mots-là, ces mots en eux-mêmes, sont un défi au langage, un détournement, un viol du langage. Les Nations Unies, c'est un endroit où le comité directeur, en quelque sorte, c'est-à-dire le Conseil de sécurité, peut enterrer n'importe quel cadavre, n'importe quelle extermination, n'importe quel esclavage, par l'exercice du veto d'une des grandes puissances, la France, l'U.R.S.S., les États-Unis, la Grande-Bretagne, la Chine, et néanmoins, tu entendras tel ou tel ministre des Affaires étrangères des Grands réclamer la participation de toutes les Nations Unies pour traiter de tel ou tel problème. Comme si les Grands ne disposaient pas de ce droit de veto qui permet d'enterrer n'importe quelle vérité et n'importe quel cadavre... Mais il s'agit de propagande, tu comprends, alors, on fait feu de tout bois. J'ai tenté de m'en libérer à l'époque dans un livre que j'ai publié sous le pseudonyme de Fosco Sinibaldi, *L'Homme à la colombe*, mais c'était beaucoup trop gentillet, trop anodin. J'ai vu à la tribune des Nations Unies quelques-uns des plus atroces et plus sanglants fournisseurs des charniers de l'histoire de l'humanité, comme Vychinski, le procureur de tous les grands procès staliniens, qui a expédié au peloton d'exécution les plus illustres, les plus honnêtes et les plus léninistes pères et auteurs de la révolution bolchevique de 1917. Je dirais même que le moment le plus authentique des Nations Unies, un moment indiscutable de vérité, c'était lorsque. Vychinski montait à la tribune pour évoquer la liberté des peuples, les droits de l'homme, et pour dénoncer le colonialisme français, alors qu'au moment même où il parlait son maître Staline achevait la déportation des Tatars ou faisait le compte des exterminations de populations entières, dont tu trouveras un vague bilan dans *L'Archipel du Goulag* de Soljénitsyne. Je me souviens d'un des moments les plus odieusement comiques de toute ma vie d'homme. Staline venait de claquer d'une mort étrangement imméritée, puisqu'il a été abattu d'un seul coup, sans payer, en quelque sorte. Et tous les ministres des Affaires étrangères, tous les ambassadeurs, tous les représentants de toutes les nations firent la queue pour aller serrer la main de Vychinski et lui présenter leurs condoléances, leurs regrets et l'expression de leurs sentiments de sympathie... C'était un moment de fraternité, version Nations Unies, et après, les mêmes versent des larmes pour Soljénitsyne... Regarde ce qui vient de se passer au Moyen-Orient. Les Arabes et les Israéliens se sont sauté à la gorge, mais les Nations Unies ne bougent pas, on laisse faire d'un commun accord de tous les *machos,* y compris les *machos* israéliens et les *machos* arabes, pour qu'il y ait là-bas les prises de terrain et de positions stratégiques et le nombre de cadavres qu'il faut pour « dégeler » la situation. Après quoi seulement, après ce bain de sang — je n'ai jamais vu une photo de Kissinger sans le sourire — les Américains et les Soviétiques interviennent, selon un accord fixé d'avance, pour obtenir un cessez-le-feu qui ménage leurs intérêts respectifs.

Il y a quatre ou cinq ans, j'ai écrit à l'ambassadeur d'Israël à Paris, Eytan, une lettre où je lui annonçais comment cela allait se passer, connaissant les Nations Unies et leurs maîtres, les États-Unis et l'U.R.S.S. et ça s'est passé exactement comme ça... Et le Burundi, l'horreur du Burundi? Une population de deux millions et demi, une minorité au pouvoir, qui a fait exterminer en septembre 1973, un demi-million d'hommes, femmes et enfants... Et les Nations Unies? Rien. Le secrétaire général Waldheim n'a pas hurlé, n'a pas jeté sa démission dans la balance... Il y avait des charniers le long de toutes les routes... Comme ils ont détruit toute leur faune animale, là-bas, et qu'il n'y a plus rien à chasser, le chef de l'État fait la chasse à l'homme en hélicoptère... fourni par la France... l'assistance technique, quoi. Et on juge mon langage trop fort... Ah, mon vieux, mon vieux... J'ai souffert dans mon espoir et dans mon amitié pour les peuple pendant les trois années que j'ai passées aux Nations Unies d'une manière que je n'aurais pas cru possible. Les Nations Unies, c'est un endroit où on laisse faire le coup du Guatemala, de Saint-Domingue, du Vietnam, de la Baie des Cochons, de Budapest, de Prague, et tous les autres coups, en continuant à parler de fraternité, de liberté, des droits sacrés des peuples à disposer d'eux-mêmes...

F. B. : *En somme, l'O.N.U., c'est une entreprise de virtuosité?*

R. G. : Alors disons que l'homme est une tentation impossible et tirons l'échelle... Mais tu comprendras qu'il n'était vraiment pas « coupable » de « défendre » la France, dans un tel contexte...

F. B. : *Comment cela se passait pour toi, pratiquement, dans l'exercice de ta... virtuosité?*

R. G. : J'avais presque continuellement un micro sous le nez, la télé, les conférences de presse, et pendant les trois mois d'une Assemblée générale, c'était exténuant. Exténuant. Tu parlais à des millions d'Américains qui voyaient alors la France comme une fille qu'ils entretenaient et qui ne se faisait jamais assez baiser à leur gré.

F. B. : *Qu'est-ce qui t'a laissé le plus mauvais souvenir?*

R. G. : Les députés de la Quatrième. Non, soyons justes : *quelques* députés de la Quatrième. C'étaient les derniers rois nègres : ils culbutaient les gouvernements les uns après les autres, les ministres tremblaient devant eux, et quand ils venaient à New York en délégation, c'était quelque chose... Ivres de leurs petits ventres, de leur petite puissance, ils avaient avec la démocratie et avec la république des rapports de filles entretenues. Ils étaient à peu près aussi représentatifs du peuple français que moi des esquimaux Gervais. C'était une époque où un président du Conseil venu réclamer un peu plus de pognon à Washington pour la guerre en Indochine se faisait conduire le soir en Cadillac officielle à Baltimore, pour voir les strip-teases particulièrement carabinés qui se faisaient alors sur les comptoirs des bars, si bien qu'on pouvait pratiquement mettre le nez dedans. Cela, à un moment où on perdait, rien qu'en officiers, l'équivalent de deux promotions entières de Saint-Cyr, en Indochine... C'était une époque où deux députés français en mission s'adressaient au président d'une Alliance française locale pour le prier de leur procurer des filles, avec cette stipulation : ils voulaient des Noires. Le gars leur a fourni ça parce qu'il voulait... la Légion d'honneur. Je t'avoue que pour la première fois que je te parle, j'ai envie de donner des noms... Oui, j'ai envie de donner des noms... Mais je ne le ferai pas, je ne suis pas un mouchard. Le président de l'Alliance française qui fournit deux putes noires à deux députés français parce qu'il veut la Légion d'honneur... Ah! je te jure...

F. B. : *Il l'a eue, la Légion d'honneur?*

R. G. : Il l'avait déjà. Il voulait la rosette. Ces gens-là se conduisaient comme s'ils sentaient venir la fin du monde et comme s'ils avaient peur de mourir sans avoir tiré encore un coup. Tiens, à Tokyo, il y avait alors les premiers sex-shops — *pink-shops*, ça s'appelait là-bas. Eh bien, tu pouvais voir trois illustres représentants de la Quatrième République, tous anciens ministres, essayant devant des Japonais médusés des phallus artificiels, qu'on appelle godemichés en japonais. Je sais que tu me crois, mais si quelqu'un met ma parole en doute, qu'il demande à Giuglaris, le journaliste français spécialiste du Japon, qui est toujours à Tokyo...

F. B. : *Il y a là chez toi une contradiction. D'un côté, tu te rebiffes dès qu'on situe la morale « au niveau du cul », comme tu dis, et d'un autre côté, tu écumes d'indignation parce que des ministres ou des députés se laissent aller à leur libido...*

R. G. : Il n'y a là aucune contradiction. C'est une simple question de loyauté. Si j'avais envie de m'affubler d'un godemiché et de descendre ainsi les Champs-Élysées pour faire applaudir ma virilité, c'est une affaire qui me regarde. Mais dans la mesure où je suis consul général de France, ambassadeur de France, président du Conseil, ministre, ancien ministre, sénateur ou député, dans la mesure où je suis dans un pays *officiellement,* élu ou désigné par cinquante millions de Français, la plus élémentaire considération de loyauté m'oblige à me conformer dans l'exercice de mes fonctions aux conceptions de tenue et de conduite qui sont celles de la majorité des Français que je représente à l'étranger. Si je ne suis plus officiellement, ès qualités, à l'étranger, ou si je suis en France, où je perds ce caractère représentatif, où je suis simple citoyen, sans passeport diplomatique privilégié, où je ne représente que moi-même, j'ai le droit de me rendre en plein jour boulevard des Capucines et de choisir sur le trottoir celle qui me paraît la plus romantique. Ça ne regarde personne. Mais les hommes politiques français en représentation officielle à l'étranger, auquel le peuple français a payé leur voyage, se conduisant de la façon sus-indiquée, c'est une trahison de leur caractère représentatif. Il va sans dire que je ne généralise pas, qu'il y avait parmi les députés des hommes dignes et courtois, des hommes exemplaires, mais tu ne peux savoir ce qu'ils m'en ont fait baver, les autres. Par-dessus le marché, ces députés détestaient tout ce qui était Quai d'Orsay. D'abord, parce que nous étions permanents, alors qu'ils risquaient toujours d'être balayés aux prochaines élections, et ensuite parce qu'ils étaient souvent d'une ignorance crasse, complètement paumés, ils se sentaient jugés, étaient d'une susceptibilité maladive, flairaient chez nous une attitude de je ne sais quelle supériorité : ces ventres gras, tu comprends, étaient tous des fils du peuple — tu parles ! — tandis que nous, les « diplomates », nous étions les « aristos ». Il faut dire aussi que j'étais particulièrement visé. Ils me détestaient cordialement parce que c'était moi qui parlais toujours à la télé, à la radio et à la presse, et ça les rendait malades d'envie. Ils avaient une telle soif de publicité personnelle qu'ils me harcelaient du matin au soir dans les couloirs de l'O.N.U. et au bureau de la Délégation pour que je leur cède le micro, pour que je leur obtienne une conférence de presse, pour que je les fasse admirer à la télévision. Ils ne parlaient pas un mot d'anglais, ces cocus, mais ils m'expliquaient qu'avec un interprète... Tu vois ça, à la télévision américaine, un député français assisté d'un interprète... Tu vois ça... Tu t'imagines quel intérêt prodigieux ça pouvait susciter auprès des chaînes de télévision privées, avec quelle joie les publicitaires allaient payer trente mille dollars les trois minutes pour admirer la trogne d'un député français... Trois minutes de discours, trois minutes de traduction, — dingue, complètement dingue! C'était totalement impossible à obtenir. Les types des chaînes de télévision américaines se marraient comme des baleines. Alors, qu'est-ce qu'ils concluaient, les députés? Que j'étais spécialement chargé par le Quai d'Orsay de les empêcher de parler, que c'était une sombre intrigue politique. Ils passaient leur temps à demander ma peau. J'ai dû me défendre, et puisque les ministres et les secrétaires d'État à la tête de la délégation ne cessaient de me rappeler que les députés n'avaient pas à prendre la parole à ma place mais n'osaient rien dire eux-mêmes à ces roitelets, j'ai « interprété » mes consignes. Je veux dire par là que je me suis mis à organiser pour ces messieurs de l'abus de pouvoir des conférences de presse bidon et des enregistrements télé et radio bidon. Pour les conférences de presse, je faisais le tour des copains journalistes et les suppliais de venir dans ma salle de conférences et d'écouter les propos passionnants d'un député avide d'égards, qui leur donnait les dernières statistiques sur la culture de la betterave dans sa circonscription. J'avais de bons rapports avec les journalistes, parce que je ne leur avais jamais menti, et je n'ai jamais été trahi par eux, lorsque je leur donnais un tuyau en les priant de ne pas en faire état. Ils venaient dix minutes écouter sans comprendre le député qui parlait en français, et le type bichait comme un pou. Il avait joui. Pour la télévision c'était encore plus simple. On plaçait le député devant un appareil de télévision sans magasin, sans pellicule, avec des équipes techniques qui faisaient semblant, et on l'aveuglait de lumières des projecteurs, et le gars faisait son numéro sous l'œil des caméras mortes ou devant des micros qui n'étaient pas branchés...

F. B. : *Et... la « loyauté »?*

R. G. : C'est aux députés en question qu'il aurait fallu poser cette question. Membres de la Délégation française aux Nations Unies pendant la durée des sessions, Délégation dont les chefs étaient le ministre des Affaires étrangères ou son secrétaire d'État, les députés n'avaient pas plus autorité pour parler à leur place au peuple américain qu'à la tribune de l'O.N.U. Ils étaient là à titre d'*observateurs,* ou chargés de fonctions de représentation précises à la Commission de tutelle, ou ailleurs. Mais tu penses! Ils régnaient. Le gouvernement avait besoin de leurs voix ou de celles de leur groupe parlementaire pour survivre, et la règle du jeu, ils s'en moquaient... Or, il n'était pas possible, je répète, *pas possible*, de laisser un parlementaire français siégeant à la Commission de tutelle, venu pour une mission *spécifique* ou en observateur, expliquer, par exemple, aux représentants de la presse mondiale et à l'opinion publique américaine que les Tunisiens et les Marocains ne voulaient à aucun prix de l'indépendance ou qu'il fallait utiliser la bombe atomique américaine en Indochine qui — et je cite — « est et restera française ». C'était eux qui sortaient de la démocratie, ce n'était pas moi : ils usurpaient des responsabilités et bafouaient la séparation des pouvoirs entre le législatif et l'exécutif. Guérin de Beaumont, le secrétaire d'État aux Affaires étrangères, me répétait : « Retenez-les, empêchez-les de dire des âneries », mais ne leur disait rien lui-même : les voix, toujours les voix... L'ambassadeur Hoppenot me commandait : « Débrouillez-vous pour limiter les dégâts »... mais ne leur faisait pas la moindre observation. Maurice Schumann : « Il ne faut pas qu'ils sortent des limites de leurs responsabilités... Qu'ils parlent uniquement des questions intérieures »... Et c'était moi, petit conseiller d'ambassade, qui était censé accomplir ce miracle : empêcher un député de parler... Dès qu'ils voyaient un micro, ils sautaient dessus... tu penses, une audience mondiale! Je faisais donc tout ce que je pouvais faire : je débranchais le micro... Je laisse les Français me juger et me dire qui les servait plus loyalement en cette circonstance, moi ou le député qui voulait expliquer aux Américains que c'étaient les Tunisiens eux-mêmes qui assassinaient leurs « rebelles » partisans de l'indépendance, pour mettre ensuite ce crime sur le dos des propriétaires terriens français... Je serai toujours prêt à débrancher ce micro-là... J'ai donc organisé des conférences « bidon », j'ai dû le faire au moins six ou sept fois, dont trois ou quatre devant des caméras et des micros morts, avec le sentiment d'avoir épargné quelques tonnes de mépris, de honte et de ridicule à mon pays... Il y avait — il faut quand même le dire — parmi les membres de la Délégation, des exhibitionnistes aussi adorables et redoutables que le prince Douala Mangabel, du Cameroun, qui se jetait littéralement devant les caméras. Vêtu de sa pèlerine à fermoir d'or, petit, droit comme un cavalier prussien, avec sa chevelure « afro », il ressemblait étonnamment au grand poète russe Pouchkine, dont le grand-père était venu d'Abyssinie. Il avait l'habitude de se téléphoner à lui-même au grand salon des Délégués, pour faire appeler son nom par haut-parleur uniquement pour le plaisir de traverser la grande salle sous les regards admiratifs de l'assistance... Il faisait cela souvent quatre ou cinq fois par jour. Élevé en Prusse, dans une académie militaire, au temps où le Cameroun était allemand, il avait l'allure raide d'un officier des uhlans mais en bois d'ébène et, pendant les séances, passait à Hoppenot des billets avec des commentaires ou des conseils rédigés en grec ou en latin... Il avait tué son fils, qui avait couché avec une de ses femmes. A un dîner très élégant dans Manhattan, une idiote lui avait posé brutalement la question : « Prince, avez-vous vraiment tué votre fils ? — Oui, madame, lui lance Douala avec un mépris souverain, et je l'ai ensuite mangé, car j'ai au plus haut point le sens de la famille »... J'étais là. Il y avait du génie dans cette tête enflammée, mais quand il s'agissait du Vietnam... il était pour l'extermination pure et simple, et toutes les conférences de presse que j'ai organisées pour lui étaient bidon... Au bout d'une demi-heure de « tournage » sous la lumière des projecteurs, alors que mes braves complices technicienss en avaient plein les bottes, je m'approchais de Douala, et je lui disais : « Prince, il faut conclure »... Et il concluait en recommandant « la sévérité dans les rapports avec les populations primitives »... Les caméras braquaient sur lui leur œil vide. Plus tard, en tournant un de mes films, je me suis souvenu de cette technique. J'avais sur les bras une coproduction de quatre pays, Allemagne, France, Espagne et Italie, et le système intelligent en vigueur m'obligeait d'avoir des acteurs et des techniciens de toutes ces nationalités. Il me fallait notamment un acteur italien, parce que celui-ci avait une position clé dans l'apport de la coproduction italienne et avait exigé un rôle en échange. Je l'avais donc fait venir et j'ai constitué une deuxième équipe qui a tourné avec lui pendant trois jours des scènes bidon qui n'étaient pas dans le scénario, avec une caméra qui n'avait pas de pellicule, et il est parti content, nous nous sommes serrés longuement la main en nous regardant honnêtement dans les yeux, dans la satisfaction et l'estime réciproques. Quand il a vu le film, on lui a expliqué que ses séquences avaient disparu au montage, parce que c'était trop long. Tu ne peux rien faire aujourd'hui sans honnêteté, comme tu vois. Mais en ce qui concerne ces messieurs de la Quatrième, même avec cette méthode, je n'ai pas pu éviter entièrement les dégâts, parce que je n'ai pas pu empêcher un député de dire à Tad Szultz, le correspondant à l'O.N.U. du *New York Times*, dans les couloirs, que l'Amérique devait donner la bombe atomique à la France pour qu'elle la foute sur la gueule des Vietnamiens. Mais au moins, ce n'était pas dit directement à des millions de téléspectateurs... Et il y avait des parlementaires exemplaires, parfois un peu rugueux à l'usage, comme Jules Moch, mais qui avaient au plus haut point le sens de leurs responsabilités...

F. B. : *Tu as quand même giflé un député, d'après ce qu'on m'a dit ?*

R. G. : Non, je ne l'ai pas giflé, je l'ai bousculé un peu devant Jacques Edinger, le représentant de France-Presse à l'O.N.U. — et il n'y avait pas là de journalistes étrangers. Il m'avait traité de « planche pourrie » et de « gaulliste notoire », parce qu'au moment de l'assassinat du leader syndicaliste tunisien Ferhat Hashed — je ne sais plus comment ça s'écrit — je devais tenir une conférence de presse pour condamner ce crime, que l'on mettait alors à l'O.N.U. sur le dos des colons français. Il était essentiel de dénoncer ce crime comme l'ignoble assassinat qu'il était, et c'est ce que j'ai fait. Mais le député en question exigeait de prendre ma place à la conférence de presse pour expliquer à l'opinion américaine que c'étaient les Tunisiens eux-mêmes qui avaient assassiné leur leader syndicaliste, pour mettre ensuite ce crime sur le dos des Français. Je l'ai donc bousculé un peu et il a annoncé qu'il allait obtenir mon rappel dans les vingt-quatre heures et je lui ai dit que s'il lâchait le moindre petit pet, je démissionnais immédiatement, sur place, et que j'avais tous les médias à ma disposition et que j'allais vider mon sac sur tout cela, depuis le commencement jusqu'à la fin, sur toutes les chaînes de télévision et de radio, et que je ne demandais pas mieux. Je n'en ai plus entendu parler.

F. B. : *Tu n'as pas craqué?*

R. G. : Bien sûr que si, j'ai fini par craquer, mais j'ai mis du temps, parce que j'étais animé par une volonté vraiment sacrée, désespérée, hargneuse de me colleter avec ceux qui avaient « absolument raison » et nous couvraient de « morale », alors qu'ils étaient eux-mêmes rouges de sang, comme Vychinski, ou allaient « nous donner une leçon » en Indochine, comme les Américains. Mais c'était très dur. Rappelle-toi. Rappelle-toi les thèmes de la Quatrième à ce moment-là : on allait gagner la guerre en Indochine, où c'était, depuis des années, le dernier quart d'heure, n'est-ce pas ? Et ce dont personne aujourd'hui ne semble plus se souvenir, on allait faire une armée européenne, intégrée, c'était la fin des armées nationales. Et c'est ainsi qu'on a expliqué génialement qu'il était impossible de donner l'indépendance à la Tunisie et au Maroc — l'Algérie, on n'en parlait même pas encore — parce que l'Afrique du Nord était indispensable pour faire l'Europe. L' « Eurafrique », tu sais, celle qu'on essaie de nous resservir en ce moment, sous une autre forme... C'était une politique régulièrement approuvée par 63 % des électeurs et appuyée par tous les partis démocratiques, de Mitterrand à Guy Mollet, de Robert et Maurice Schumann à Edgar Faure. C'était cette politique-là que je faisais ingurgiter à l'opinion américaine, plaidant les circonstances atténuantes, qui étaient la guerre froide, expliquant qu'il était impossible en pleine guerre froide — et Dieu sait qu'elle sévissait à ce moment-là — de bouleverser la carte du monde, la seule parcelle de vérité, dans tout ça, car on était alors en plein heurt des puissances, le partage du monde en blocs, avec la Chine encore vassalisée par l'U.R.S.S... Or, d'un jour à l'autre, Mendès France arrive au pouvoir et sans prendre position — pour ne pas influencer le parlement, expliquait-il — laissant chacun voter selon sa faim, et parce qu'il avait les problèmes que l'on sait avec Guy Mollet, il ne jette son poids ni d'un côté ni de l'autre — et le parlement vote *contre* l'armée européenne. Après avoir expliqué pendant des mois, sur instructions du gouvernement, que l'armée européenne allait être votée, que c'était fait et que ça allait être la naissance de l'Europe, je suis invité du jour au lendemain à justifier une politique exactement opposée — et je me vois opposer le refus le plus catégorique lorsque je demande à être libéré de mes fonctions. Alors, sur toutes les chaînes de télévision et de radio, devant les représentants de toute la presse du monde, je me mets donc à expliquer — souvent pendant plusieurs heures par jour — que le vote contre l'armée européenne, l'enterrement de l'armée européenne, était une chose excellente pour la France, pour l'Europe et pour le monde. A quarante-huit heures d'intervalle, le même homme était chargé par le nouveau gouvernement, de présenter un point de vue radicalement opposé, et lorsque j'ai demandé à Boris et à Mendès France pourquoi ils n'avaient pas changé de porte-parole, Mendès m'a expliqué avec un bon sourire : « On m'avait dit que vous faisiez ça très bien. » Et tu me demandes si j'ai craqué... Évidemment que j'ai craqué. Mais je ne fais pas la dépression nerveuse d'usage. Quand je fais une dépression, ça se traduit par la bouffonnerie, par une fuite dans la bouffonnerie, dans un but d'hygiène mentale, de défoulement. Mais sans m'en rendre compte, peu à peu — si bien que je n'en ai pas le contrôle et que je n'ai pas conscience de ce qui est en train de m'arriver. L'arlequinade, la pitrerie ont toujours été dans l'histoire de la souffrance populaire le dernier recours avant le couteau. Ce qui est exactement ce qui s'est produit avec moi à New York, en 1954. J'étais interrogé à la télé par Larry Lesieur, le crack de la C.B.S. Tu te souviens peut-être que c'était Eisenhower qui faisait alors le plus fortement pression sur nous, pour nous inciter à voter l'armée européenne. Il était très déçu et on en vint donc à parler de ça. C'était un joueur de golf passionné et l'Amérique était tenue scrupuleusement au courant de son score. « Que pense-t-on en France du président Eisenhower? », me demande Larry. Je m'apprêtai à répondre par des banalités comme de juste et d'usage, et le soir, Hoppenot me demande : « Dites donc, Romain, qu'est-ce qui s'est passé? Vous êtes resté une bonne dizaine de secondes la bouche ouverte, à l'écran, sans dire un mot. Une sorte de paralysie. On voyait pratiquement vos amygdales. Vous avez paru prodigieusement étonné et puis vous avez enchaîné. » C'est seulement alors que je me suis souvenu de ce qui s'était passé exactement. J'allais répondre : « On pense en France que le général Eisenhower est le plus grand président *dans l'histoire du golf.* » Heureusement, je fus frappé au milieu de la phrase par une sorte de paralysie buccale. Je me suis dit que c'était une crise passagère due au surmenage et je n'y ai plus pensé. Mais le lendemain, c'était la vraie catastrophe. Je parlais devant quelques millions de téléspectateurs, leur expliquant pourquoi l'armée européenne était une mauvaise idée et pourquoi il eût été fâcheux de commencer l'Europe par l'armée, au lieu d'aboutir à l'armée, en partant des institutions, de l'union économique et pgitique. Ayant terminé ma phrase, j'ai pris un air décontracté, j'ai croisé les jambes, j'ai regardé la multitude américaine invisible mais présente et j'ai dit à haute et claire voix : « Si tu t'appelais Var des Batignolles et si tu jouais aux boules, je te dirais : tu joues au boulevard des Batignolles. » Et j'ai éclaté d'un gros rire joyeux, en me tapant les cuisses, comme si c'était la meilleure plaisanterie du monde. Or, il ne s'est rien produit du tout : les téléspectateurs américains avaient cru que je faisais une citation en français particulièrement appropriée à la situation historique et puisée dans le patrimoine culturel des siècles... Il n'y eut que très peu de coups de téléphone de quelques Français assez ahuris et qui n'en avaient pas cru leurs oreilles. Je ne me suis rendu compte de ce qui venait de se passer qu'une heure plus tard. J'ai compris que je faisais une dépression aiguë, due à une série d'actes contre nature, et j'ai demandé mon rappel. Quelques mois plus tard, mon successeur faisait une dépression nerveuse d'une telle ampleur qu'il a été évacué sur un brancard.

F. B. : *Est-ce que tu ne trouvais pas un certain plaisir à défendre des positions indéfendables? Du point de vue « virtuosité »?*

R. G. : Camus a dit une phrase clé : « Je suis contre tous ceux qui croient avoir *absolument* raison. » Or, à l'O.N.U., les gens qui parlaient le plus haut de la liberté des peuples, c'étaient les Soviétiques, qui ont donné mille preuves de ce qu'ils entendaient par là, comme on l'a vu en Lituanie, en Estonie, en Lettonie, pour ne pas parler de Budapest et de la Tchécoslovaquie. C'étaient aussi les Américains, qui faisaient de l'impérialisme politique et économique à outrance en Amérique du Sud, qui débarquaient des marines à Saint-Domingue et au Liban, qui s'apprêtaient à prendre notre succession en Indochine. Ou c'étaient les pays à dictatures internes dont l'alibi moral était la « souveraineté nationale », ce qui permettait l'extermination de populations entières et des tortures abominables, dont on n'a jamais soufflé mot aux Nations Unies avant la torture en Algérie. Tous ces salauds-là traînaient la France dans la boue sur un ton de vertueuse indignation, de sacro-sainte pureté, de virginité parfumée, ils caracolaient à la tribune sur les coursiers blancs des droits de l'homme, leurs voix avaient tout l'éclat noble des protecteurs du pauvre et du faible et de la bonne foi la plus sainte. Dans ces conditions, je me faisais un véritable devoir de les traîner dans la merde et de leur cracher dans la gueule avec toute la dialectique, la force de conviction et la virtuosité dont j'étais capable, parce que, dans un tel contexte, l'hallali sur la France réclamait un défenseur par son cynisme même et je ne pouvais pas me dérober. J'ajouterai que le maccarthysme sévissait alors en Amérique, la chasse aux sorcières, et ce pays, qui était tombé au plus bas de la lâcheté dans la dénonciation, était à peu près aussi bien placé que l'Union soviétique pour nous faire des leçons de morale... Je m'empoignais donc quotidiennement avec l'opinion américaine et parfois je n'avais pas le choix des armes et il m'est arrivé de répondre aux coups bas par des coups bas... Une de mes dernières conférences de presse m'a laissé un assez sale souvenir... Mais c'était le règne du sénateur McCarthy qui brisait alors les vies au nom de deux chefs d'accusation : communisme ou homosexualité. C'était la chasse aux sorcières, les purges, les listes noires... Tu te souviens ? Bon. Un jour, j'attends mon tour de parler au seuil de la salle de presse. Krishna Menon venait de monter au micro. Ce délégué de l'Inde, futur ministre de la Défense, était un intellectuel d'une fragilité nerveuse bien connue à l'O.N.U. Il y avait parmi les journalistes un représentant de je ne sais plus quel journal, un journal de Hearst, si je ne me trompe, qui était un maccarthyste acharné. Krishna Menon, s'apprête à parler, lorsque le provocateur se lève et lance au grand homme d'État : « Monsieur le ministre, avant de vous écouter, je voudrais que vous répondiez à une question préalable. Est-ce que c'est vrai que vous êtes un communiste notoire ? » Menon, qui était un libéral de gauche, un socialiste « humaniste » dans le sillage de Nehru, se met à écumer, à taper du pied, à hurler et quitte la tribune. C'était mon tour de parler et je savais à quoi m'attendre. Je m'approche du micro et au même moment, le provocateur se lève : « Sir, avant que vous ne parliez, je voudrais vous poser une question préalable... Est-ce que c'est vrai que vous êtes un communiste notoire ? » C'était diffusé à la radio et quelle que fût ma réponse, tu comprends, la question demeurait posée, tu étais marqué aux yeux de l'opinion américaine, c'était la méthode même de la calomnie maccarthyste. Je fais mine de réfléchir puissamment pour savoir si j'allais avouer que j'étais communiste ou non et puis je lui dis : « Écoutez, je veux bien répondre à votre question préalable mais à condition que vous répondiez d'abord à la mienne... — D'accord, dit-il, sans peur et sans reproche. *Shoot* », tirez. Je me penche vers lui : « Monsieur, est-ce que c'est vrai, ce que tout le monde raconte dans les couloirs, que vous êtes un homosexuel notoire ? » Le gars, qui était un père de famille avec des petits-enfants radieux et purs et qui n'avait jamais trempé son biscuit dans autre chose que le café de sa femme, devient écarlate, se met à bredouiller, s'étrangle... Car c'était trop tard pour nier, des millions d'auditeurs avaient déjà entendu ça, c'était irrattrapable... J'avais donc usé du maccarthysme, moi aussi, et parfois tu n'as pas le choix des armes. J'ai fait ma conférence et il ne m'a pas interrompu une seule fois, et je crois qu'il s'en souvient, d'après ce qu'on m'en dit... Il y a des moments où tu ne peux pas te permettre de te retirer sur les hauteurs et de dominer ton adversaire de toute ta grandeur morale, quand c'est au couteau, c'est au couteau.

F. B. : *Pas d'oasis, dans toute cette désolation, ce bruit et cette fureur, de 1952 à 1955?*

R. G. : Si.

F. B. : *Qui était-elle?*

R. G. : Mon amitié avec Teilhard de Chardin. Il était en exil aux États-Unis, très mal vu de la Compagnie de Jésus et surtout du Vatican et il lui était interdit de publier ses œuvres. Je le voyais souvent et j'ai été touché de découvrir après sa mort qu'il avait parlé gentiment de moi dans sa correspondance. J'aimais ce grand capitaine et il m'arrive de rêver de lui, debout à la barre, avec son profil de boucanier, voguant vers l'horizon sur le pont d'un navire métaphysique dont il avait bâti à la fois la coque, la boussole et... qu'il me pardonne! la destination. Il avait un côté enchanteur, un rayonnement, un sourire, une tranquillité... Il me manque. Je lui ai emprunté — je le lui avais dit et cela l'avait beaucoup amusé — son physique d'homme du grand large, et aussi quelques idées que j'ai fortement romancées, pour en faire le jésuite Tassin, dans *Les Racines du ciel*, que j'écrivais alors...

F. B. : *Quels étaient vos rapports?*

R. G. : Teilhard évitait toujours la profondeur dans les conversations, par gentillesse et considération, craignant de vous incommoder. C'était le contraire de Malraux qui vous invite immédiatement à plonger avec lui au fond des choses et qui le fait par courtoisie lui aussi, vous faisant l'hommage de tenir pour certain que vous êtes capable de le suivre. La conversation de Malraux consiste à vous placer à ses côtés sur la rampe de lancement, à bondir aussitôt vingt fois sa hauteur, en effectuant trois doubles sauts et un vol plané par-dessus la charpente dialectique du discours, et à vous attendre à l'autre bout de l'ellipse avec une formule-conclusion éblouissante, appuyée par un regard complice qui vous interdit de ne pas comprendre ou de lui demander par où il est passé pour arriver là. Avec Teilhard, c'était de la navigation de plaisance, eaux calmes et visibilité illimitée, avec Malraux, ce sont des jaillissements, des vols planés, des plongées à pic et des sous-marins qui se perdent. Le plus dangereux, quand on navigue avec lui, ce sont les silences. La règle du jeu est de se retrouver à la sortie au même point du parcours, dans une parfaite compréhension réciproque, genre dauphins qui font des montagnes russes sous l'eau et hors de l'eau. Une fois, nous parlions d'histoire, de littérature, de Jean Seberg, et puis Malraux fait le dauphin et disparaît quelque part dans le silence des profondeurs. Longue méditation au coude à coude... A la fin de la plongée, il se penche vers moi, confidentiel, lève l'index, sourit avec tendresse et me lance : « N'empêche qu'elle est très belle! » Je saisis la balle au bond, genre génie-moi-même, et rétorque : « Oui, mais vulnérable, vulnérable... Et le dernier film qu'elle a fait à Hollywood avec Lee Marvin et Clint Eastwood n'a pas arrangé les choses »... Aussitôt, le visage de Malraux devient un sémaphore : des tics se mettent à m'envoyer des signaux paniques... C'est sa manière d'informer discrètement l'interlocuteur que celui-ci a perdu le contact et n'y est pas du tout... Tu vois, quand il m'avait lancé avec un sourire ravi : « N'empêche qu'elle est très belle! », moi, j'en étais resté à Jean Seberg mais lui parlait de la littérature... Teilhard escamotait aussi, mais pour ne pas vous déranger, en homme de grande profondeur qui ne fait pas commerce de ses réserves d'oxygène. Il ne m'a jamais parlé de Dieu, jamais. Il était le contraire du philosophe Julian Huxley qui a interrompu en ma présence quelqu'un qui parlait Dieu-ceci, Dieu-cela, pour lui lancer : « Écoutez, je connais Dieu mieux que vous, j'ai écrit un livre sur ce sujet. » Nous faisions avec Teilhard de la petite conversation, c'était de l'amitié, ce n'était pas de l'immortalité. On allait déjeuner dans les bistrots français et parfois, il venait chez moi, dans mon appartement d'East River.

Un de mes souvenirs les plus étonnants de New York c'est un déjeuner chez moi avec Teilhard de Chardin, Malraux et sir Gladwyn Jebb, le futur Lord Gladwyn Gladwyn, qui était encore le délégué de la Grande-Bretagne à l'O.N.U. et la bête noire du Soviétique Malik, mais venait d'être nommé ambassadeur à Paris. Teilhard était sourires, sérénité et refus polis de croiser avec Malraux des fleurets étincelants, Malraux était pyrotechnique et piaffement et Lord Gladwyn Gladwyn était... bon, tu sais qu'en Angleterre les artistes, les écrivains et les penseurs ne sont pas admis à la Chambre des lords. Une seule exception : le romancier Snow qui a été nommé par les travaillistes dans un esprit de profanation. Mais Teilhard et Malraux... ah! C'était quelque chose : ils n'avaient strictement rien à se dire. Plus exactement, Malraux invitait Teilhard à bondir avec lui sur le tremplin mais le jésuite se dérobait, avec la plus exquise politesse. Je crois qu'il se méfiait de Malraux à cause de ce qu'ils risquaient bien d'avoir en commun : parce qu'enfin, on peut se demander si la théologie, la métaphysique de Teilhard n'est pas seulement du poème, du bel canto mystique, du grand art, et c'était un peu délicat pour lui de s'engager dans une discussion avec un homme qui faisait ouvertement — et tragiquement — de l'art une métaphysique, c'est-à-dire qu'il finissait lui aussi dans l'art... Malraux lutte depuis toujours avec acharnement pour bondir hors de la littérature et pour accéder au Sens, à la transcendance, mais finit toujours dans l'art, dans le génie littéraire, tout comme la pensée de Teilhard est toujours menacée de ce terrible échec, pour une science, d'être une poétique... Les critiques de Teilhard de Chardin ont toujours cherché à enfermer sa pensée scientifique dans le poème... Or, l'art comme au-delà, c'est du chamanisme... Teilhard et Malraux face à face, c'étaient deux musées imaginaires en présence, l'un avec Dieu, l'autre avec des fétiches... Malraux passa deux heures à sommer Teilhard à un dialogue et à une voltige aérienne auxquels le jésuite se dérobait avec la plus souriante aisance. André le défiait en jaillissant verticalement à des hauteurs inouïes mais retombait toujours exactement à ses propres pieds, au même point, sans parvenir à franchir le plafond : c'est ce qu'on appelle une interpellation de l'univers... Et entre les deux, l'ambassadeur de Grande-Bretagne avait de plus en plus l'air... enfin, l'air Gladwyn Gladwyn. J'étais loin du jour où j'allais écrire *Les Enchanteurs* mais je sentais déjà qu'il manquait Cagliostro et Picasso et, évidemment, j'avais oublié d'inviter Faust. Finalement, après quelques nouveaux saltos prodigieux de hauteur, de beauté et d'aisance, mais toujours sur place, Malraux a prononcé le mot « Dieu » et pour la première fois le jésuite parut gêné, comme si André avait montré qu'il ne savait pas se tenir à table. Il y eut alors un long silence, j'ai fait circuler la tarte au chocolat, et Gladwyn Gladwyn s'est tourné vers moi et a grogné :

« *Bloody nonsense*, je ne comprends pas un mot. » Je lui ai répondu qu'il me citait là *Alice au pays des merveilles*. Gladwyn était — est — l'Anglais le plus arrogant que j'aie connu, et il devait faire l'unanimité à Paris, à cet égard. Là-dessus Malraux s'est détourné de la Muraille de Chine souriante qui ne lui renvoyait pas la balle et s'est attaqué avec hargne à Gladwyn Gladwyn, à propos de l'Inde. En partant, il eut un mot impitoyable, en parlant du jésuite. Il m'a regardé dans les yeux comme il sait le faire pour vous donner l'impression que vous êtes fraternellement admis à partager avec lui une connaissance secrète, il a levé l'index, et il m'a confié, avec l'air de réduire l'autre en poussière : « C'est un dominicain! »

F. B. : *Tu l'as dit à Teilhard?*

R. G. : Oui. Il a beaucoup ri. Il eut chez moi une rencontre avec Massignon, qui était probablement le plus grand islamisant français du siècle... C'était au physique et au spirituel, le contraire de Teilhard, une âme sur charbons ardents à mille années-lumière de la paix intérieure... Un fil d'acier, chauffé à blanc, vibrant, toujours prêt à se rompre, une foi chrétienne dévorante, touché de mysticisme islamique et de ces petits feux de l'enfer qu'entretient une sexualité fourvoyée... Cela donnait une musique arabo-judéo-chrétienne admirable et rare, une très belle contribution artistique... Il avait un physique fragile de vieillard adolescent, un corbeau gris et translucide, avec un de ces regards noirs, brûlants, à vous faire des trous dans votre veston... Un côté danseuse sur place, faute d'ailes. Il nous parla des saints du Maghreb d'une voix mince, épuisée mais frémissante d'un éternel mourant... Il tenait toujours une main dans la poche droite de son veston et je ne sais pourquoi j'imaginais qu'il y avait dans sa poche des miettes de pain pour les oiseaux. Mais après le déjeuner, nous allâmes au Central Park et j'ai vu que c'étaient des noisettes qu'il jetait aux écureuils... Teilhard m'a dit en souriant : « Il ressemble beaucoup à Mauriac... » Je crois que Teilhard ne faisait pas grand cas de l'enfer...

F. B. : *Après New York?*

R. G. : J'ai eu droit à trois mois de congé de convalescence que j'ai passés dans la maison que j'avais alors à Roquebrune, à travailler aux *Racines du ciel.* J'avais commencé ce roman à New York, en 1952, en écrivant entre midi et deux heures et très tôt le matin, car j'étais incapable d'écrire le soir, je suis un couche-tôt. Il me faut neuf heures de sommeil. J'ai continué à Londres, où j'avais été nommé, auprès de Massigli, mais il y eut un changement d'ambassadeur et Chauvel n'a pas voulu de moi. Je suis donc encore resté un mois dans le Midi à écrire. On a dit que *Les Racines du ciel* ont été le premier roman écrit sur l'écologie, sur la défense de l'environnement, mais je voulais surtout plaider pour la défense du milieu humain dans son sens le plus large, avec tout ce que cela suppose de respect pour l'homme, de liberté, d'espace et de générosité.

F. B. : *Dans quelle mesure les éléphants du roman sont-ils allégoriques?*

R. G. : Ils ne sont pas allégoriques du tout. C'est simplement la plus grande quantité de vie, et donc de souffrance et de bonheur qui existe encore sur terre. Il est certain que ce sont les derniers individus, mais ils le sont vraiment, avec toute leur maladresse, avec toute la liberté et l'espace dont ils ont besoin pour se mouvoir et pour survivre, ils ne sont donc pas les derniers individus *allégoriquement*. Le livre a été publié il y a dix-huit ans, alors que personne n'avait encore pris conscience de l'« environnement ». Aujourd'hui, toute la jeunesse a compris que ce qui menace les autres espèces vivantes menace l'homme tout autant. A l'époque, le mot même « écologie » était pratiquement inconnu. Je me suis trouvé à un déjeuner chez Pierre Lazareff et sur vingt personnes présentes, deux seulement en connaissaient le sens. Le mot « environnement » n'avait pas cours. Aujourd'hui, un homme comme Ralph Nader, c'est un peu Morel des *Racines du ciel*, et lorsqu'il a commencé sa lutte contre la pollution sous toutes ses formes, depuis le mensonge publicitaire jusqu'aux aliments trafiqués chimiquement, il était seul, comme Morel. Le livre venait à peine de sortir lorsque je commençai à recevoir d'Afrique des lettres de dix-quinze pages d'un garde-chasse qui s'appelait Matta. Il s'était identifié avec le personnage de Morel et s'était mis à défendre les éléphants contre les braconniers de l'ivoire. Quelques mois plus tard, *Match* m'envoyait un journaliste et la femme de Matta, et j'appris que ce dernier s'était fait tuer les armes à la main, en défendant les éléphants. Depuis, on dit que je me suis inspiré du personnage de Matta, en écrivant *Les Racines du ciel*, mais il suffit de regarder la chronologie pour voir que c'est faux.

F. B. : *Tu as été déçu lorsque ta nomination à Londres a été annulée par le nouvel ambassadeur?*

R. G. : Oui. Remarque, je le comprends. Il m'aurait été très difficile de servir sous les ordres d'un jeune poète. L'ambassadeur Jean Chauvel était un très grand ambassadeur, mais il était aussi un jeune poète qui venait de publier ses premières plaquettes de vers et comme mes livres étaient déjà traduits dans plusieurs pays et notamment en Angleterre, cela aurait été certainement un peu gênant pour moi de l'avoir dans mon entourage...

F. B. : *Un jour, en déjeunant chez un écrivain, place du Panthéon, j'ai entendu un ambassadeur de France dire de toi : « Vous admettrez que Romain Gary n'a pas la tête d'un diplomate français. »*

R. G. : Je voudrais bien savoir ce que c'est « une tête de diplomate français », mais passons.

c'est une réaction compréhensible. Le vieux monsieur dont tu parles et un autre, qui avait refusé ma nomination auprès de son ambassade à Athènes — ce qui mit fin à sa carrière sur place — défendaient l'image qu'ils se faisaient d'eux-mêmes. Celui que tu cites avait, par exemple, écrit à un de ses anciens collaborateurs, qui sollicitait quelque bonne manière : « Sachez qu'il y a peut-être un prince, mais qu'il n'y a pas de favoris », alors qu'il n'y avait peut-être pas de favoris mais qu'il n'y avait certainement pas de prince. C'était un bourgeois à qui l'appartenance à la « caste » du Quai d'Orsay — au temps du « grand concours » — permettait de cultiver des illusions aristocratiques. Je faisais partie, lors de mon entrée au Quai, en 1945, d'un groupe de Français libres et de résistants que Georges Bidault et Gilbert, son directeur du personnel, avaient recrutés pour aérer un peu l'esprit de la maison, l'esprit « grand concours » et « de père en fils » — sans parler d'autres raisons... Gilbert avait dit, lorsqu'il m'avait reçu : « Surtout, restez tels que vous êtes. N'essayez pas de *leur* ressembler... Il nous faut des anciens et il nous faut des nouveaux. » Les « anciens » qui avaient le plus de mal à se faire à notre entrée dans le « Jockey Club » n'étaient pas les « princes » — les aristocrates ont l'habitude des révolutions — mais des bourgeois qui, en se donnant des airs de « spoliés » par notre invasion, se procuraient ainsi une confirmation psychologique de leur « aristocratie ». Ils avaient à notre égard l'attitude de Salomon Goldenberg, citoyen britannique de fraîche date, qui donne ordre au meilleur tailleur de Savile Row de l'habiller comme un vrai gentleman anglais. Lorsque tout est au point et qu'il ne manque à notre « prince » ni le parapluie roulé ni le *derby-hat,* le tailleur regarde son œuvre et aperçoit avec stupeur une larme qui glisse sur la joue de Salomon Goldenberg, *Esq.* « Mr Goldenberg, *sir!* s'exclame-t-il. Pourquoi pleurez-vous? » Et Salomon Goldenberg lui répond en versant des larmes : « *Nous avons perdu l'empire...* » En se désolant de notre entrée au Quai — on nous appelait le « cadre complémentaire » — le cher bourgeois-ambassadeur que tu me cites se procurait à bon compte la confirmation de son appartenance princière et d'une aristocratie menacée par les « parvenus ». Les *vrais* ne se sont jamais sentis menacés et je ne saurais citer ici — ils seraient outrés — tous les grands seigneurs — au sens de *valeurs* — de la Carrière qui ont fait preuve à notre égard de la plus sereine objectivité. Mais combien je me suis amusé, à mes débuts, lorsque je me trouvais dans le bureau de tel ou tel « supérieur » qui s'efforçait de ménager ce qu'il considérait comme mon « complexe d'infériorité » — dont je ne pouvais pas dans son esprit ne pas être pourvu — de m'appliquer, moi, à le mettre à l'aise, car à force de vouloir paraître naturel à mon égard, il devenait gêné, emprunté et presque « culpabilisé »... C'était délicieux. Je suis entré au Quai d'Orsay avec le sourire et j'en suis sorti en souriant. Je les aime bien. Et il y a ici une remarque générale à faire. Chaque homme a droit à son for intérieur. Chacun de nous a ses préjugés. Chacun a ses phobies secrètes, ses petites difformités psychiques. Cela ne regarde personne, à la condition absolue de n'en tirer aucune conséquence pratique dans les rapports sociaux ou dans la façon dont on s'acquitte des responsabilités que la République nous a confiées. C'est plus qu'une règle de démocratie : c'est une règle de civilisation. En ce qui me concerne — je sais que cela peut paraître prétentieux, mais j'espère que l'on comprendra ce que j'entends lorsque je dirai que le Quai d'Orsay a subi pendant quinze ans l'épreuve Romain Gary avec la plus parfaite honnêteté.

F. B. : *Après l'incident de Londres, tu as demandé un autre poste?*

R. G. : Je n'ai jamais demandé un poste au Département, j'attendais qu'on me nomme quelque part. Après cette incompatibilité entre deux écrivains de grades si différents, à Londres, j'ai eu de la chance. Couve de Murville était alors ambassadeur à Washington et sur le conseil de son ministre conseiller Charles Lucet, aujourd'hui notre ambassadeur à Rome, il m'a fait proposer Los Angeles. C'était une bénédiction du ciel, parce que le consulat général de Los Angeles, ce n'est pas seulement la Californie, c'est aussi l'Arizona et le Nouveau-Mexique. Je suis arrivé en février

1956, avec le manuscrit des *Racines du ciel* à peu près terminé. Le consulat se trouvait à Hollywood et c'était une ravissante maison que l'on appelle là-bas le style « espagnol », avec les bureaux administratifs au premier et la résidence au rez-de-chaussée, le tout dans une odeur de jasmin et entouré de cette végétation semi-tropicale qui reprend toujours ses droits, en Californie, dès qu'il y a un bout de terrain non bâti. D'ailleurs, la plupart des arbres, là-bas, sont des immigrants, eux aussi, comme les eucalyptus et les palmiers, et ils s'y sont aussi bien adaptés que tous les autres immigrés, les Russes ou les Italiens. Les secrétaires, choisies avec soin par mon prédécesseur, étaient ravissantes. Le vice-consul précédent était parti avec la caisse, il a fallu le récupérer au Mexique, et après un petit peu de prison, il est devenu croupier à Monte-Carlo. J'ai eu droit à une réception solennelle organisée par la colonie française dont le président était un marquis de La Fayette, commandeur de la Légion d'honneur, aide de camp de Pétain pendant la Première Guerre mondiale, le tout complètement bidon. Après avoir écouté son discours et fait mon discours de réponse, je l'ai invité dans mon bureau et lui ai donné quinze jours pour démissionner et disparaître, ce qu'il fit de bonne grâce, en me disant : « Que voulez-vous, c'était trop beau. » Il avait une allure folle, ce type-là, et il avait réussi à faire sérieux pendant plusieurs années. J'ai eu beaucoup de mal à entrer en contact avec la colonie française et ce fut la standardiste qui finit par m'expliquer ce qui se passait. Un de mes collaborateurs immédiats avait trouvé un truc marrant pour me couper de la colonie et prendre ma place auprès des Français du cru. Chaque fois que l'un d'eux demandait à me voir ou à me parler au téléphone, il leur disait : « On ne peut pas déranger M. le consul général, il écrit ses romans. » Tu penses si ça faisait bonne impression. Ça s'est très bien arrangé. Mes deux premières visites officielles furent pour le christianisme et pour l'humour juif : le cardinal Mc Intyre et Groucho Marx.

F. B. : *Je voudrais t'interrompre ici, pour voir d'un peu plus près cette question de christianisme. Sans ça, dans cette espèce de galop verbal, on finira par perdre de vue tous les points de repère... Tu es catholique?*

R. G. : Accidentellement. Je suis catholique techniquement. Aux yeux de ma mère, cela faisait partie de la France, des papiers d'identité français. Bien qu'elle ne l'eût pas exprimé ainsi, c'était un baptême culturel. Et tu as raison de m'interrompre. Je voudrais m'expliquer là-dessus, parce que cela touche à ma naissance, à mes origines, à mes choix... Vas-y.

F. B. : *Ta mère était une juive russe qui allait voir un pope, lorsqu'elle éprouvait le besoin de recevoir les consolations de l'Église. Ton père était grec orthodoxe et je veux ici te demander clairement si ton père était bien Ivan Mosjoukine, qui était sans doute la plus grande vedette du cinéma muet européen des années vingt, avant l'avènement du film parlant, le Rudolph Valentino européen.*

R. G. : Bien. Avant ma naissance ma mère avait épousé un juif russe du nom de Léonid Kacew, qui a divorcé quelque temps après ma naissance. Ma mère était une petite comédienne qui n'avait pas beaucoup de talent, me dit-on, mais qui aimait passionnément le théâtre. Lorsque j'avais six ans, je l'avais vue en scène, à Moscou, dans un rôle qui était pratiquement de la figuration : elle jouait une très vieille femme que l'on évacuait pendant l'incendie d'un village. Deux hommes la soutenaient pendant qu'elle traversait péniblement la scène. Plus tard, un de ces acteurs, émigré à Nice, m'avait expliqué qu'il n'y avait pas moyen de faire traverser la scène à ma mère, qu'elle s'accrochait, pour faire durer son rôle, et qu'il fallait la pousser pour lui faire quitter les feux de la rampe. Mosjoukine, qu'elle avait connu avant ma naissance, a certainement été le grand amour de sa vie. En ce qui concerne ma filiation, c'est très simple. Après la mort de ma mère, à Nice, une dame russe avait recueilli toute la correspondance entre ma mère et Mosjoukine dans le coffre de famille, à l'hôtel Mermonts. Cette dame, qui s'appelait Mme Vinogradoff, avait fait bâtir l'immeuble où se trouvait l'hôtel, mais s'était ruinée et était devenue sur la fin de ses jours concierge du bâtiment. Elle avait montré les lettres au Tout-Nice russe, les popes, le bistrot russe du boulevard Gambetta, à ma cousine, à tous ceux qu'elle connaissait. A partir de ce moment, la rumeur que j'étais le fils de Mosjoukine est partie de la colonie russe de Nice pour faire son chemin dans le monde. Mais ces lettres étaient la propriété sacrée de ma mère. Personne n'avait le droit d'y mettre le nez. A aucun moment, ma mère ne m'avait dit que Mosjoukine était mon père, et pourtant je voyais cet homme très souvent chez nous, à l'hôtel. Il venait au Mermonts chaque fois qu'il tournait un film sur la Côte d'Azur.

F. B. : *Ta mère savait qu'elle allait mourir. Elle n'a cependant pas détruit cette correspondance. Telle que je la connaissais, cela voulait sûrement dire quelque chose. Ne dois-tu pas conclure qu'elle voulait que tu trouves ces lettres?*

R. G. : Admettons. Tu penses bien que j'ai fait le tour de la question. J'ai envisagé cent fois l'hypothèse de ce message « pudique », reçu alors qu'elle n'était plus là pour « rougir ». Mais pendant vingt-cinq ans de ma vie, elle ne m'a rien dit. Et elle me disait toujours tout. Et Mosjoukine venait souvent à la maison. Mais non, rien... pas un mot. Alors, merde. Ceci pour cette question de foutre. En ce qui concerne la religion, je suis catholique non croyant. Mais il est tout à fait exact que j'ai et que j'ai toujours eu un grand faible pour Jésus. Pour la première fois dans l'histoire de l'Occident, une lumière de féminité venait éclairer le monde, mais c'est tombé entre les pattes des hommes et ce furent les croisades, l'extermination des infidèles, la conversion par le sabre, l'hérésie, quoi. Le christianisme, c'est la féminité, la pitié, la douceur, le pardon, la tolérance, la maternité, le respect des faibles, Jésus, c'est la faiblesse. Je t'ai déjà dit que j'ai un côté chien, un côté instinctif déterminant, et si j'avais rencontré Jésus, j'aurais tout de suite remué la queue et je lui aurais donné la patte. Pour moi il s'agit là d'humanité et non d'au-delà, de l'humain et non de divin. Mais regarde ce que c'est devenu entre les mains des *machos*. Jésus, la Renaissance en a fait de la haute couture et l'art de Saint-Sulpice en a fait du prêt-à-porter. Après quoi la bourgeoisie a fait de Jésus un cache-sexe. C'était un homme. J'ai toujours eu envie de lui serrer la main. Bien sûr, on ne le rencontre plus, parce que la démographie, ça cache, mais il est toujours là à crever quelque part. Il y a des Jésus qui se perdent, je te jure. En l'an I de notre ère, une première lueur de tendresse maternelle s'est levée sur cette terre, il y eut germe d'une civilisation, mais il n'y aura jamais de civilisation tant que la féminité continuera à être étouffée, bafouée, refoulée. L'Église a raté la chrétienté, la chrétienté a raté la fraternité et l'a exploitée à des buts sonores. La fraternité, ça ne fait plus que ronfler. Le matérialisme n'était valable que pour préparer la fin du matérialisme. Il est devenu un but en lui-même, si bien que la civilisation ne nous pose plus qu'un problème : celui des matières premières...

F. B. : *Dans* La Tête coupable, *comme dans* Tulipe, *l'aspiration à la pureté et presque à la sainteté se désamorce par la bouffonnerie et le grotesque, chaque fois que le personnage est ainsi par trop en proie à lui-même et à sa soif d'absolu... Seul Jésus, dans le roman, sort toujours intact de l'épreuve à laquelle tu soumets les valeurs par l'acide du cynisme et de l'amour...*

R. G. : Il y a eu l'homme. On l'a aussitôt expulsé dans l'au-delà. Mais pour moi, ne n'est pas un extra-terrestre. C'était un homme, il était des nôtres. Quant au reste, à tout ce qu'on a fait et à tout ce qu'on n'a pas fait au nom du Christ, le bonhomme n'y est pour rien. Il y a eu détournement de majeur. Si tu t'intéresses au mythe de l'homme, à cette parcelle de poésie qui, seule, nous différencie du reptile, tu passes par Jésus. A partir du moment où tu supprimes dans l'homme la part de poésie, la part d'imaginaire, tu n'as plus que de la barbaque. Tu te rends compte qu'avec Jésus, enfin, il y avait tout ce qu'il fallait pour bâtir une civilisation et même une Église? Et qu'est-ce qu'on en a fait? Qu'est-ce qu'on en a fait? Une polémique sur le caractère sacré du foutre, sur la pilule, c'est là qu'on va chercher...

F. B. : *Ce n'est pas la peine de gueuler, il est tard, tu vas réveiller les voisins!*

R. G. : Tu vas les réveiller avec la télé, pas avec le Christ. Ceux qui essaient de récupérer mon œuvre dans un but d'au-delà et de papauté, n'y ont rien compris. J'aime cet homme. C'était la première fois qu'un homme avait parlé au féminin, avec amour, tendresse et pitié. C'était le premier balbutiement de féminité, la première protestation contre le règne de la dureté, la première tentative de douceur et de faiblesse. Et qu'est-ce que les *machos* en ont fait ? Des bains de sang. C'était la première fois dans l'histoire de l'Occident qu'un homme avait osé parler comme s'il y avait maternité. Pour la première fois quelque chose d'autre qu'une bitte s'était levé en Occident. La voix du Christ était une voix féminine. Elle était sans dureté, sans accent *macho*...

F. B. : *Comment se fait-il qu'il y a dans tous tes livres une sensibilité d'écorché à chaque page et que tu donnes l'impression d'être dans la vie un homme en acier?*

R. G. : Les hommes en acier, c'est les hommes en argent. En fric. Les lecteurs de *La Promesse de l'aube*, surtout les lectrices, lorsqu'elles me rencontrent, sont toujours déçus de ne pas trouver en moi le fifils à sa maman. Si j'étais demeuré le fifils de ma maman, je ne serais pas le fils de ma mère. Regarde cette lettre, la seule que j'ai encadrée, la dernière, écrite quelques heures avant sa mort : *Je te bénis... Sois dur, sois fort*. Non, le premier mot n'est pas « dur », c'est en russe et c'est intraduisible : *silny* et *krepki*... ce sont des synonymes, au sens de *résistant*. Ajoute à cela que je n'ai pas vraiment une gueule à moi, j'ai une légère paralysie du côté gauche et un nez qu'il faut retaper régulièrement, depuis un accident d'avion que j'ai eu pendant la guerre, et que cela me donne une expression de dureté et de froideur, d'indifférence. Je le dis parce que je ne cesse d'entendre des commentaires là-dessus.

F. B. : *Tu te sens bien dans ta peau?*

R. G. : Je ne crois pas mériter cette remarque. Un homme qui est « bien dans sa peau » est ou bien un inconscient ou bien un salaud. Personne n'est dans sa peau sans être aussi dans la peau des autres et cela devrait tout de même poser quelques problèmes, non? Il y a bien des années, Arthur Koestler m'a demandé : « Pourquoi racontez-vous toujours des histoires contre vous-même? » Koestler est un des hommes les plus intelligents de ce temps et j'ai été stupéfait par cette question, venant de lui. Je ne raconte pas des histoires contre moi-même, mais contre le *je*, contre notre petit « royaume du je ». Je me suis déjà étendu là-dessus et je ne veux pas y revenir, mais le « je » est toujours du plus haut comique et il a trop tendance à l'oublier. Certainement, il donne parfois de beaux fruits mais il faut régulièrement lui couper les branches, comme avec toutes les plantes. L'humour fait ça très bien. C'est très difficile, en France, parce que c'est un pays individualiste, et cela veut dire que « je » a droit à tous les égards. « Pitrerie », en français, c'est péjoratif. Mais si tu remontes les âges aux origines de toutes les luttes populaires, tu trouves la bouffonnerie, la pitrerie, parce que c'était le seul moyen à la fois de tenir le coup et d'attaquer ceux qui — la connaissance étant alors un domaine réservé aux privilégiés — n'avaient aucun élément du discours structuré à leur disposition...

F. B. : *Dans cette sorte de mosaïque que tu es, composée d'éléments disparates — russo-asiatique, Juif, catholique, Français, un auteur qui écrit des romans en français et en anglais, qui parle russe et polonais, quel te semble être l'apport dominant?*

R. G. : Quelque chose que tu n'as pas mentionné, dans tes énumérations : la France libre. C'est la seule communauté humaine physique à laquelle j'ai appartenu à part entière. Je t'ai déjà dit que je ne croyais pas aux « hommes pour toutes les saisons », et c'est pourquoi il m'a été impossible, par exemple, de passer de ce gaullisme-là — celui de la France libre et de la Résistance — qui fut *mon* moment de l'histoire, à celui du gaullisme politique, qui m'a toujours été indifférent.

F. B. : *Il y a eu là quand même chez toi une fidélité unique dans ta vie...*

R. G. : Ce n'était pas chez moi, c'était chez de Gaulle. Il ne nous a jamais trahis, en ce sens qu'il est resté fidèle à l'idée que nous nous sommes faite de lui en 1940.

F. B. : *Rêverais-tu d'une communauté au-delà de la politique, idée née de la Résistance, comme Camus en 1944?*

R. G. : J'en rêvais comme beaucoup au temps du grand malheur, en 1940-1944, en effet, mais aujourd'hui...

F. B. : *Aujourd'hui?*

R. G. : Politiquement, j'essaie de rêver de réalité...

F. B. : *Romantique?*

R. G. : Par rapport à la merde, oui.

F. B. : *Il doit y avoir des moments où cette mosaïque que tu es te pose des problèmes avec ces composantes souvent disparates?*

R. G. : Une seule fois, en novembre 1967. J'étais alors au cabinet du ministre de l'Information et de Gaulle venait de tenir une conférence de presse où il a lâché cette fameuse phrase sur « le peuple juif, peuple d'élite, sûr de lui et dominateur ». C'était très flatteur, parce qu'enfin, la France, ça a été pendant mille ans de son histoire un peuple d'élite, sûr de lui et dominateur et je l'ai d'ailleurs dit à la radio sans provoquer la moindre indignation. Mais lorsque le vieux a lancé sa phrase, les « éléments composites » dont tu parles se sont heurtés entre eux et l'un d'eux, élément juif, a exigé d'avoir des précisions. Je suis allé voir de Gaulle, au nom de mes « éléments disparates ». Je lui ai dit : « Mon général, il y avait une fois un caméléon, on l'a mis sur du vert et il est devenu vert, on l'a mis sur du bleu et il est devenu bleu, on l'a mis sur du chocolat et il est devenu chocolat et puis on l'a mis sur un plaid écossais et le caméléon a éclaté. Alors, est-ce que je pourrais vous demander quelques précisions sur ce que vous entendez par « peuple juif », et si cela veut dire que les Juifs français appartiennent à un peuple différent du nôtre ? » Il a levé les bras au ciel et il a dit : « Mais Romain Gary, lorsqu'on parle du « peuple juif », on parle toujours de celui de la Bible. » C'était un renard. Il a servi à peu près la même réponse à Léo Hamon, quand celui-ci est allé le voir.

F. B. : *En 1934 ou 1935, tu es allé passer ton diplôme de langues slaves à l'université de Varsovie. Tu étais français et catholique. Or, dans les universités polonaises, les Polonais catholiques étaient assis entre eux et il y avait des bancs spéciaux réservés aux Polonais juifs. Tu te mettais régulièrement avec les Polonais juifs et tu te faisais régulièrement casser la figure par les Polonais chrétiens parce qu'il était marqué dans ton dossier que tu étais catholique et ils voulaient t'interdire de t'asseoir avec les Juifs.*

R. G. : Je me suis expliqué là-dessus dans *Chien blanc.* Je suis un minoritaire-né. A l'université de Varsovie, j'allais m'asseoir à côté des minoritaires. Les plus forts, je suis contre.

F. B. : *Qu'est-ce que c'est, pour toi, être juif?*

R. G. : C'est une façon de me faire chier.

F. B. : *Israël?*

R. G. : Passionnant. J'aime beaucoup l'Italie, aussi. Je crois que l'Italie est le pays étranger que je préfère.

F. B. : *Et si Israël devait disparaître comme État, sa population chassée de son pays, ne te sentirais-tu pas toi-même diminué?*

R. G. : Diminué, non, désorienté, oui. Désorienté : est-ce que je serais atteint pour des raisons humaines ou atteint dans ma part juive? Je ne me sens pas « en situation » pour te répondre et j'espère que je ne me trouverai jamais en situation.

F. B. : *Mais tu es demi-juif, tu peux choisir...*

R. G. : C'est ça, fais le malin, avec ce bon sourire... Demi-juif, je ne sais pas ce que ça veut dire. Demi-juif, c'est demi-parapluie. C'est aussi une notion à l'usage des racistes maniaques d'Israël. Tiens, je te le prouve. Il y a quelques années, je reçois de Tel-Aviv une lettre de la part de je ne sais quel organisme qui me demande si je veux figurer dans le *Who's who in the World Jewry,* une sorte d'annuaire des Juifs dans le monde. Très frappé par cette largesse d'esprit, je dis oui, je remplis et renvoie le questionnaire. Là-dessus ces cocus me répondent par une lettre embarrassée d'où il ressort que je ne possède pas les caractéristiques qu'il faut pour être considéré comme juif. Ils sont, tu comprends, plus regardants que Rosenberg et Himmler... C'est eux qui décident qui a droit ou n'a pas droit à la chambre à gaz... Je me fous en rogne, je leur rappelle que ma mère était mosaïque, juive, que c'est, paraît-il, la mère qui compte chez *nous*, et que si on ne me fout pas dans le *Who's who*, je vais pousser une gueulante publique maison... Silence de mort et puis je fais l'objet d'une très courtoise visite diplomatique dans le sens propre du terme où l'on me donne une heure d'explications théologiques, étatiques et techniques d'où il ressort que la loi, là-bas, décide qui a droit à la chambre à gaz et qui n'y a pas droit... Les Allemands, à cet égard, avaient des vues plus larges.

F. B. : *Tu es quand même catholique...*

R. G. : On ne fait pas un pays avec des certificats d'origine, pas plus Israël qu'un autre pays. Il y a des Égyptiens coptes... Après la Première Guerre mondiale, le fameux « général » Cohen, aventurier américain au service de Tchang Kaïchek, s'est trouvé à Shanghaï. Il y avait alors en Chine — il y en a sans doute encore — des Chinois de confession mosaïque, des Chinois juifs, qui avaient leur synagogue. C'était vendredi soir et Cohen y va pour prier. Les Chinois le regardent avec curiosité mais ne disent rien. Lorsque la prière est finie, le rabbin chinois s'approche de

Cohen et lui demande : « Excusez-moi, mais qu'est-ce que vous venez faire parmi nous? — Prier, dit Cohen. Je suis juif. » Alors le rabbin chinois examine Cohen et hoche la tête : « Vous n'avez pas du tout l'air juif... » Les Israéliens sont en train de faire les rabbins chinois.

F. B. : *J'ai lu dans* Point *du 11 mars que la Sécurité militaire en France vient de lancer une enquête dans des usines d'armement et de constructions aéronautiques où travaillent des ingénieurs et techniciens d'origine juive... La Sécurité militaire estime qu'il y a parmi eux peut-être des espions israéliens.*

R. G. : Le chef de la Sécurité militaire est lui-même juif.

F. B. : *Tu es sûr?*

R. G. : Si ce que je dis est une calomnie, il peut me faire un procès en diffamation... Mon vieux François, j'ai une méthode que je te recommande. Lorsque la Bêtise se fait trop puissante autour de nous, lorsqu'elle glapit, piaille et siffle, couche-toi, ferme les yeux et imagine que tu es sur une plage, au bord de l'Océan... Lorsque la plus grande force spirituelle de tous les temps, qui est la Connerie, se fait à nouveau entendre, j'appelle toujours la voix de mon frère Océan à la rescousse... Alors se lève vers moi, venu du fond de notre vieille nuit, un grondement libérateur, une voix toute-puissante, qui parle en notre nom, car seul mon frère Océan a les moyens vocaux qu'il faut pour parler au nom de l'homme... Mais, quoi qu'il arrive, je ne ferai jamais mienne la phrase de Wallenrod : « Je voudrais être tué par les hommes, pour être sûr de mourir du bon côté... »

F. B. : *Est-ce que je dois attacher une signification particulière au fait que ta première visite officielle, lorsque tu as pris tes fonctions de consul général à Los Angeles, fut pour le cardinal Mc Intyre?*

R. G. : C'était purement professionnel. Le cardinal Mc Intyre était un ancien businessman, un banquier entré en religion et qui était devenu l'administrateur le plus habile de l'Église catholique aux États-Unis. Son passé de banquier, son autorité spirituelle et sa réputation de réactionnaire intégral lui permettaient d'exercer une influence considérable sur les hommes d'affaires de Californie. Or, notre prestige à ce moment-là était tombé au plus bas et on s'en apercevait immédiatement dans toutes les négociations commerciales. En 1956, nous étions considérés non seulement comme l' « homme malade de l'Europe » mais encore comme hautement contagieux. Je suis donc allé voir Mc Intyre, pour le caresser un peu. Et tu sais ce qu'il m'a demandé aussitôt? Il m'a demandé s'il était vrai — il tenait, m'a-t-il précisé, cette information des hommes d'affaires américains —, s'il était vrai que de Gaulle était un agent de Moscou et que le général Kœnig préparait un putsch communiste en

France. Ceci, mon vieux, est une vérité historique, c'est la question exacte, littéralement citée, que m'a posée un des prélats les plus puissants de l'Église américaine en 1956, ce qui m'a encore confirmé dans mon opinion que la plus grande force spirituelle de tous les temps, c'est la Connerie. Cette « information » au cardinal Mc Intyre a trouvé plus tard le chemin du plus grand hebdomadaire américain *Life* et fut à la base d'un bestseller américain, *Topaz,* de Léon Uris, écrit sur la « documentation » fournie par un ancien agent de la S.D.E.C.E. à Washington. Tu ne t'étonneras donc pas que ma deuxième visite, après cette entrevue mémorable avec le prince de l'Église, fut pour Groucho Marx que je considère, avec W.C. Fields, comme le plus admirable clown du cinéma et du « burlesque » américain. Ce fut une visite inoubliable, parce que Groucho, me voyant arriver le chapeau à la main, béat d'admiration, s'est appliqué à me faire l'effet le plus désastreux possible, à piétiner mon admiration, et je me suis servi de cette même technique dans *La Fête coupable* pour le personnage de Mathieu, l'homme qui manque de respect à tout ce qu'il respecte. Groucho a un regard vachard et méditatif qui cherche où le bât peut bien vous blesser, c'est un regard qui cherche toujours un endroit où placer les banderilles. Avec moi, il s'est littéralement surpassé dans la provocation. Il me fait asseoir, me tend une soucoupe avec des olives et me dit : « Prenez une olive. Pas ma femme Olive, une de celles-là. »

Ce n'était pas, tu l'avoueras, d'une drôlerie irrésistible, mais j'ai fait ah-ah-ah! par piété, et il parut très content, pendant que son regard me disait silencieusement : « Pauvre type. » « Vous êtes diplomate? » Je dis oui. Je savais déjà qu'il allait me servir tout ce qu'il pouvait trouver de plus minable comme « mot d'esprit », pour me marcher sur la figure. « Et avec la valise diplomatique, vous importez ou vous exportez? » J'ai fait ah-ah-ah! et il m'observa avec satisfaction, avec un mépris et avec un dégoût profonds. Il s'est vautré un moment sur le sofa, et puis il me dit : « Ma femme est sortie. Vous vous êtes dérangé pour rien. » J'étouffais de rire, naturellement. « Vous connaissez ma belle-sœur, il paraît? » Sa belle-sœur Di était alors la femme de Howard Hawks, c'est elle qui m'avait arrangé l'entrevue. Quand tu es avec un grand professionnel du rire, tu as tendance à rire tout le temps, c'est Pavlov. Je suis parti d'un gros rire, sans aucune raison, à la mention de sa belle-sœur Di, et il me laissait faire, pour que je sombre de plus en plus bas. Le clown, pour lui, c'était moi. J'ai réussi enfin à lui dire entre deux hoquets que oui, oh-oh-oh je connaissais Di, la femme de oh-oh-oh Howard Hawks. Il m'observait avec une sorte de curiosité alimentaire, non dépourvue de dégoût, il n'était pas sûr que j'étais comestible. « Howard a quarante ans de plus que sa femme et moi j'ai quarante ans de plus que la mienne. Je me demande comment vous l'avez su? » C'était vraiment à désespérer, il m'assenait tout ça sans aucune pitié, et comme je riais de plus en plus nerveusement, il était vraiment très satisfait, ça me rehaussait dans son mépris. Il a fait ça pendant une heure, avec sadisme, et après m'avoir mis ainsi à l'épreuve, il est devenu simple et humain. J'étais le consul général de France et j'avais résisté à l'acide de l'irrespect. Ce soir-là, il m'a invité à une première. Hollywood était encore à son apogée, et une première, là-bas, c'était des rues bloquées et une foule innombrable. Au moment d'entrer, il y a un type qui lance à Groucho : « Groucho, tu as oublié ton cigare ? » Le vieux s'est tourné vers moi et m'a dit : « Je ne peux pas les blairer, ces salauds-là, *I hate their guts*. » C'était la réaction d'un vieil homme qui avait fait rire les gens pendant cinquante ans et que son public ne prenait pas pour un artiste mais seulement pour un gugusse. Lorsque W. C. Fields, le maître de l'agression burlesque, était en train de mourir, il y avait dans une pièce voisine des *gagmen* du studio, des professionnels des bons mots et des trouvailles comiques qui essayaient d'écrire pour lui un « mot de la fin » drôle. Au dernier moment, le médecin les a appelés, et ils sont venus lui glisser ça à l'oreille, ce *joke* avant l'éternité. Il les a regardés et il a été pris d'une telle haine qu'il a duré encore trois semaines. W. C. Fields, Chaplin, Groucho Marx ont été les plus fortes influences littéraires que j'ai subies. Groucho vient de *grouch* — râleur... Il n'y a pas de démocratie, de valeurs concevables sans cette épreuve de l'irrespect, de la parodie, cette agression par la moquerie que la faiblesse fait constamment subir à la puissance pour s'assurer que celle-ci demeure humaine. Dès que la puissance cesse d'être humaine, elle interdit cette épreuve par le feu. Il y a des fous sacrés qui sont seuls capables de nous faire sentir ce qui est sacré et ce qui est imposture. Je fais appel à eux dans presque tous mes livres. C'est *Tulipe*, c'est Bebdern dans *Les Couleurs du jour*, Gengis Cohn dans *La Danse de Gengis Cohn*, Mathieu dans *La Fête coupable*, c'est moi-même... Les vraies valeurs résistent, les fausses se défendent par la censure, la prison, les hôpitaux psychiatriques...

F. B. : *Qu'est-ce que c'était, Hollywood, à la grande époque?*

R. G. : Ce n'était plus tout à fait la grande époque, mais ils ne le savaient pas. En 1947, c'est-à-dire neuf ans avant mon arrivée, lorsque la télévision a commencé sa marche conquérante, les tsars d'Hollywood ne s'en étaient pas aperçus et au lieu de mettre la main sur elle, ainsi qu'ils auraient pu le faire parce qu'ils avaient les studios, les acteurs, les auteurs et des milliers de films dans leurs bibliothèques, ils ont fait comme tous les tsars lorsque la révolution menace : ils n'y ont pas cru. Ils se sont fait liquider ou bouffer en dix, douze ans. Mais en 1956, ils pouvaient encore faire semblant. Les grands patrons des studios, ceux qu'on appelait les géants, se prenaient tous pour des sur-mâles, c'était des hommes qui n'avaient jamais liquidé leurs problèmes d'enfance. Le résultat était une surenchère dingue dans le *machismo* sous toutes ses formes de « puissance », puissance sexuelle, puissance d'argent, écrasement du plus faible, mépris de la faiblesse, la femme traitée comme objet de petite consommation. A la tête des studios il y avait des hommes comme Harry Cohn, Zanuck, des hommes qui n'avaient jamais entendu un « non » depuis leur accession au trône. Il y avait une hiérarchie implacable. Les « grands » ne s'invitaient qu'entre eux et je n'ai jamais assisté à Hollywood qu'à des dîners « horizontaux » : je veux dire par là qu'ils s'invitaient entre eux, hiérarchiquement, au même degré de réussite, au même niveau d'argent, de succès et de puissance. Ils ne s'invitaient jamais « verticalement » : tu ne rencontrais jamais un débutant, un nouveau, un acteur, un metteur en scène ou un producteur encore en ascension, un jeune « espoir ». C'était une pyramide où chaque étage était scrupuleusement fixé en termes de succès, de fric, de réussite. Autrement dit, tu voyais toujours les mêmes gueules, et tu voyais rarement une jeune femme qui ne fût pas mariée parce que les épouses de ces messieurs vivaient dans la peur qu'une nouvelle allait s'introduire dans le circuit et leur prendre leur bailleur de fonds légitime. Le cas le plus typique — je crois qu'elle me pardonnera d'en parler, parce que c'est tellement vieux — c'était celui de Patricia Neal. Elle venait de New York, du théâtre et s'annonçait comme la nouvelle grande vedette d'Hollywood après un ou deux films. Malheureusement, elle est tombée amoureuse de Gary Cooper, et Gary, qui était marié, était tombé amoureux d'elle et s'était mis à parler de divorce. Ce fut quelque chose d'assez affreux. Toutes les mémères d'Hollywood au sommet de la pyramide se sont liguées contre Patricia, et les grands patrons, qui exerçaient leur droit de cuissage sur les sofas de leurs bureaux dans les studios, mais qui étaient pour la morale, la famille et la religion, l'ont littéralement chassée de la ville. Il y a une ou deux histoires d'amour qui ont survécu — la plus belle de toutes pour moi étant celle de Katharine Hepburn et Spencer Tracy, qui était marié, lui aussi. J'ai rarement vu dans ma vie une femme aussi dévouée à un homme que Katharine Hepburn l'était à Spencer Tracy. Ça a duré vingt ans, et le printemps leur a tenu compagnie jusqu'au bout. Lorsque, déjà malade, Spencer Tracy avait accepté de tourner un film à la Martinique avec Frank Sinatra, Katharine Hepburn est partie pour la Martinique pour organiser le ravitaillement en produits de régime pour son compagnon. L'amour avait très peu de chance dans des milieux où tout était fondé sur la concurrence entre *machos*, sur les rivalités de puissance sexuelle et les jeux de domination. Dans ces cas-là, l'étalon de mesure, c'est le zizi et le fric, et l'amour traîne quelque part dehors, chez les petits. Je me souviens d'un agent, après une réception chez Danny Kaye, qui m'a lancé à la sortie, d'une voix tremblante d'émotion : « Vous vous rendez compte, il y avait pour trente millions de dollars de spectacle, là-dedans? » Chaque « grand » avait son petit royaume où ce qui était étranger ou différent était mal vu, faisait peur, parce que ce petit royaume du « je » était fondé sur des conventions de fausses valeurs qui pouvaient toujours être mises en cause par l'intrusion de quelque authenticité extérieure. Autour de tout cela gravitaient les agents qui touchaient dix pour cent sur tous les contrats et poussaient les prix si hauts qu'ils provoquaient des chutes. Brusquement, après un grand succès, Julie Andrews fut portée par les agents au sommet de l'exigence, un million de dollars de salaire par film plus dix pour cent des recettes, et lorsque ses deux films suivants ont perdu de l'argent, elle s'est écroulée, en tant que « valeur ». Parce que le drame, dans ces situations, c'est que si tu touchais un million de dollars par film, tu ne pouvais pas accepter 800 000 pour le film suivant, parce que ça voulait dire que ta cote baissait, que tu étais en perte de vitesse. Il y a en Amérique une loi très sévère contre les monopoles, mais pas contre les monopoles des agents. Tu avais, par exemple la M.C.A. qui avait les plus grandes vedettes, les plus grands metteurs en scène, auteurs, décorateurs et si tu voulais une vedette, ils t'imposaient tout le reste et te dictaient les prix, c'est ce qu'on appelait le *package deal*. L'idolâtrie du succès, là-bas, était effarante. Le monde extérieur n'existait pas, les valeurs autres que celles du box-office ne voulaient rien dire. Un jour Frank Sinatra m'avait invité chez lui en petit comité. Il y avait là un agent célèbre, Irving Lazare, qui ressemblait à un genou avec une paire de lunettes dessus. Je l'ai revu récemment et il vieillit bien : il ressemble toujours à un genou avec une paire de lunettes dessus. Quand je suis entré, il m'a regardé avec ahurissement et il m'a demandé : « Comment ça se fait qu'il vous a invité? » Tu comprends, un pauvre représentant de la France... Le jour où Frank Sinatra est venu cinq minutes à une réception chez moi, j'étais lancé. Un de mes souvenirs les plus ahurissants, ce fut une visite de la part de Cecil B. de Mille, peut-être le plus illustre de tous les faiseurs de films en carton-pâte de toute l'histoire d'Hollywood, tu sais, le premier *Ben Hur*, *Les Dix Commandements* et cent autres machins immenses... C'était un homme profondément croyant et de ces Hollywoodiens, comme John Ford et John Wayne, qui avaient des vies familiales impeccables. Il était très malade et voulait la Légion d'honneur. Mais il ne la voulait pas pour ici. Il voulait porter la Légion d'honneur pour se présenter devant Dieu — et je n'invente rien, c'était expliqué mot par mot, et c'était vrai, c'était sincère. Je pourrais évidemment te parler pendant des heures d'Hollywood parce qu'on n'a jamais rien vu de pareil dans l'histoire du fric, mais je te résumerai ceci en une seule séquence. Un soir, je suis invité chez Bill Goetz, un des plus grands producteurs à l'époque. Il avait une collection d'impressionnistes extraordinaire, y compris l'autoportrait de Van Gogh, plus une quarantaine de Cézanne, Monet, Bonnard, Manet, une des collections les plus judicieusement choisies, que les connaisseurs du monde entier venaient admirer... Après le dîner, on s'installe dans les fauteuils, les Cézanne, Monet et Van Gogh montent dans le plafond, un écran descend, un appareil de projection sort du mur à la place du portrait de Van Gogh par lui-même et on projette un navet abominable, *La Révolte de Mannie Stower* avec Ronald Reagan, qui était alors un acteur de deuxième ordre à Hollywood et qui est aujourd'hui gouverneur de la Californie et un des « partants » républicains comme candidat à la présidence des États-Unis, aux prochaines élections.

F. B. : *Tu les as tous connus?*

R. G. : Oui. Et malgré tout ce que j'en dis ici, ils me fascinaient, parce que je suis romancier et lorsque tu vois s'agiter sous tes yeux des monstres sacrés qui croient à ce que leurs agents de publicité racontent sur eux, c'est irrésistible — et souvent tragique. Ajoute à cela que parmi les grandes vedettes féminines, certaines de ces déesses savaient à peine lire et écrire et dès qu'elles voyaient un type qui ne voyait pas seulement en elles un cul et du fric, mais des êtres humains, elles devenaient parfois d'une humilité et d'une gratitude bouleversantes.

F. B. : *Tu as connu Marilyn Monroe?*

R. G. : Très peu. Je l'ai connue chez Rupert Allen et Frank Mc Carthy.

F. B. : *Qu'est-ce que c'était, Marilyn?*

R. G. : C'était une fille qui ne savait pas ce qu'on fait quand on est Marilyn Monroe et ce que c'est que Marilyn Monroe et ce qu'il faut faire pour rester Marilyn Monroe. Quand on a fait de toi un « mythe », que tu sois Lana Turner, Ava Gardner, tu es toujours Marilyn Monroe, c'est la même immense part d'irréalité et si cette part immense d'irréalité entre en conflit avec la petite part de réalité nerveuse, physiologique, psychique que tu es, tu deviens Marilyn Monroe à part entière et pour toujours en te suicidant. Il y en a qui se mettent à boire et à survivre, d'autres se mettent à boire et ne survivent pas. La pauvre petite Veronika Lake, qui vient de mourir d'alcool à cinquante ans, parce qu'elle a mis plus de temps que Marilyn Monroe, après avoir été une des plus grandes vedettes des années quarante — *Ma femme est une sorcière*, de René Clair, tu te souviens? — a fini comme serveuse de bar et puis elle a fini tout court. Je l'aimais bien. Je pense encore souvent à elle. Lana Turner, dont la fille, à onze ans, a tué d'un coup de couteau de cuisine l'amant de sa mère, a survécu aussi... un peu. Et

Ava Gardner... Elles ont survécu, plus ou moins, à la Marilyn Monroe en elles... Écoute, je vais te dire ce que j'ai vu... Une très grande vedette, une des deux ou trois plus grandes à une époque où il y en avait... Une beauté extraordinaire, malgré l'alcool et tout...

F. B. : *Ça a l'air de te faire de la peine?*

R. G. : L'alcool, les somnifères, j'ai horreur de ça... Elle vient un soir dîner au consulat. Elle arrive saoule et ça s'accentue pendant les cocktails. Puis on dîne et tout le monde passe au salon... Le maître d'hôtel vient me chercher et me murmure à l'oreille qu'il veut me montrer quelque chose. Je le suis dans la salle à manger. Il y avait une flaque sous sa chaise. Elle avait pissé sous elle à table comme une vache.

F. B. : *C'était quand même exceptionnel, non?*

R. G. : Seulement en ce sens qu'elles ne pissaient pas toutes sous elles, à table. Mais à part quelques exceptions, pour la plupart venues d'Europe, qui ont admirablement tenu le coup, comme Marlène Dietrich, Deborah Kerr, Audrey Hepburn, elles étaient minées de l'intérieur, parce qu'on leur avait volé leur identité. Elles vivaient un monde fabriqué à l'usage des foules mais qui était devenu leur vie. Alors, il y a Hedy Lamarr — *Erotikon* et tout ça —, qui se met à voler à l'étalage. Errol Flynn qui s'identifie à Don Juan et claque à cinquante ans du mythe. Je l'ai vu, dans un coin du décor, soutenu par sa petite amie de seize ans, qui le faisait uriner contre une toile peinte... Son fils Sean Flynn, un beau gars, a été tué en Indochine comme photographe. Je me demande s'il n'est pas mort d'une recherche d'authenticité... Bien sûr, je ne te parle que de ceux ou celles qui s'étaient laissé prendre au piège du mythe. C'était une autre époque, où la télévision n'avait pas encore banalisé l'image et où Hollywood avait assez de puissance, d'argent et de savoir-faire pour fabriquer des mythes. Fabriquer, utiliser et puis jeter. Mon enfance a été marquée par le cinéma et je n'avais oublié aucun nom de mon enfance. Je me souvenais notamment du grand Rod La Rocque et de Vilma Banky, la partenaire de Rudolph Valentino. On m'avait dit qu'ils vivaient toujours, un couple tranquille et heureux. Eh bien, il me fallut un an pour les trouver : Hollywood n'a pas de mémoire, pas de respect pour lui-même, pour son œuvre, Hollywood, ce n'est pas pour emporter, c'est pour être mangé tout de suite. Quand je suis arrivé, la décadence était déjà visible. Les équipes étaient composées d'hommes dont la moyenne d'âge était soixante ans : on n'acceptait pas de nouveaux, et pour devenir cameraman, il fallait être fils de cameraman pour que le syndicat entrouvre ses portes. Sur le plateau, trois maquilleurs : un pour le visage, un pour le corps et un pour les mains. On n'avait pas le droit de déplacer un fauteuil sans s'adresser à l'homme spécialement chargé de déplacer les fauteuils. Lorsque je tournai mon premier film, *Les oiseaux vont mourir au Pérou*, pour une firme américaine — film que j'ai tourné sans mettre les pieds dans les studios d'Hollywood — on m'a compté dans le budget un pourcentage de frais occasionnés par l'entretien des studios de la firme à Hollywood... Il était difficile de ne pas être éberlué par certains de ces potentats qui régnaient sur le cinéma depuis quarante ans. Il était stupéfiant de voir quelques-uns de ces nababs qui avaient à leur service des hommes de génie, penser et parler comme des marchands des quatre-saisons d'il y a un siècle. Jack Warner, par exemple. Un jour, je suis allé le voir avec Favre-Lebret, parce que Jack essayait désespérément de lui refiler pour le festival de Cannes un navet lamentable tiré du récit d'Hemingway, *Le Vieil Homme et la mer*, cette histoire du pêcheur dans le Gulf Stream qui va au-delà des limites de ses forces dans le combat avec un gigantesque poisson. Jack Warner se croit obligé de nous raconter le sujet du film. Il a résumé en quelques mots : « *It's the story of a guy who was asking too much* », c'est l'histoire d'un type qui demandait trop. Autrement dit, tout ce qu'il y avait vu, c'était une histoire de fric. Alors, tu comprends que lorsque d'authentiques créateurs, des auteurs, des metteurs en scène, des comédiens se trouvent à la merci de pareils babouins, leur plus grand souci est d'éviter les dépressions nerveuses. Je me souviens de l'apparition, sur le marché, des premiers tranquillisants, en 1956, des comprimés qui s'ap-

251

pelaient *Miltown*. Tu aurais cru que le Sauveur était arrivé dans la ville. On ne parlait que de ça, on se téléphonait pour s'annoncer la bonne nouvelle, la vie allait changer, plus de problèmes, plus de névroses, alléluia! Il n'y a sans doute pas de pays au monde où il y a plus de charlatans que là-bas, et, naturellement, dans le peloton de tête, il y avait les psychanalystes. Je dînais un soir chez David Selznick, le producteur de *Autant en emporte le vent*, et on parlait du L.S.D., que les psychiatres expérimentaient alors sur leurs clients, parce qu'ils croyaient que le L.S.D. était une bombe « psychanalytique » qui allait permettre des psychanalyses éclair. Selznick se tourne vers moi, et me demande : « Est-ce que vous avez un bon psychanalyste? » Je lui dis que je ne m'étais jamais fait psychanalyser. Ils se sont tous regardés et il y eut à table un silence gêné : ils étaient gênés pour *moi*. Ce fut peu de jours après ce dîner chez Selznick que je reçus la plus belle leçon de cinéma et c'est Billy Wilder qui me l'a donnée. De tous les Hollywoodiens, c'est certainement Billy Wilder qui avait l'esprit le plus mordant. J'étais allé le voir pendant le tournage d'un film sur la première traversée de l'Atlantique par Lindbergh, *The Spirit of Saint Louis*. Dans l'avion, il y a Jimmy Stewart aux commandes. On fait ballotter la maquette d'avion dans la tempête, des machines jettent la neige, d'autres machines sèment le vent. Billy Wilder me dit : « Regardez. Ça c'est le cinéma! Qu'est-ce que vous voyez ici?

Un faux Lindbergh, un faux avion, un faux ciel, une fausse tempête et une fausse neige... Et à l'écran, qu'est-ce que ça va donner ? Un faux Lindbergh, un faux avion, un faux ciel et une fausse tempête de neige ! » Le plus beau film sur Hollywood reste pour moi *Sunset Boulevard*, de Billy Wilder. Il avait la dent vraiment dure. C'est lui qui a lancé la phrase fameuse, à propos d'Otto Preminger, un metteur en scène qui est vraiment tyrannique, pour ne pas dire sadique, pendant le tournage, et qui s'était spécialisé auparavant dans les rôles de nazis : « Il faut que je sois gentil avec Otto, j'ai encore de la famille en Allemagne ! »

F. B. : *Est-ce que tu as aimé quelqu'un, là-bas ?*

R. G. : Qu'est-ce que tu veux dire ?

F. B. : *Je parle d'amitié.*

R. G. : Oui. Gary Cooper. C'était un homme vraiment viril, au sens le plus féminin du terme. Doux. Gentil. Incapable de haïr. Plein d'humour et de modestie. C'était un grand Américain.

F. B. : *Tu as donné à un de tes romans le titre* Adieu Gary Cooper...

R. G. : Oui, et on a cru que c'était un roman sur le cinéma. Ce que je voulais dire, c'était adieu, héros américain tranquille, sûr de toi, de ton droit, de la justice et de la cause pour laquelle tu combats, qui gagnes toujours à la fin, adieu l'Amérique des certitudes, bonjour Amérique du doute, de l'angoisse, du dégoût de soi-même, du Vietnam et du Watergate. C'était écrit en 1963, *avant*. Je l'avais écrit en argot américain, sous le titre de *Ski Bum*. Ce fut mon troisième livre écrit d'abord en anglais, avec *Lady L.* et *Les Mangeurs d'étoiles*. Je considère les versions françaises — ce ne sont pas des traductions, j'ai tout réécrit — comme supérieure aux originaux, parce que le temps m'a permis de mieux développer mes thèmes. Les « translations » sont des martyres. J'ai mis six semaines en anglais pour *Lady L.* et *neuf mois* pour la version française, cinq ans plus tard...

F. B. : *On dit que l'anglais et l'américain deviennent de plus en plus deux langues différentes. Or, tu as écrit* Lady L. *dans l'anglais de Sa Majesté et quatre autres romans — dont* The Gasp, *encore inconnu en France...*

R. G. : C'est le troisième et dernier volume de la métaphore *Frère Océan*. J'avais annoncé dans le volume-préface *Pour Sganarelle* que j'allais l'écrire en américain et donné mes raisons. Il traite de la crise de l'énergie...

F. B. : *Oui, mais d'une drôle de façon... Donc, tu écris à la fois en anglais-anglais et en américain souvent très argotique... Une telle virtuosité — je m'aperçois que j'utilise souvent ce mot à ton propos — peut susciter autant de méfiance que d'admiration... Y a-t-il là une sorte de « pastiche » des deux langues?*

R. G. : Je n'ai jamais lu cette observation sous la plume d'un critique américain ou anglais et je crois que cela répond à ta question...

F. B. : *Comment procèdes-tu dans ces identifications-créations, à partir d'une autre langue, d'une autre culture?*

R. G. : Je me laisse penser par les personnages, je me laisse hypnotiser par eux, dans cette fringale que j'ai de vivre une multiplicité de vies différentes — les plus différentes possibles. C'est un processus de mimétisme qui est au fond celui d'un acteur...

F. B. : *Et tu es fils d'acteurs...*

R. G. : Je pense d'ailleurs que tout romancier est un auteur-acteur.

F. B. : *Ce qui m'intéresse, c'est de parvenir à une originalité sans influences perceptibles — sauf Gogol, fréquemment, et Conrad, pour* Les Racines du ciel *— à partir des cultures et langues différentes — russe, polonaise...*

R. G. : L'humour satirique du polémiste et poète polonais Antoni Slonimski m'a beaucoup influencé dans mes écrits polémiques.

F. B. : *...A partir, donc, du russe, du polonais, de l'humour de la steppe aux accents yiddish —* La Danse de Gengis Cohn *—, de l'américain, de l'anglais et de la culture française, Voltaire, Diderot — la marque de* Jacques le Fataliste et son Maître *est visible dans* Tulipe... *Le métissage par-*

vient à l'originalité, à un accent personnel et inédit. « Bâtardiser » acquiert un sens tout différent. Je vais prendre un petit exemple très frappant. Dans Adieu Gary Cooper, *écrit en américain, mais uniquement dans la version française, car cela n'existe pas dans le roman en américain, tu utilises le genre du* limerick, *typiquement anglais et non américain, pour recréer* en français seulement, *ces petits poèmes presque toujours obscènes. Cela donne :*

> Il y avait un mec à Balbec
> Qui gérait les couilles de son cheikh.
> Il gardait la plus lisse
> Dans un coffre en Suisse.
> Oui, mais l'autre allait à La Mecque.

C'est d'une fidélité absolue au genre du limerick *anglais et ça part d'un roman écrit en américain pour ne figurer que dans la version française de* Ski Bum. *Et encore, à propos du Vietnam :*

> Les rois mages sont venus.
> Ont brûlé tout ce qu'ils ont pu.
> Après se sont mis en piste
> Les rois mages communistes.
> D'où je tire mon *sukiyak* :
> Les rois mages, j'en ai ma claque.

Ce qui est, cette fois, pensé spécifiquement français, est informulable en anglais et aboutit, t'écar-

tant complètement de la tradition du limerick, *qui est toujours d'une innocuité politique totale, à une spécificité politique française que je qualifierai de « mai 68 », que tout le roman annonce :*

> Dans un coin un homme d'affaires
> Dit : il leur manque une guerre.
> L'orchestre, sur la terrasse,
> Donne un peu de lutte des classes.
> Et la Chine
> A la mine
> Nucléaire.

C'était écrit deux ans avant mai 1968. Et pour finir, ce limerick *pour « société de consommation », alors que le slogan n'était pas encore lancé :*

> Comme dit la publicité
> Dans une Rolls tout est beauté
> Luxe, calme et volupté.
> C'est pourquoi nous sommes tous d'acc'
> Pour la foutre dans le lac.
> Ça, c'est la prospérité.

Ce qui part d'un genre anglais, passe par Baudelaire, s'inspire des préoccupations de la jeunesse française pré-mai 68, est écrit d'abord en américain et trouve sa formulation définitive — et sa portée spécifique — en français... Comment fais-tu?

R. G. : Je plonge toutes mes racines littéraires dans mon « métissage », je suis un bâtard et je tire ma substance nourricière de mon « bâtardisme » dans l'espoir de parvenir ainsi à quelque chose de nouveau, d'original. Ce n'est d'ailleurs pas un effort : cela m'est naturel, c'est ma nature de bâtard, qui est pour moi une véritable bénédiction sur le plan culturel et littéraire. C'est pourquoi, d'ailleurs, certains critiques traditionalistes voient dans mon œuvre quelque chose d' « étranger »... Un corps étranger dans la littérature française. Ce sont les générations futures, pas eux, qui décideront si ce « corps littéraire étranger » est assimilable ou s'il vaut la peine d'être assimilé. Mais cela ne constitue-t-il pas, justement, ce qu'on appelle un apport original ? Sans prétentions auto-flatteuses, c'était le cas de Joseph Conrad, ce Polonais, en Angleterre : Les Anglais ne lui ont pas encore pardonné d'être sans doute leur plus grand romancier du siècle...

F. B. : *Bon, mais pourquoi éprouves-tu le besoin d'écrire aussi en américain ?*

R. G. : Parce que je ne peux malheureusement écrire ni en chinois ni en grec ni en swahili. Lorsque j'entreprends un roman, c'est pour courir là où je ne suis pas, pour aller voir ce qui se passe chez les autres, pour me quitter, pour me réincarner. Et tous les autres modes de recherche d'un « ailleurs » me manquent terriblement, par exemple, la peinture... Parfois, cela donne des malentendus assez comiques. C'est ainsi, par exemple, que Mme Jacqueline Piatier, dans *Le Monde*, est arrivée à la conclusion que Romain Gary était syphilitique, maquereau et charlatan...

F. B. : ?

R. G. : Tu vois, j'ai écrit mon dernier roman, *Les Enchanteurs*, à la première personne. Il s'agissait pour moi de mettre « en roman », le personnage de *picaro*, tel que je l'ai défini dans mon essai sur le roman *Pour Sganarelle*. Plus spéficiquement, j'avais défini ce personnage dans le chapitre XXXV, intitulé « Les Aventures de Sganarelle — honnête homme ». Je n'ai pas besoin de te dire combien il est important pour un romancier de traduire ses théories dans la pratique, d'incarner ce que j'ai appelé en sous-titre « Recherche d'un personnage et d'un roman », dans un personnage et dans une œuvre romanesque. C'est ce que j'ai essayé de faire en créant Fosco Zaga dans *Les Enchanteurs*. Je m'étais beaucoup appuyé sur les chroniqueurs du XVIIIe siècle, et sur les grands aventuriers comme Casanova, Cosmopolita et bien d'autres, jusqu'à Alexandre de Tilly, sans oublier le côté affairiste et aigrefin de Voltaire. Si j'avais fait de mon *picaro* un écrivain, c'est d'abord parce que tous les aventuriers du XVIIIe écrivaient et ensuite, parce qu'il existe un type d'homme de lettres qui court à travers les âges et dont le seul souci est *sa* littérature, et qui ne tire des cris de souffrance humaine que des effets mélodiques heureux. Si tu vois les grands poètes comme Vigny, les grands écrivains comme Constant, des esprits admirables comme Voltaire, et tant, tant d'autres dans tous les pays, tu aperçois souvent une étonnante dichotomie entre la beauté de leurs œuvres et leurs vies ou activités souvent ignobles. Ils se sentaient quittes envers les beaux sentiments lorsqu'ils en faisaient de la belle littérature. Et cela continue jusqu'à nos jours. C'est ainsi donc que j'ai créé la tribu des *Enchanteurs* et le personnage de Fosco Zaga, soucieux avant tout de ses « enchantements littéraires », mais aigrefin et maquereau, parasite et vérolé. Pour me rapprocher le plus possible de ce personnage qui me semble assez éloigné de moi-même, de ma vie, j'avais écrit le roman à la première personne. Je lui ai même prêté mon appartement à Paris, rue du Bac, pour tenter d'avoir au moins quelque chose de commun avec lui. Sur ces détails, et la rue du Bac, Mme Jacqueline Piatier a conclu dans *Le Monde* que le héros du roman, charlatan, maquereau et vérolé, c'était moi. Et elle a même pris une phrase du livre où je décris cet écrivain vieillissant et à court de sujets écoutant « le bruit que fait l'histoire en passant pour voir s'il n'y a pas là encore quelque chose à prendre » comme thème de roman possible, un petit bénéfice. Elle m'a mis ce parasitisme sur le dos, sans se soucier du sang que j'ai versé pour faire cette histoire-là, et sans paraître remarquer que je n'ai à aucun moment nourri mon magot romanesque de la France libre et du sacrifice de mes camarades pour en tirer des best-sellers, comme d'aucuns. Ce qu'il y a d'intéressant dans tout cela, et de plus en plus fréquent, c'est le refus de la fiction. Plus une œuvre est imaginative, plus elle est convaincante et plus je reçois des lettres de lecteurs me demandant si « c'est vrai, c'est vraiment vrai? ». Le résultat est assez curieux : les auteurs s'efforcent de plus en plus de donner à leurs romans des formes documentaires, font des pseudo-documents garantis sur facture comme « authentiques ». Ils sont fabriqués, truqués, trafiqués au possible, mais à partir du moment où on affirme qu'il s'agit de « Documents », ça fait — et c'est là que je veux en venir — ça fait *moral*. Parce que nous sommes entrés dans une époque où un grand nombre de gens, lorsqu'ils lisent un roman, une œuvre d'imagination, se sentent roulés, exploités dans leur crédulité par l'intérêt même qu'ils portent à l'œuvre, car enfin pensez donc, ma chère! C'est de la fiction, du mensonge, il a inventé tout ça de toutes pièces, on n'a pas idée, c'est dégoûtant, ça, d'inventer... Je connais un ambassadeur de France qui m'a dit qu'il était un homme sérieux et qu'il ne lisait pas de romans, parce que lire des « affabulations » lui donnait... mauvaise conscience. Mais lorsqu'on leur sert un « document », même fabriqué de toutes pièces, ils ont une bonne excuse morale, parce que c'est dédouané, c'est moral, « vrai », ce n'est pas de la *poésie,* tu comprends. Je me suis trouvé il y a vingt ans à la table de Mme de Roth, à Berne, en compagnie de mon ambassadeur Henri Hoppenot — que Dieu prolonge sa vie au-delà de toute mesure! — et de quelques autres. Je venais de publier *Le Grand Vestiaire* qui se passe après la Libération dans un milieu de voyous, de prostituées et de maquereaux. Mme de Roth s'est tournée vers moi pour me dire : « Mais dites-moi, comment se fait-il que vous, un jeune diplomate, si distingué, vous soyez si bien renseigné sur les prostituées, les souteneurs et les voyous? » J'ai essayé de la rassurer : « Madame, avant d'être un " jeune diplomate distingué ", j'ai été prostitué et souteneur moi-même. » Et mon cher vieil ambassadeur s'est tourné à son tour vers l'hôtesse : « Allons, allons, vous savez, Romain exagère *un peu*. » On annonce depuis une génération déjà la mort du roman et je crois bien que ça va se faire. Regarde ce qui est arrivé à la poésie. Il y a vingt ans que personne, *personne* n'a lancé devant moi dans une conversation le nom d'un jeune poète ou d'un recueil de poèmes... Or, la poésie a toujours été le pionnier de la littérature, elle fut le premier cri de l'homme, elle a précédé tous les autres genres littéraires, et si elle meurt... heureusement qu'il y a la télévision.

F. B. : *Pour ma part, je fréquente des poètes, j'entends parler des poètes, si tu n'as pas cette chance, n'accuse personne...*

R. G. : François, tu es un *spécialiste*, comme critique, comme conférencier, comme rédacteur d'un hebdomadaire culturel... Tu es un professionnel de la culture, donc marginal. Pendant des siècles, depuis la chanson de geste jusqu'à Victor Hugo, la psyché, la conscience historique de ce pays était nourrie de poésie. Aujourd'hui, dire que la poésie joue un rôle quelconque dans la psyché française, c'est comme si on disait que la France avait voté Pompidou parce qu'il était l'auteur d'une anthologie de poésie.

F. B. : *Puisque nous parlons du rôle de l'expérience vécue dans le roman, est-ce que ton séjour à Hollywood t'a servi à cet égard?*

R. G. : Non. Le seul roman où j'ai parlé d'Hollywood et des gens de cinéma, c'est *Les Couleurs du jour,* et je l'ai écrit dix ans auparavant. Hollywood a une trop grande part d'artificialité pour que je puisse en tirer une œuvre de fiction. Il est vrai que le roman — un vrai roman — traitant d'artificialité n'a jamais encore été écrit, et c'est certainement un thème passionnant... A voir. Et puis, comme tous les clichés sont encore très agissants, en Amérique, qu'ils ont toujours cours, en tant que valeurs, et qu'il faut les sentir comme telles lorsqu'on écrit, ce sont des thèmes pour Norman Mailer. Il me semble que seul un auteur américain peut encore croire à la puissance et à l'argent, comme dimensions de l'homme. Notre roman a déjà digéré et chié ça. Je voyais d'ailleurs constamment l'envers du décor. J'étais aussi bien renseigné qu'on peut l'être sur les « puissants » lorsqu'on a droit aux confidences des victimes. De temps en temps, une malheureuse jeune Française paumée, ramassée « sous contrat » au hasard d'une coucherie à Cannes ou à Saint-Tropez arrivait à Hollywood pour devenir la nouvelle grande vedette. A part une ou deux exceptions, ça finissait comme ça devait finir. Elle touchait d'abord cent cinquante dollars par semaine et avait des espoirs immenses, ensuite soixante-quinze et avait des espoirs de moins en moins immenses, et puis elle arrondissait ses fins de mois à cent dollars la passe. Finalement, tôt ou tard, ça m'arrivait sur le bureau du consulat, en morceaux, de la viande saignante, et la République ne me donnait pas de fonds pour rapatrier les victimes du rêve. Je prenais mon téléphone, j'appelais l'agent ou le producteur en question, celui qui s'était amusé avec elle pendant quelques semaines, et je lui disais qu'il avait intérêt à prendre à sa charge le rapatriement parce que la presse française allait en parler, que je ne pourrais pas l'empêcher... J'insistais lourdement, j'expliquais que j'avais de bons amis dans la presse française et que je ne pourrais pas les empêcher de parler, et à bon entendeur, salut. Ça marchait, en général. Et ces filles se répandaient en détails précis sur la puissance des puissants, et sur ceux qui avaient la réputation d'être des surmâles. Parfois, il y avait de quoi rire, et parfois, de quoi vomir. Mais ce n'est pas le caractère spécifique de Hollywood. Tous les milieux clos où se joue le destin d'un rêve, le rêve d'une jeune fille ou d'un garçon, c'est presque toujours dégueulasse. Je ne connais rien de plus dégueulasse que l'exploitation du rêve. Lorsque je me suis mis à faire de la mise en scène, la part la plus pénible et la plus cruelle, c'est de recevoir les candidats filles et garçons qui voudraient avoir un petit bout de rôle. Ils entrent chez toi avec du rêve plein les yeux — le même rêve que dans mes yeux, lorsque j'avais vingt ans et que je voulais être publié — et ils te regardent d'une façon qui te donne envie de faire vingt films à la fois avec deux mille petits bouts de rêve dedans, des rôles que tu pourrais distribuer autour de toi. Lorsque je faisais passer une audition, et qu'il me fallait dire non, j'en étais malade. Pour un film que j'ai tourné il y a trois ans, en Espagne, j'ai dû passer en revue trente filles à poil pour avoir des seins qui convenaient. C'était affreux. J'avais besoin de trente filles avec de jolis nénés et les mômes arrivaient en culotte et prenaient des poses, faisaient des petites mimiques pour montrer qu'elles savaient exprimer, mimaient des expressions, prenaient des airs de pute ou de sainte, de vierge immaculée ou de vraies petites coquines. Je n'ai jamais autant rougi de ma vie. Et puis, soudain, dans le tas, il y en a une toute mignonne qui arrive avec un soutien-gorge et qui ne veut pas l'enlever. Je lui explique que je suis obligé de voir ça de près, et elle éclate en sanglots et enlève son soutien-gorge. Elle s'était fait rafistoler les nénés et avait deux cicatrices maison, mais elle espérait avoir tout de même le bout de rôle. Je lui ai écrit une apparition habillée dans le scénario. Ainsi que tu le sais, le moralisme sexuel n'est pas mon trait de caractère déterminant, mais ce que je ne pardonnais pas à Hollywood, c'était l'exploitation du rêve. Pour moi, le rêve c'est sacré.

F. B. : *Quelle a été la star, là-bas, que tu as le mieux connue?*

R. G. : Aucune. Aucune, mon vieux, désolé.

F. B. : *Sur le plan simplement humain?*

R. G. : J'aimais Veronika Lake, mais elle était déjà brisée. Et il n'est pas possible d'avoir des rapports simplement humains avec une grande vedette d'Hollywood. Elle a son mec, et son argent, et les « gravitants ». Elle est un mythe sur pied qui attend l'heure de l'abattoir, c'est-à-dire la chute au Box Office. Elle a peur de toi, des fois que tu découvrirais ce qu'il y a à l'intérieur. Elle n'a pas le temps pour la réalité. Elle n'est pas habituée à la continuité, de toute façon, parce que sa vie, c'est fait de petits bouts montés les uns après les autres, trois mois de film, et puis encore trois mois de film et ainsi de suite, et chaque jour, trois minutes de continuité devant les caméras et quand tu as fait ça pendant dix ans, tu n'as plus de continuité du tout et tu as perdu ton centre de gravité, tu es désaxée, comme Judy Garland, qui faisait ça depuis l'âge de quatorze ans. Il y en a qui s'en sont tirées admirablement, riches, grosses et oubliées. Et j'ai eu de merveilleux moments à Hollywood. J'ai vu le dernier rayon de Ginger Rogers, je m'étais lié d'amitié avec Cole Porter, qui avait le génie de la chanson légère, spirituelle et intelligente, j'aimais aller chez Fred Astaire, aux ballets du Bolchoï avec l'adorable Cyd Charisse, écouter le jeune rire de Jane Fonda, qui avait dix-huit ans, et tant d'autres, et puis tout cela fait maintenant dans ma tête un montage d'instantanés, de sourires heureux envolés et de froufrous d'amitiés éphémères, tout cela, c'étaient des bouts d'essai... Il y avait, bien sûr, des Français que je voyais souvent, Charles Boyer, Louis Jourdan, Dalio et peut-être ai-je eu des moments inoubliables, mais je les ai oubliés. L'amitié, là-bas, ça tient à des bouts de ficelle professionnels, à des instants de convergence, un film, un scénario, et puis s'en va. Et ça se divise en deux : ou bien leur succès devient de plus en plus grand, ils montent, et ils te laissent quelque part derrière eux, tu n'es plus de leur « horizontale » ou bien ils baissent au Box Office, leur cote dégringole et ils t'évitent parce qu'ils ont honte et se sentent coupables et parce qu'ils s'imaginent que tu es gêné à leur égard, ce sont toujours des histoires de « valeur » marchande qui se fréquentent. La seule amitié que j'ai gardée de là-bas, pendant des années, ce fut John Ford, celui à qui le western américain doit ses plus belles chevauchées, mais dont on oublie qu'il a fait aussi quelques-uns des plus impérissables classiques du cinéma sans cow-boys et sans Apaches, comme *Le Mouchard* et *Les Raisins de la colère.* Un soir, mon maître d'hôtel vient me trouver, pour me dire qu'il y avait un clochard à la porte qui demandait à me voir. J'y vais et je trouve une espèce de mélange de bébé Cadum avec Mathurin, avec un bandeau noir sur l'œil gauche — quand il examinait quelque chose avec attention, John soulevait le bandeau et regardait avec l'œil qu'il était sensé avoir perdu — avec son chapeau feutre de chez Bullock de San Francisco, celui que je porte maintenant, et un pantalon de toile qui n'avait jamais eu de rapports avec le fer à repasser. Il m'apportait des cigares, apparaissant comme ça de temps en temps, sonnant à la porte du consulat, une boîte de cigares à la main. C'est lui qui m'avait donné le goût et l'habitude des cigares, je ne fumais pas avant de l'avoir rencontré. Il avait une passion pour la France, c'était pour lui une sorte d'Irlande avec du vin et du soleil. John était né en Amérique, mais s'était spécialisé dans ses rôles d'Irlandais professionnels. Il avait une telle haine des producteurs que lorsque l'un d'eux est arrivé sur le plateau pour le féliciter, après avoir vu le résultat d'une semaine de tournage, John a fait détruire toute la pellicule ainsi admirée et avait recommencé le tout. Il était devenu « chef » de je ne sais combien de tribus de Peaux-Rouges qu'il faisait vivre en les exterminant dans ses films et il n'y avait rien de plus comique que de le voir prendre ce rôle au sérieux.

C'est ainsi que je me suis trouvé chez les Hopis de l'Arizona, après deux jours de route pendant lesquels il ne dessaoula pas, et lorsque nous arrivâmes dans la réserve, on nous expliqua que nous venions juste à temps pour assister à la célébration de je ne sais quel phénomène météorologique, mais c'était en réalité une célébration de John Ford. Il échangea avec le chef des saluts rituels, bafouilla quelques mots en cherokee que le Hopi fit mine de comprendre et me présenta à ce dernier comme un « grand chef français », oubliant complètement que le Hopi en question sortait de l'université de Californie et était un agent électoral du parti démocrate en Arizona. Les Hopis avaient mis leurs masques gigantesques et dansaient à la queue leu leu pour célébrer l'arrivée de ce phénomène météorologique qui était John Ford et le vieux oscillait rêveusement, lâchant parfois un pet retentissant. Il se tourne vers moi et me dit avec gravité : « Ils ne quittent jamais la réserve, ils ne veulent rien savoir du monde extérieur, naissent, vivent et meurent sur la terre de leurs ancêtres », verse une larme de son œil disponible, pète et vide une bouteille de bière. Là-dessus les danseurs Peaux-Rouges enlèvent leurs masques et le chef me présente deux des Hopis qui avaient pris part comme G. I's à la libération de Paris et qui me parlent avec émerveillement de Pigalle. John était terriblement vexé, furieux, ses lèvres faisaient la moue dépitée des bébés, j'ai cru qu'il allait pleurer. Lorsqu'il a été fait commandeur de la Légion d'honneur — il avait été amiral pendant la guerre, en Extrême-Orient, où il avait acheté ce bandeau noir pour son œil — la remise eut lieu au cours d'une cérémonie chez lui, en petit comité, en présence de dix Peaux-Rouges représentant les tribus des Apaches, Sioux, Cheyennes et Hopis, pris parmi les figurants d'Hollywood, mais la cérémonie ne fut pas très réussie, parce que sa femme Mary l'empêchait de boire et John était triste, morose et pas content du tout. A la fin de sa vie, ses meilleurs moments, c'est aux jeunes fanas cinéphiles français qu'il les devait. Dès qu'ils lui faisaient signe, il venait à Paris, et faisait tout ce qu'on lui demandait, y compris l'inauguration de ce minable drugstore à l'Opéra. Les jeunes veillaient sur lui jour et nuit, dormaient à côté de lui à l'hôtel Royal-Monceau, pour qu'il ne tombe pas et ne se casse pas une jambe, en se levant pour aller pisser, la nuit. Ils avaient promis à sa femme de l'empêcher de boire, et ils faisaient de leur mieux, mais quand il est parti on a retrouvé douze bouteilles de bière vides sous son lit. Il ressemblait de plus en plus à Popeye, avec un cigare au lieu de la pipe, et ses traits blafards étaient groupés autour du cigare et du bandeau noir, tous les éléments de John Ford de jadis et naguère. Un soir, il m'avait amené au consulat la charmante petite vedette de son dernier western, Constance Towers, dont il ne faisait évidemment aucun usage, ça ne se faisait pas, dans le western classique. La môme va à la cuisine pour voir ce qu'elle pouvait nous dégoter dans le frigo, et quand elle est sortie, John me jette un regard avec des sous-entendus de cent dix kilos et me cligne de l'œil. Je lui dis félicitations, et il prend son air le plus modeste, tu sais, celui qui veut dire « trois fois cet après-midi ». Et puis, un sourire. Il se penche vers moi, confidentiel : « Dites-moi... je perds un peu la mémoire, qu'est-ce qu'on fait avec elles? Il paraît qu'on se met à poil... Bon et puis quoi après? Je ne me souviens plus. » Le sourire n'était pas dépourvu de tristesse et là-dessus la petite revient avec tout ce qu'elle pouvait lui offrir : de la bière... Quelques semaines avant de mourir, il a annoncé à la presse qu'il se préparait à tourner son plus grand western, ce qui est peut-être vrai, qui sait, question grands espaces, chevauchées et horizons infinis. Bob Parrish est allé le voir à Palm Springs, alors que John était déjà à deux pas de la mort. Il le savait et le bandeau noir sur l'œil ne pouvait plus lui cacher grand-chose. Il était en train de déshériter son fils, on essayait de l'en empêcher, mais quand tu es le fils de John Ford, tu es forcément déshérité... C'était un rôle impossible à jouer. Dans la pièce à côté, il y avait sa femme Mary, qui avait la maladie de Parkinson. Pour parler sans secousses, elle était obligée de s'étendre. Il y avait John Ford dans une pièce, fumant son dernier cigare, bouffé par le cancer, et dans l'autre pièce Mary Ford, étendue, luttant contre les tremblements convulsifs; on était en plein Eugène O'Neill, en pleine tragédie familiale irlandaise; la vie met parfois un peu trop d'art dans ses sauces, il me semble qu'on pourrait très bien être mangés sans ça. Quelques semaines avant sa mort, il m'a envoyé ce chapeau gris que tu vois là, modèle John Ford, de chez Bullock, de San Francisco, que je porte fidèlement. Je l'aimais bien, John, mais ça ne sert à rien non plus.

F. B. : *Pourquoi y a-t-il toujours eu à Hollywood tant de monstres parmi les producteurs et les metteurs en scène?*

R. G. : Parce que les positions de puissance absolue magnifient l'infantilisme et les failles secrètes et ça fait souvent des monstres. C'est parfois assez amusant. Ma première rencontre personnelle avec ce comique-là eut lieu après le tournage des *Racines du ciel*. Le film était complètement raté, médiocre et le metteur en scène de ce navet était John Huston. Un jour, j'étais assis chez Romanoff avec le patron de la Twentieth Century Fox, Zanuck, qui était le producteur du film. Je lui demande comment un metteur en scène comme John Huston avait réussi à faire un tel navet. Il a fait ça exprès, m'explique Zanuck, pour se venger de vous... Je ne m'étonnais jamais de rien à Hollywood, mais quand même... « Se venger de quoi? Qu'est-ce que je lui ai fait? — Vous lui avez fauché sa petite amie », me dit Zanuck. Ça devenait intéressant, étant donné que je n'aurais jamais rien touché après John Huston, j'ai l'estomac assez délicat. « Ah bon, je lui ai fauché sa petite amie ? Et quand, et qui et comment ? — Voilà, me dit Zanuck. John est revenu de Tokyo avec la vedette de son dernier film, *Geisha*, une espèce de perche coréenne. Il vous l'a présentée, et comme il devait partir faire un autre film, il vous a demandé de veiller un peu sur elle »... Cette partie de l'histoire était parfaitement vraie, je me souvenais fort bien de la Coréenne et je l'avais même invitée une fois à dîner au consulat, avec vingt personnes, je ne l'avais jamais vue seule, elle est venue dîner avec un cavalier et elle est repartie, point final. « Et vous avez profité de cette confiance que John vous a témoignée pour vous taper sa fille, dès qu'il eut le dos tourné, me dit Zanuck. Alors pour se venger, il a délibérément saboté *Les Racines du ciel* »... J'écoutais ça et je regardais Mike Romanoff, le patron du restaurant, célèbre depuis quarante ans comme le fils légitime du tsar Nicolas II, le *tsarevitch*, quoi. Il avait soi-disant échappé au massacre par les bolcheviques et était devenu restaurateur à Hollywood. Je dis à Zanuck que cette histoire était aussi vraie que le titre impérial de Mike Romanoff. « En tout cas, c'est ce qu'il prétend, dit Zanuck. Vous vous êtes tapé l'amour de sa vie. » Je lui explique que pour se taper l'amour de la vie de John Huston, il faudrait se taper John Huston lui-même, parce qu'on ne lui a jamais connu d'autre amour. Ce qu'il y a de trompeur, là-dedans, c'est que ces gens-là parlent comme toi et moi, portent des pantalons et des vestons, ont l'air humain, et tu tombes parfois dans le panneau. Quelques années plus tard, alors que j'avais quitté la Carrière, et que j'avais fait une bonne vingtaine de scénarios pour ces messieurs, je travaillais sur *Le Jour le plus long*, pour le même Zanuck. Ce petit homme est prodigieux comme producteur, comme amour de cinéma, il met pendant le travail tous les moyens à ta disposition, et je l'aimais bien aussi parce que c'était le zizi le plus romantique d'Hollywood, quand il s'attachait à une fille, il jetait le monde à ses pieds. Il avait sauvé plusieurs fois du suicide son ex-amie Bella Darvi, en payant ses dettes de jeu, et puis un beau jour il est arrivé trop tard et Bella Darvi a eu le temps de se tuer... Mais si c'était un grand producteur, il se prenait aussi malheureusement pour un auteur, et il écrivait comme un cochon, comme un vrai cochon, c'était incroyable, ce qui sortait de sa plume. Chaque fois que je lui remettais un fragment du scénario, il y apposait sa marque fatale, en faisait quelque chose d'aussi inepte que possible. Alors, à partir d'un moment dans nos rapports professionnels, chaque fois que l'on se réunissait pour discuter, je sortais de ma poche une banane et je la mettais sur la table. Finalement, il me demande : « Pourquoi mettez-vous toujours cette banane sur la table? Vous ne la mangez jamais? — C'est pour me rappeler, lui dis-je. — Vous rappeler quoi? — Écoutez, Darryl, vous êtes habillé décemment, un pantalon, un veston, une cravate, vous avez même un visage et vous parlez notre langage, alors, chaque fois, je tombe dans le piège, j'oublie que vous êtes un gorille, et donc je place cette banane devant moi pour me rappeler à qui j'ai l'honneur. » A partir de ce moment-là, il mettait lui-même un plat de bananes sur la table, chaque fois que je venais discuter. Heureusement pour moi, j'étais indépendant, mais je comprends que lorsque William Faulkner ou Scott Fitzgerald étaient à la merci de ces petits tyrans, ils sombraient dans le désespoir et l'alcool. Lorsque je me suis engagé à écrire le scénario de *Tendre est la nuit,* d'après le roman de Scott Fitzgerald, pour David Selznick, il se mit à m'adresser des mémos de dix et vingt pages chaque jour et au bout de trois semaines, j'ai payé pour être libéré du contrat. Tous ces bonshommes essayaient de prendre l'écrivain et de se servir de lui comme d'un stylo; ce n'était pas pour moi, ce genre de servitude. Mais pendant ce premier séjour à Hollywood, je n'ai eu avec eux que des rapports mondains, je les voyais de l'extérieur, c'était vraiment du cinéma...

F. B. : *Tu voyais d'autres écrivains?*

R. G. : J'ai rencontré Hemingway une ou deux fois chez les Leyland Heyward, mais je ne l'aimais pas. Il était profondément névrosé. Malraux a écrit je ne sais où qu'un des grands problèmes de la vie de chacun, c'est de réduire la part de comédie...

F. B. : *Malraux? Vraiment?*

R. G. : ... et Hemingway a joué Hemingway-le-dur toute sa vie, mais Dieu seul sait ce qu'il cachait à l'intérieur, quelle peur, quelle angoisse. C'était un homme fou de lui-même. Il avait bâti tout son personnage sur le *machismo,* mais je crois bien que la vérité était très différente. En 1943 ou 1944, je ne me souviens plus, en tout cas, Londres était pilonné chaque nuit et j'ai perdu un copain dans un bombardement. Je fais le tour des hôpitaux. Au Saint George's Hospital, il y a des blessés partout, dans les couloirs, sur les tables, et il en arrive sans arrêt de nouveaux. Des mourants... Brusquement, on voit un géant en imperméable, une apparition dramatique, le front couvert de sang, soutenu par des officiers américains tout aussi dramatiques. C'était Hemingway. Il avait eu un accident de jeep, dans le black-out, une entaille au cuir chevelu, rien. Il avance parmi les mourants, en gueulant : « Je suis Ernest Hemingway! Je suis Ernest Hemingway! Soignez-moi! Je suis blessé! Soignez-moi! » Il y avait des *vrais* qui crevaient autour... Quand tu compares ça à l'homme qu'il a joué toute sa vie et aux personnages de ses romans... Il y avait là un médecin, le docteur Roger Saint Aubyn, pour la petite histoire... Il se souvient. Il reste que *L'Adieu aux armes* est un des plus beaux romans d'amour du siècle et qu'on peut être un très grand écrivain et un assez pauvre type. Je ne dis pas ça pour Hemingway, je dis ça pour tout le monde, car on met le meilleur de ce qu'on est et de ce qu'on essaye d'être dans son œuvre et on garde le reste pour soi-même...

F. B. : *Ce n'est pourtant pas ce que tu fais dans ces entretiens...*

R. G. : Parce que je m'en suis rendu compte et que je veux montrer mon « je » à mes amis lecteurs qui demandent à me rencontrer et s'imaginent qu'ils vont trouver en moi une œuvre artistique... Je n'ai pas plus de valeur humaine scintillante — peut-être moins — que leur voisin de palier... Je ne cesse de le répéter aux lecteurs et lectrices qui m'écrivent des lettres bouleversantes. Ils ne me croient pas, insistent souvent et je refuse alors de les recevoir, parce que je tiens à leurs illusions... par vanité. Ou par égard pour le rêve.

F. B. : *Même les lectrices?*

R. G. : J'ai eu très tôt ma leçon à cet égard et je ne l'avais pas volée. C'était après la publication de mon quatrième roman *Les Couleurs du jour*, en 1951. J'étais en mission en Haïti. Je commence à recevoir de Paris des lettres d'une lectrice qui avait aimé le livre, je lui réponds, elle m'écrit encore, et cette fois elle m'envoie sa photo en maillot de bain, en m'invitant à venir la voir dès mon retour à Paris. Elle était ravissante, et ça s'est mis à me travailler, il y avait là des droits d'auteur intéressants... Je rentre à Paris et je lui téléphone. Une voix douce me répond : « Venez donc me voir demain à cinq heures de l'après-midi, avenue Foch... » Le lendemain, je me brosse les dents, je mets une chemise propre et je m'y précipite. C'était un hôtel particulier, un larbin m'ouvre la porte, je traverse un hall, il y a un maître d'hôtel qui m'accueille, m'ouvre une autre porte, et je me trouve dans un petit salon tout ce qu'il y a de plus intime avec un sofa et des miroirs autour et au-dessus pour voir ce qu'on fait et pour se multiplier pendant qu'on le fait. Il y avait aussi du champagne dans un seau, du caviar, les rideaux étaient tirés, et le maître d'hôtel me dit : « Madame sera là dans un instant. » J'étais très mal à l'aise parce que je voyais cinq maîtres d'hôtel dans les miroirs qui étaient faits pour qu'on voie tout autre chose, ce n'était pas du tout ce que j'avais à l'esprit, comme droits d'auteur. Et puis la porte s'ouvre et entre vêtue d'un négligé divin une superbe créature de soixante ans. Je me dis merde, c'est la mère, elle a intercepté notre correspondance, et au même moment la personne me lance : « Vous êtes étonné, n'est-ce pas? » Je dis mais non, madame, pourquoi donc?, très homme du monde, en tournant résolument le dos au sofa et puis je remarque qu'en effet il y a une certaine ressemblance avec les photos. « Je vous ai envoyé mes photos, prises lorsque j'avais vingt-sept ans, parce qu'à vingt-sept ans j'ai été gravement frappée par la tuberculose osseuse, et la vie m'a fait perdre ainsi mes plus belles années, et je considère qu'elle me les doit, et que je n'ai donc que vingt-sept ans. » Et de faire un pas en avant, tragique, et moi de glisser discrètement vers la fenêtre qui donnait sur le jardin pour le cas où il y aurait tentative, mais il n'y a rien eu, elle a pris le petit mouchoir de dentelle dans son corsage et elle s'est essuyée les yeux, mais je n'ai pas pu, moi, ce n'était pas tellement à cause de l'âge, mais à cause des miroirs, parce que j'aurais vraiment vu ce que je faisais et je lui ai baisé la main avec respect, ce qui était une goujaterie pure et simple, dans les circonstances, et je suis parti. Ça m'a servi de leçon...

F. B. : *Je ne crois pas que ça t'ait servi de leçon. Et à ce propos je me vois contraint, malgré notre vieille amitié, à aborder un aspect de ta personnalité... assez affligeant.*

R. G. : Aborde.

F. B. : *Il y a quelques mois, j'étais dans mon bureau à Zurich et j'écoutais je ne sais quel programme de l'O.R.T.F. lorsqu'une speakerine a annoncé le résultat d'un sondage auquel les réalisateurs de ce programme avaient fait procéder, et le résultat de ce sondage donnait le nom de Romain Gary, cité comme exemple d'« homme à femmes », accompagné de Michel Piccoli et de quelques autres.*

R. G. : Il y a apparemment des personnes qui se fabriquent des phantasmes sur mon dos, et il y en a aussi quelques-unes qui veulent me déshonorer, car un « homme à femmes », c'est de la merde, c'est d'une pauvreté effrayante et c'est misogyne par-dessus le marché, car tu ne peux pas aimer les femmes et faire d'elles des articles de consommation. Il y a toujours une notion de rareté dans la valeur. J'ai très profondément aimé les femmes dans ma vie et cela veut dire que je n'ai jamais eu droit à la moindre « conquête ». Ce sont des rapports ignobles. Toute la notion de « succès féminins » est rétrograde, réactionnaire et typique de la place acceptée par la femme pendant des siècles, typique du triomphe des fausses valeurs dont elles sont les premières victimes et de la trahison par les femmes de cette authentique valeur de civilisation qu'est la féminité. On rencontre souvent des femmes qui prennent de petits airs complimenteurs, admirateurs, accompagnés de sourires masos à intentions flatteuses, et qui parlent de « bourreaux des cœurs », et d'« homme à conquêtes », et c'est à vomir, ce ne sont pas des femmes, ce sont des eunuques. S'il y avait le moindre respect de la féminité, la sexualité aurait été depuis longtemps acceptée comme un échange dans l'égalité, sans « prise » et sans « preneur », sans « conquérant » et sans « conquête ». Lorsque tu regardes la littérature des siècles écoulés, tu es surpris par le masochisme des femmes, plus responsables encore que les hommes de l'introduction sur le marché de la consommation de la notion de « séducteur ». Le donjuanisme n'a jamais été qu'une forme d'impuissance, le besoin chez un homme de se stimuler par le changement, et le vrai « grand amant », c'est le monsieur qui fait l'amour avec la même femme tous les jours depuis trente ans. Il est parfaitement évident que le personnage de Don Juan a été le premier consommateur, accompagné des premières campagnes de publicité, car les « séducteurs » sont tous des créations de la pube, du bouche-à-oreille, du marketing, avec éveil de la curiosité et augmentation de la demande sur le zizi en question. Si nous prenons maintenant le sondage urinaire dont tu parles, celui de l'O.R.T.F., à l'époque, j'ai reçu une journaliste qui est venue m'interroger à ce sujet, je sais exactement ce qui s'est passé, comment c'est arrivé. Je sors très peu, comme tu sais, je suis un couche-tôt, parfois, j'accepte une invitation dans le monde pour me rappeler comment c'est, chez eux, et pour recharger mes batteries de solitude pour encore six mois. Si tu regardes mon agenda, tu verras que ça fait six ou sept dîners en ville par an. C'est indispensable pour tout homme qui veut savoir si sa solitude est un choix ou une capitulation, pour tous ceux qui veulent se situer dans leur solitude. J'accepte alors un dîner de vingt personnes et j'écoute avec sympathie les gens qui vont aller skier à Noël chez Marie-Biche à Gstaad et prendre ensuite une Caravelle spéciale pour aller passer le jour du Nouvel An à la Mamounia, à Marrakech, et qui m'invitent, et comme ce sont souvent des gens très gentils, mais qui vivent ailleurs, ils ne m'en veulent pas quand je refuse, et c'est merveilleux de pouvoir refuser avec soulagement, de le pouvoir et de rentrer chez soi et retrouver Miss Solitude 1973 ou 1974. Et parfois, il y a un bal, quelque chose comme aux temps anciens, comme Besteguy, à Venise, après la guerre, — auquel je n'étais pas invité — ou comme celui de Patino, à Lisbonne, auquel je n'ai pas pu me rendre, et comme je suis profondément curieux de savoir comment les gens vivaient autrefois, j'accepte, et c'est ainsi que j'ai accepté une aimable invitation des Guy de Rothschild pour me rendre au bal Proust, dans leur propriété à la campagne, où quatre cents personnes étaient venues habillées comme au temps de Guermantes. C'était un bal merveilleux, je me livrais à mon occupation préférée, qui consiste à être assis dans un coin à fumer un cigare et à regarder, que ce soit au bord de l'océan ou à un bal, et c'est là que ça s'est produit, cette histoire dont tu parles. Un groupe de jeunes filles s'approche de moi et m'annonce que je venais d'être choisi par elles comme l'homme le plus « attractif » de la soirée. Je ne suis pas tombé de la dernière pluie et j'ai compris que c'était l'heure qui sonnait. Tu comprends, il y avait là toute la jeunesse dorée de Paris, de jeunes loups « attractifs » en veux-tu en voilà, mais choisir l'un d'eux, pour ces demoiselles, ç'aurait été gênant, compromettant même, parce que ç'aurait été *vrai*, alors elles se sont rabattues sur un gars à barbe grise et frisant la soixantaine, parce que c'était innocent, chic et ça n'engageait à rien... Tu sais, la môme qui te déclare que pour elle, l'homme le plus « séduisant », c'est Pablo Casals... Ça voulait dire que je n'étais plus dans la course, à leurs yeux. Le musée, quoi. Et le lendemain, j'ai reçu même un « prix », un chandelier du XVIIIe siècle, c'était le coup de grâce, plein de grâce d'ailleurs...

F. B. : *Tu as renvoyé le cadeau?*

R. G. : Non. Je l'ai gardé, il avait de la valeur. Mais comme il se trouvait là quelques journalistes, ce fut l'origine du petit sondage en question. Et comme mon amour de la féminité a toujours été évident, dans ma vie et dans mon œuvre, et que notre société *macho* réduit toujours la femme à une histoire de fesses, j'ai eu ainsi droit à ce moment de gloire, c'est-à-dire, à cette réputation de vieux marcheur. J'ajoute qu'en dehors de toute question de valeur, d'authenticité, même en se situant sur le terrain de la sexualité seule, de la sexualité sans amour, sans poésie, physiologique, et comme telle nécessaire et voulue par la nature, la notion « homme à femmes » est aussi débile que la notion « femme à hommes », mais que notre civilisation a fait de la première un compliment, et de la seconde, une insulte, ce qui est ignoble. « Un homme à femmes », et tout le monde sourit, c'est charmant, mais « une femme à hommes », on appelle ça une « nymphomane ». Ah, les salauds! Tout ce vocabulaire est d'une prétention masculine folle, le vocabulaire de la femme « possédée », « eue », « baisée », alors que si l'on compare les deux sexualités lorsqu'elles sont normales, je veux dire sans déficience, on s'aperçoit immédiatement que la sexualité de la femme est souvent beaucoup plus riche, plus variée, d'une gamme plus large de résonance et que le fait même que les hommes sont très fiers lorsqu'ils se sont montrés « à la hauteur » implique une notion d'inégalité qui n'est pas à leur avantage... Mon Dieu, quand est-ce qu'on verra enfin disparaître des lèvres masculines ces petits sourires vainqueurs et satisfaits, à peine esquissés pour montrer qu'on est malgré tout un gentleman et dont le comique n'a encore jamais été utilisé comme il aurait dû l'être ? Le roman comique du *machismo* et de la sexualité en général n'a encore jamais été écrit... J'y pense.

F. B. : *Je me souviens néanmoins qu'il y eut, alors que tu étais consul général à Los Angeles, quelques échos dans la presse où l'on suggérait que tu t'occupais plus des vedettes que des intérêts commerciaux de la France, par exemple... Il me reste dans l'oreille l'expression lue dans un journal qui te qualifiait d' « attaché sexuel »...*

R. G. : Oui, et tout le monde sait que la presse dit toujours la vérité, que lorsqu'un zozo écrit que « les faibles sont toujours perdants dans les livres de Romain Gary, ce n'est pas pour rien qu'il est gaulliste », il sait de quoi il parle, et que lorsqu'un hebdomadaire américain écrit que Jean Seberg,

qui était ma femme, attend un bébé d'une
« Panthère noire », il sait de quoi il parle. Leur
rédacteur avait assisté à l'émission de sperme,
l'avait savourée et savait reconnaître la Panthère
noire de Chamade, Miss Dior du bordeaux ou du
bourgogne. J'avais établi les meilleurs rapports
avec les grands industriels californiens et les industriels français de passage s'en souviennent, il
faut croire, puisque aujourd'hui encore, quinze
ans plus tard, ils m'envoient souvent leurs cartes,
leurs vœux de Nouvel An et leurs remerciements.
Odlum, le patron de General Dynamic, qui passait ses journées au téléphone dans sa piscine
chauffée, parce qu'il souffrait d'arthritisme, recevait à Indio tous les Français que je lui recommandais, et la même chose était vraie de Douglas, qui
avait pris les premières options sur la Caravelle,
dont j'avais inauguré le premier vol, en Californie. Et c'était vrai de Gross à Lockheed et de
Hotchkiss, le grand manager de l'électronique qui
mourait déjà peu à peu de son cancer, mais qui
avait reçu jusqu'à la fin les industriels français que
je lui envoyais et avait souvent traité avec eux. Je
n'ai pas à me défendre sur ce point, le dossier est
là, mais j'ai quand même le droit de dire que
lorsque j'ai quitté mon poste après cinq ans, à la
fois l'ambassade à Washington et la direction du
personnel à Paris m'ont demandé de rester. Bien
sûr, les vedettes se remarquaient plus, mais Hollywood n'était qu'un fragment de mon activité, il
y avait la radio et la télé, où la guerre d'Algérie

venait de faire son apparition, et l'arrivée au pouvoir de De Gaulle, en 1958, qui était présentée par les correspondants américains à Paris, et notamment par mon ami David Schonbrunn, comme une dictature et le début du fascisme en France. Il y avait les universités et la colonie française, dont deux mille bergers basques dans les montagnes californiennes, il y avait l'Arizona et le Mexique, où la France était si ignorée que j'avais droit parfois à des surprises admirables. C'est ainsi qu'une école religieuse, à Pomona, décide d'organiser une petite soirée placée sous le signe de la France et de Jeanne d'Arc, et je reçois une lettre touchante, où l'on m'invite à venir présider ces réjouissances comme représentant de ce pays mythique. J'y vais. Je suis reçu par des religieuses et les écolières, dont l'aînée ne devait guère avoir plus de quatorze ans. Les bonnes sœurs me présentent le programme de la soirée... Et tu sais ce qu'il y avait sur la couverture? Une pute traditionnelle, avec sac à main, appuyée contre un bec de gaz à Pigalle. Elles ne savaient pas que c'était une pute, ces braves sœurs : elles croyaient que c'était une vraie jeune fille française...

F. B. : *Qu'est-ce que tu as dit?*

R. G. : Rien. Moi, je représentais tous les Français et toutes les Françaises, et celle-là en était incontestablement une, sous son bec de gaz. Et puis, comme ça, cette pute, elle est restée vierge à leurs yeux... Et le début du Lido à Las Vegas...

C'était la première fois que le Lido se manifestait là-bas et on m'invite pour l'inauguration. Je consulte Alphand par téléphone — Alphand avait pris la succession de Couve de Murville — et il me dit : « Allez-y, mais n'y allez pas *trop*. » J'y vais, j'inaugure, je préside, je serre les cuillères, je fais digne, je fais sérieux comme un pape, comme Alphand, lorsqu'il fait sérieux. Je ne me souviens plus comment elle s'appelait, la meneuse de revue, mais c'était une petite Marseillaise très gentille, à qui j'ai fait visiter plus tard le Disneyland à Los Angeles. A quatre heures du matin, je retourne à mon hôtel, complètement crevé... J'entre. Et qu'est-ce que je trouve, sur le lit? Six créatures absolument, enfin, absolument pour James Bond, lorsque celui-ci est en pleine possession de ses gadgets, complètement à poil, avec une pancarte *Vive la France*, oui, *Vive la France*, à quatre heures du matin, six...

F. B. : *Qu'est-ce que tu as fait?*

R. G. : Qu'est-ce que tu voulais qu'il fît contre six? Qu'il mourût?

F. B. : *Ou qu'un beau désespoir alors le secourût.*

R. G. : ... secourût, secourût c'est vite dit...

F. B. : *Alors, qu'est-ce que tu as fait?*

R. G. : Je ne me souviens plus du tout. Une sorte de blanc, tu vois.

F. B. : *Je vois.*

R. G. : Un trou de mémoire. J'ai dû me rouler en boule et dormir, quoi! Je ne me souviens pas. Il y a une limite aux obligations, même pour un consul général de France. Et puis, j'étais ès qualités. En fonction. Le prestige, tu sais. Les trous de mémoire, c'est parfois très bon pour le prestige.

F. B. : *Tu as raconté ça à Alphand?*

R. G. : Non. Il aurait été furieux et la prochaine fois il y serait allé lui-même.

F. B. : *Tu m'as souvent dit que la Californie fut ton plus beau poste diplomatique... et les meilleures années de ta vie?*

R. G. : Les plus légères, en tout cas... les moins fourbues. Et à la fin, j'ai rencontré Jean Seberg, qui avait vingt ans, j'ai quitté la Carrière pour être libre, ensuite nous nous sommes mariés et nous avons eu un fils, nous avons vécu ensemble neuf ans.

F. B. : *Pourquoi avez-vous divorcé?*

R. G. : Parce que nous avons été heureux ensemble pendant neuf ans et ça commençait à se déglinguer, à s'user, à perdre l'inspiration, à se délaver, et je n'aime pas les compromis lorsqu'il s'agit d'amour, et il valait mieux sauver le passé, le souvenir de neuf années heureuses, que d'essayer de s'arranger et de faire du clopin-clopant. Et nous avons divorcé. Ce fut un divorce parfaitement réussi, et comme j'avais quelque vingt-cinq ans de plus que Jean, tout naturellement, elle est passée du rôle de ma femme à celui de ma fille, et comme je n'ai jamais eu de fille, c'est pas mal non plus.

F. B. : *Pendant toute la période de votre mariage, la presse américaine, surtout la presse américaine te présentait comme une sorte de Svengali ou de Pygmalion exerçant une emprise totale sur Jean Seberg et la formant, la malléant à ton gré ?*

R. G. : Jean a eu beaucoup plus d'influence sur moi que moi sur elle, et je crois que cela peut se prouver immédiatement. Quand je l'ai rencontrée, elle était une vedette de cinéma et moi un consul général de France. Quand nous nous sommes séparés, elle était toujours une vedette de cinéma et moi je suis devenu metteur en scène de cinéma. Alors, quand on parle d'influence, c'est exactement le contraire de tout ce que la presse a raconté et de toute façon, il faut voir quelle presse...

F. B. : *A Hollywood tu as pourtant trouvé le temps pour terminer* Les Racines du ciel, *écrire* La Promesse de l'aube, Les Mangeurs d'étoiles, Lady L. *et les cinq cents pages de ton essai sur le roman* Pour Sganarelle. *Comment arrivais-tu à concilier le roman, cela avec une vie que l'on pourrait qualifier de superficielle ?*

R. G. : Si tu me permets d'ouvrir une parenthèse, en mettant un instant de côté tous mes lieux de passages terrestres, que ce soit Hollywood ou la Bolivie, je voudrais te dire que pour moi toute la notion de « profondeur de l'homme » n'a de profond que sa prétention. La « profondeur » est un rapport tragique que l'homme a avec sa superficialité foncière, lorsqu'il en prend conscience. La tragédie profonde de l'homme, c'est sa superficialité, son insignifiance. Il y a certainement des misères profondes, mais là aussi nous sommes dans le superficiel, parce que c'est remédiable, parce que c'est susceptible de guérison. La « profondeur » de Freud, enfin, c'est risible : la *nursery*. Je ne veux pas revenir là-dessus, mais je vais simplement te demander la permission de te citer les titres du chapitre XLIX de *Pour Sganarelle :* « Comment le comportement marginal aberrant devient signification profonde et recèle le sens de l'homme. » « Le névrosé comme détenteur d'une connaissance privilégiée. » « Retour aux sociétés primitives : le fou redevient l'enfant chéri de Dieu. » « L'adoration du langage, relique de la clé. » Et enfin, qu'y a-t-il de plus agréable, après une empoignade littéraire avec soi-même, que d'aller au cirque, car Hollywood avait été conçu et avait grandi dans la grande tradition du cirque américain, de Barnum, et ses patrons tant qu'il y en a eu sont tous restés des hommes de cirque... Lorsque tu allais au Disneyland, tu avais cinq chances sur dix d'apercevoir à l'entrée, derrière la grille, un type qui se tenait là, les mains dans les poches, et surveillait la recette, avec l'air de compter les clients qui entraient : c'était Walt Disney lui-même. Ou Walter Wanger... Walter était considéré comme le producteur le plus cultivé de Hollywood, parce qu'il avait eu à son service Scott Fitzgerald, déjà au bout du rouleau, mais à qui il avait donné le coup de grâce. C'était un *macho*, il avait blessé de deux coups de revolver à l'aine — il visait bas — l'amant de sa femme Joan Bennett. Un jour, il vient me trouver au consulat, m'annonce qu'il a l'intention de tourner un film à petit budget, huit cent mille dollars, *Antoine et Cléopâtre*, avec Joan Collins... Et il me propose le rôle de César! Il m'expliquait que ce serait bon pour le prestige de la France! Tu vois la tête de Couve de Murville, s'il voyait le générique! Il est revenu à la charge plusieurs fois, et puis il s'est rabattu sur Rex Harrison dans *mon* rôle... et avec Elisabeth Taylor dans le rôle de Cléopâtre... et le film à petit budget est devenu le film à vingt-sept millions de dollars que tout le monde connaît... Je crois que je vivais là les dernières « années folles », la fin du grand cirque... Je me souviens d'une cérémonie officielle en l'honneur de La Fayette — c'est toujours La Fayette, en Amérique —, alors que Rochambeau leur avait rendu beaucoup plus de services, mais La Fayette avait le sens de la publicité, et tout son passage à travers l'histoire, c'est de la pube avec un produit douteux dedans... Je me souviens d'une cérémonie donc, où j'ai dû me mettre en uniforme diplomatique, chapeau à plumes, habit brodé d'or, épée et tout. Je l'avais emprunté à Jacques Vimont, qui est aujourd'hui notre ambassadeur à Moscou, mais qui à l'époque était assez mince. Succès au-delà de tout espoir. Au lendemain de la cérémonie, je commençai à recevoir des télégrammes de tous les agents de presse et de publicité qui m'invitaient ici ou là, pour une telle ou une telle campagne de promotion de tel ou tel article, automobiles ou machines à laver, avec mon uniforme et mon chapeau à plumes, pour lancer les produits, et est-ce que je voudrais bien faire un « commercial » à la TV pour une nouvelle lotion après rasage? On me proposait mille dollars par apparition. Ce n'est pas l'Amérique, ça : c'est la Californie. Et écoute ceci : le shérif de Los Angeles, qui s'appelait Biscaillouz et qui était d'origine basque, invite le corps consulaire à déjeuner. Où? A l'intérieur de la prison de la ville, section des femmes, derrière les barreaux, avec gardes armés... et le corps consulaire était servi par... les *prisonnières!* Je ne sais pas si tu te représentes le genre de cinéma que c'était? Le réfectoire de la prison, entouré de barreaux, les gardes armés dans chaque coin et les prisonnières en tenue, les droguées, les voleuses, les racoleuses, les putains à cinq dollars, en tenue de prisonnières, servant le shérif et ses invités, le consul général de Grande-Bretagne avec monocle à sa droite, et le consul général de France à sa gauche, et les autres consuls disposés autour, tous très distingués. Et pendant tout le repas, j'ai eu droit à une pétroleuse qui plaçait des plats devant moi en me faisant à l'oreille des offres de service extrêmement précises, avec le sourire le plus innocent. La Californie, quoi! Oui, les cinq meilleures années de ma vie, les plus faciles... Une sorte de dessin animé où les monstruosités étaient désamorcées par le burlesque, comme cette femme d'un producteur, à ma table, après une distribution des oscars, qui me répétait devant son mari : « *Fuck me, Consul General, honey, fuck me* », et son mari qui se penche vers moi, et qui m'explique que sa femme est possédée par un démon depuis plusieurs semaines et qu'il est très difficile de l'exorciser. Tu sais qu'en ce moment le plus grand succès de cinéma, là-bas, c'est *The Exorcist,* l'histoire d'une fillette possédée par le démon, mais la Californie a toujours été le terrain de prédilection de toutes les sectes mystiques que tu peux imaginer, des adoratrices du diable et des filles chéries de Belzébuth et tout cela a mené à l'affreux massacre de Charles Manson, lorsqu'un goupe de hippies drogués ont tué à coups de couteau Sharon Tate, l'enfant qu'elle portait dans son sein et tous leurs invités. C'est un pays où l'on passe facilement de l'obsession sexuelle à l'obsession religieuse et où l'on mélange tout aussi volontiers le sperme à l'eau bénite. Et ils ont des lois extravagantes. Peu de temps après mon arrivée, j'ai eu affaire à la police parce que je m'étais rendu coupable de « viol technique »...

F. B. : *Tu devrais peut-être expliquer ce que c'est un « viol technique », aux États-Unis.*

R. G. : Eh bien, je roulais tranquillement en voiture dans l'Arizona, où je venais de rendre visite à mon consul à Phoenix, Paul Coze, qui est un grand ami des Peaux-Rouges, un peintre connu là-bas et un homme délicieux. Au bord de la route, je vois une jeune femme qui fait de l'auto-stop. Je m'arrête, elle monte, elle m'annonce qu'elle va à Los Angeles et nous voilà en route pour la Californie. Une belle fille rousse, qui devait avoir une vingtaine d'années, avec des seins en boulets de canon, et qui s'appelait Lesley, comme ma première femme, ce qui est toujours très émouvant, un signe du destin. On fait étape pour déjeuner, on continue, et je venais à peine de franchir la ligne entre l'État de l'Arizona et l'État de Californie, lorsque je vois une voiture de police et deux flics qui me font signe de m'arrêter. Je m'arrête, les flics demandent à la fille ses papiers, elle les avait sur elle, ce qui a immédiatement éveillé ma suspicion parce que personne ne porte de papiers d'identité en Californie sur soi. Le flic jette un coup d'œil sur le document qu'elle lui tend, sort une paire de menottes de sa poche et m'informe que je suis en état d'arrestation, parce que je venais de me rendre coupable de « viol technique ». On appelle « viol technique » dans la loi américaine le passage d'une frontière entre un État et un autre en compagnie d'une fille mineure et ça te vaut cinq ans de prison, parce que la loi estime qu'il ne s'agit pas d'une *présomption* de viol, mais de viol tout court, et tu ne peux pas prouver que tu n'as pas consommé l'acte, tu es sans défense. J'ai exhibé mon passeport diplomatique et ma carte consulaire, mais ils ne voulaient rien entendre, et j'ai dû téléphoner au gouverneur de Californie pour pouvoir rentrer chez moi. Grâce au privilège diplomatique, je n'ai pas été inquiété, mais j'ai loué un détective privé, et je pus découvrir ainsi que la fillette en question était la fille du flic qui m'avait arrêté, que c'était un coup monté, ils avaient pensé que j'allais avoir peur du scandale et qu'ils allaient me soutirer quelques milliers de dollars, puis laisser tomber. C'est ainsi que je me suis rendu coupable de « viol technique », ce qui est vraiment la forme de viol la moins satisfaisante qu'on puisse imaginer.

F. B. : *Tu étais à Los Angeles, en 1956, lorsque tu as eu le prix Goncourt pour* Les Racines du ciel*?*

R. G. : Non. Je venais d'être envoyé en mission comme chargé d'affaires en Bolivie, et c'est là que j'ai bien failli ne pas avoir le prix Goncourt...

F. B. : *Ne pas* avoir*?*

R. G. : Oui, on ne donne pas le prix Goncourt à titre posthume. Quelques jours avant l'attribution du prix, je m'étais rendu avec un ou deux collaborateurs, dont Boulanger, l'attaché commercial, en expédition dans l'île du Soleil, au milieu du lac Titicaca. La Bolivie était alors, comme elle l'est encore aujourd'hui, en état de révolte chronique. C'étaient les grandes années de Lechin, chef syndicaliste des mineurs boliviens qui se baladaient avec des bâtons de dynamite enfoncés sous la ceinture. Par mesure de sécurité, la circulation était interdite la nuit sur les routes. Nous prenons le bac et nous arrivons dans l'île du Soleil. Il faisait très chaud et j'avais soif. Je prends une bouteille de bière, je fais sauter le capuchon et je bois au goulot... Je sens une déchirure dans la gorge, et en regardant le goulot de la bouteille, je m'aperçois que celui-ci s'était fendu et que j'en avais avalé la moitié, deux centimètres et demi de verre pointu. C'était la perforation intestinale garantie sur facture. Il n'y avait pas de téléphone et il n'y avait pas moyen de quitter l'île pendant douze heures, avant le rétablissement de la circulation et des communications, le lendemain matin. Boulanger me regarde, fait une tête affreuse et me dit avec beaucoup de bon sens : « Merde, c'est dommage pour le Goncourt. » Je m'assieds par terre, pas tellement content et j'attends les premières douleurs pendant que le guide bolivien se marre par politesse, parce que c'était le genre de gars que la mort faisait rigoler, c'était nerveux chez lui. Finalement, le restaurateur de l'endroit suggère une solution : il y a dans l'île une sorcière célèbre par ses guérisons miraculeuses. Je dis, va pour la sorcière. On m'amène alors une créature incroyable, vieille et ricanante, malodorante, et qui m'a tout de suite inspiré confiance parce qu'elle avait une si sale gueule qu'il était en effet évident qu'elle avait de bons rapports de cousinage avec le Destin. Elle s'en va, et revient avec deux kilos de mie-e pain et une bouteille d'huile absolument ignoble et m'invite à avaler le tout et ce fut atroce mais je me suis tapé consciencieusement les deux kilos de mie de pain fraîche et la bouteille d'huile et je me suis couché, en essayant de ne pas dégueuler et je n'ai pas fermé l'œil de la nuit, des fois que je n'aurais pas le Goncourt. Je n'ai pas eu les moindres douleurs et lorsque je suis rentré à La Paz, à l'hôpital, on m'a retiré le verre sans trop de dégâts, entouré d'une sorte de pâte protectrice faite d'huile et de mie de main. Comme quoi il ne faut pas cracher sur les sorcières. Quelques jours plus tard, les journaux boliviens annonçaient en première page : « *Premio Goncourt aqui* », le prix Goncourt ici, donnant ensuite la nouvelle proprement dite en petits caractères à l'intérieur, si bien que tout le pays avait eu l'impression que c'était un écrivain bolivien qui venait d'avoir le prix Goncourt. J'ai eu droit à quinze jours de congé à Paris et j'ai repris mes fonctions à Los Angeles où je suis resté encore quatre ans.

F. B. : *Quel effet cela fait-il de recevoir le Goncourt?*

R. G. : Un effet Hollywood. C'est un moment publicitaire, dans l'éphémériat général des récompenses, des acclamations et des critiques.

F. B. : *Ça n'a rien changé dans ta vie?*

R. G. : Ça a changé mon logement. J'ai pu m'offrir *Cimarrón,* ma maison à Majorque au bord de la mer, où je passe cinq ou six mois par an, quand je suis quelque part.

F. B. : *Tu passes beaucoup de temps nulle part?*

R. G. : Beaucoup, mais au moins, j'en ai conscience, alors que la plupart des gens que je rencontre sont tellement installés et convaincus qu'ils sont chez eux, ici, que c'est effrayant... d'irréalité. Évidemment, depuis que j'ai quitté la Carrière, je ne cesse de parcourir le monde professionnellement, journalisme ou films, ou simplement pour suivre la rotation de la terre, qui a besoin d'être surveillée...

F. B. : *Le moment où tu quittes Los Angeles correspond à un changement dans ta vie. Tu divorces de ta première femme, tu te sépares du Quai en prenant une « disponibilité » de dix ans, et, tout en continuant à publier tes romans chaque année, tu fais de la mise en scène de cinéma et du journalisme, surtout en Amérique... C'était une cassure délibérée?*

R. G. : Oui. J'avais quarante-six ans et je m'étais trop installé en moi-même et dans la Carrière, j'étais menacé de routine et de moi-même à perpétuité... J'ai décidé de tout foutre en l'air, une sorte de révolution culturelle, à la chinoise, à titre personnel de remise en question. Ce ne fut pas sans difficulté, surtout en ce qui concernait la Carrière. Je m'étais habitué au Club, à la vie privilégiée à l'étranger, à l'extra-territorialité et à tout le petit ballet intérieur du ministère, les amitiés, la valse des postes, les pas feutrés dans les corridors et le sentiment de faire partie d'un Club très exclusif... D'ailleurs, dix-huit mois après avoir quitté, j'ai fait une chose extrêmement rare pour moi, j'ai fait un pas en arrière, et j'ai effectué auprès du Cabinet une démarche pour savoir si on me regrettait, si on pouvait se passer de moi, et si on n'était pas disposé à me supplier de revenir... Le directeur du personnel était peut-être mon meilleur ami dans la maison et voilà le texte de la lettre qu'il m'a écrite :

Mon cher Romain,

Bien que je sois Normand, la réponse que je vous apporte n'est pas le reflet de mon origine, mais bien celui de la réalité, telle du moins que je la vois.

Votre retour « au sein de l'Église » soulève, selon moi, un peu plus qu'une difficulté technique et beaucoup moins qu'une objection de principe.

La difficulté technique, vous la connaissez, ou plutôt vous la devinez, car les choses vont de mal en pis depuis le nouveau statut, qui a multiplié le nombre des ayants droit sans modifier celui des postes à distribuer.

Quant à une véritable objection de principe, elle se comprendrait mal. Dans la mesure où je puis saisir et définir ce que l'on pense en haut lieu, je dirai que l'on vous estime actuellement trop engagé dans des activités extérieures — le fait qu'elles soient brillantes et couronnées de succès ne fait d'ailleurs qu'aggraver les choses — pour être encore un « agent comme les autres ».

Cela ne signifie pas que vous n'avez plus votre place dans la maison, mais simplement que vous posez pour celle-ci un délicat problème d'utilisation.

Les données peuvent d'ailleurs en changer avec le temps, de même que peut se présenter un poste qui vous convienne en tous points. Il ne s'agit donc pas d'une position définitive et non sujette à révision.

Croyez, mon cher Romain...

Cela venait d'un copain, et c'était un exercice de bonne qualité et pour qui connaît le langage, la phrase clé était : « Les données peuvent d'ailleurs en changer avec le temps » ce qui voulait dire qu'il fallait attendre le départ de Couve de Murville, qui était alors ministre des Affaires étrangères. Et lorsque Couve de Murville est parti, j'ai reçu en effet de Baraduc, le directeur des Relations culturelles, et de Burin des Roziers, notre ambassadeur en Italie, la proposition de réintégrer le Quai en qualité de conseiller culturel à Rome. Mais à ce moment-là, je portais déjà les cheveux très longs, des blue-jeans, et après sept ans d'armée de l'air et quinze ans de Carrière, je n'avais plus envie de reprendre le collier.

F. B. : *Il ressort clairement de la lettre citée que Couve de Murville s'était opposé à ton retour « au sein de l'Église ». Tu lui en veux?*

R. G. : Pas du tout. J'ai gardé des rapports amicaux avec Couve. Le refus de me réintégrer n'était pas la conséquence de ses rapports avec moi, c'était la conséquence des rapports qu'il avait avec lui-même. Il me semble — qu'il me pardonne! — que Couve de Murville a des rapports assez difficiles avec lui-même, et il est de règle que dans de tels cas ce soient les autres qui paient les frais. Son rigorisme disciplinaire était connu au Quai, aussi connu que le goût de Georges Bidault pour les cornichons. Mais il n'hésitait pas devant le sacrifice. Un des spectacles les plus effarants auxquels il me fut donné d'assister, ce fut la visite de Couve de Murville au Disneyland, lorsqu'il était ambassadeur de France à Washington. Il se pliait à la tradition folklorique américaine avec une abnégation admirable et je te jure que voir Couve de Murville tournoyer dans une de ces tasses de thé sur soucoupe qu'ils ont au Disneyland, ou chevaucher les chevaux de bois, fut un des plus admirables exemples de dévouement à ses fonctions et obligations représentatives qu'un ambassadeur protestant puisse donner... Non, je ne lui en ai pas voulu, et d'ailleurs, au moment de mon retour de Los Angeles, j'ai eu droit à une belle compensation. De Gaulle m'avait invité à déjeuner, — il y avait là, entre autres, Galuchon, ainsi que trois ou quatre personnes, si on veut des témoins... Le général me demande : « Qu'est-ce que vous comptez faire à présent, Romain Gary ? » Je réponds que je suis au frigidaire : c'est ainsi qu'on appelle au Quai les diplomates sans affectation. Et il me dit : « Voulez-vous venir travailler avec moi ? » Il n'a mentionné aucune fonction précise mais le seul poste disponible auprès de lui à ce moment-là était celui de conseiller diplomatique. Bon, le poste de conseiller diplomatique du général de Gaulle, ça fait énorme, vu de l'extérieur, mais en réalité, c'était sans contenu, de Gaulle avait à peu près autant besoin d'un conseiller diplomatique que ta Suisse natale d'un supplément de montagnes.

F. B. : *Qu'est-ce que tu as répondu au général ?*

R. G. : Au moment où j'ai répondu, il était trop tard, parce que j'avais l'air d'avoir réfléchi quelques secondes, et c'était impensable. C'était déjà perdu... En réalité, je n'y réfléchissais pas, j'étais abasourdi. Je savais bien que conseiller diplomatique ou autre chose, ce n'était que de la présence. Mais j'étais alors diplomate de carrière à un poste de conseiller auprès de De Gaulle, c'était la certitude d'une carrière faite. Et pour un amateur de la nature humaine, quel poste d'observation ! Et puis, pouvoir parler avec le vieux à peu près tous les jours... J'imagine que l'on n'aurait jamais parlé d'autre chose que de Malraux. Mais quand même... J'ai répondu : « Mon général, je veux écrire. » Il a parlé d'autre chose : de la traduction par Hammarskjöld des poèmes de Saint-John Perse... J'en ai été malade pendant plusieurs jours.

F. B. : *Pourquoi avais-tu refusé?*

R. G. : Par loyauté.

F. B. : *Envers qui?*

R. G. : Par loyauté envers de Gaulle. Je ne pouvais pas lui faire ça.

F. B. : *En quel sens?*

R. G. : Je connaissais l'homme et ses exigences. Je ne pouvais pas travailler auprès de Charles de Gaulle parce que je voulais garder ma liberté sexuelle.

F. B. : ...

R. G. : Ce n'est pas la peine de te marrer. Ce que je dis, c'est que je ne pouvais pas être un collaborateur du général, je ne pouvais pas assumer ce qu'il exigeait de la hiérarchie officielle qui l'entourait et avoir une vie sexuelle libre. C'est une question de droiture. Et je crois que personne, dans ma vie, à part Françoise, au Quartier latin, ne peut m'accuser d'avoir manqué de droiture. De Gaulle avait une éthique de respectabilité dans sa conception de la fonction publique que je ne pouvais pas, ne voulais pas prendre à mon compte, assumer. J'avais donc à choisir entre le mensonge, une double vie et le refus. C'étaient mes dernières jeunes années, enfin, relativement jeunes, et je n'allais pas sacrifier ma nature, mon amour de la vie, à l'ambition, au souci d'arriver. Je ne pouvais pas honorer le contrat. Je peux me faire de ma vie privée l'idée que je veux, mais en devenant un collaborateur direct du général de Gaulle, j'entrais dans l'éthique de vie d'un autre, une éthique dont je connaissais les exigences et que je me devais de respecter, par loyauté. Bien sûr, je me demande aussi parfois si je ne me suis pas fait snober...

F. B. : *Il devait y avoir en effet une incompatibilité absolue entre toi et le général de Gaulle sur ce plan-là... C'était un austère.*

R. G. : Personne n'en sait rien. Nous l'avons connu sur le tard, quand il s'était déjà mis dans le monument... Sa jeunesse à Varsovie ou ailleurs... Rien! Je vais te raconter par exemple une petite anecdote que je tiens de l'ancien secrétaire d'État aux Affaires étrangères, M. de Lipkowski.

F. B. : *Il l'est toujours!*

R. G. : Ah bon. Il a écrit un très bon livre sur la Chine, *Quand la Chine s'éveillera*.

F. B. : *Mais non, ce n'est pas lui, c'est Alain Peyrefitte qui l'a écrit!*

R. G. : Oui, oui, c'est ça. En tout cas, voilà l'histoire que je tiens de lui. Il faisait alors sa première campagne de député dans la région parisienne. Il s'était lancé dans un très beau discours du genre : « De Gaulle est grand, noble, pur, beau et généreux » : le sabre au clair, quoi. Brusquement, dans la salle, il y a un bonhomme qui se lève. « Vous nous faites marrer, avec votre de-Gaulle-Marie-pleine-de-grâce! gueule-t-il. Ma femme faisait la bonniche chez les de Gaulle quand elle était môme. Eh bien, votre de Gaulle, il lui a mis la main au panier! »

F. B. : *Ciel!*

R. G. : Le plus marrant, c'était l'effet dans la salle, paraît-il. Il y a eu scission, avec ligne de partage idéologique qui passait par le milieu. Une partie des électeurs s'était mise à gueuler : « Mais tu ne l'as pas regardée, ta morue! » et l'autre : « Bravo, ça prouve qu'il en avait! » En avoir ou pas, tu comprends, c'est vraiment un cri qui vient du fond du cœur, semble-t-il...

F. B. : *On imagine mal de Gaulle faisant ça.*

R. G. : On imagine mal de Gaulle en général.

F. B. : *Tu es sûr que c'est vrai?*

R. G. : Je te raconte ce qui s'est passé pendant la campagne électorale du député Jean de Lipkowski et l'incident est véridique. Le reste... On a toujours parlé de De Gaulle comme de la statue du « Commandeur » qui vient entraîner le libertin aux enfers : pour un homme qui a séduit un pays pendant vingt ans et qui était certainement à cet égard le plus grand séducteur que la

France ait suivi depuis Bonaparte, c'est quand même assez marrant.

F. B. : *Tu passes là avec ta virtuosité habituelle sur un certain aveu que tu viens de faire « dans le mouvement », ce qui te permet à la fois de dire la vérité et de glisser sur elle... Tu refuses donc de devenir un collaborateur direct du général de Gaulle « pour conserver ta liberté sexuelle », ce qui me semble être bien moins une proclamation de foi libertine que, bien au contraire, un désaveu secret de toi-même et un respect assez humble pour les critères moraux de l'autre, les critères moraux de De Gaulle. En somme, quelque chose comme le sentiment de ta propre indignité...*

R. G. : Écoute, François, à partir du moment où tu mets mon « je » en accusation, où tu en fais une prise de conscience dans l'indignité et le zéro, ça me va... Je n'ai cessé de répéter au cours de ces entretiens que je n'ai aucun égard pour mon « je ». Mais je suis obligé de revenir là à la question de la loyauté. J'ai toujours joué loyalement le jeu de l'équipe à laquelle j'appartenais. Pendant mes quinze années de Quai d'Orsay, je jouais comme les autres membres de l'équipe, je parlais le langage convenu, je m'habillais à Londres, je faisais distingué. Les civilisations, les sociétés et l'homme lui-même sont, pour une grande part, une affaire de conventions, un jeu d'équipe où l'on respecte les règles arbitrairement inventées, formulées, codifiées. Or, s'il est une chose dont je suis totalement incapable, c'est d'entrer dans une équipe en acceptant la règle du jeu et me proclamer en même temps libre de toutes obligations envers l'équipe et la règle. Je connaissais l'éthique de Charles de Gaulle et de Mme Yvonne de Gaulle. Je ne pouvais pas entrer dans cette équipe et faire pseudo, tout en continuant à payer mon tribut à une tout autre idée de la France...

F. B. : *De quelle façon, exactement?*

R. G. : Je préfère les femmes à de Gaulle, ça te va, comme points sur les *i*? Et je te signale que c'est une société tellement faux jeton, une société qui fait dans le sourire malin dès qu'on parle de sexualité, qu'il est impossible à un homme de dire son amour de la vie sans être immédiatement réduit au rang de dégorgeur de limaces...

F. B. : *Néanmoins, dans ce refus il y avait ton respect pour de Gaulle...*

R. G. : Il y avait surtout de la compréhension pour les valeurs d'un autre et l'univers éthique d'un autre.

F. B. : *Cela ne tirait pas un peu sur la vénération?*

R. G. : Non. J'ai toujours préféré les femmes à de Gaulle, c'est tout. Je me désolidarise complètement et de plus en plus de toutes les valeurs dites viriles...

F. B. : *A mesure que les années passent?*

R. G. : *No comments,* comme précédemment. J'ai toujours adoré la vie et maintenant que c'est bientôt fini...

F. B. : *Qu'est-ce qui est bientôt fini?*

R. G. : ... Et maintenant que ma vie tire à sa fin, je ne cherche pas refuge dans l'abstraction, que ce soit Dieu ou la féminité, élevés au niveau d'un culte. Les au-delà, une « autre vie » ne m'intéressent pas : j'aime trop dormir. Je constate simplement que si je regarde ma vie, si je me penche sur mon passé, je sais que mes plus beaux instants me sont venus de la féminité. Et que « valeurs chrétiennes » ou « socialisme à visage humain », ce sont des notions féminines. Et que le fait historique implacable dans son évidence, c'est que la féminité, ce n'est pas de Chine, de l'U.R.S.S. ou des États-Unis qu'elle nous parle...

F. B. : *Tu vas avoir soixante ans, en mai 1974. Comment ça se présente?*

R. G. : Ça se présente. C'est tout.

F. B. : *Mais pour l'avenir?*

R. G. : Mes histoires posthumes ne m'intéressent pas. D'ailleurs, je ne risque rien. Je connais un truc.

F. B. : *Un truc?*

R. G. : Oui. Le jour où je ne pourrai plus faire l'amour aux femmes, je leur gratterai le dos.

F. B. : ... ?

R. G. : Oui. Elles adorent ça. Toute ma vie, j'ai entendu : « Gratte-moi le dos. » Alors, quand tout le reste sera parti, je leur gratterai le dos.

F. B. : *Et l'amour?*

R. G. : Il passe par des temps très difficiles. Il y a une crise d'imagination, et sans imagination, l'amour n'a aucune chance. La démythification de tout est passée par là aussi. A un excès de romantisme, de bla-bla-bla, d'idéalisme et de lyrisme, ou si tu préfères, au « bourrage du crâne », a succédé le lavage du cerveau, au nom du réalisme, alors qu'on oublie que le réalisme lui-même a une part de convention, une part de convention culturelle. On a volé à l'homme sa part imaginaire, mythique, et cela ne donne pas un homme « vrai », cela donne un homme infirme et mutilé, parce qu'il n'y a pas d'homme sans part de poésie, il n'y a pas d'Europe sans part d'imaginaire, sans la « part Rimbaud », ce n'est pas le règne du réalisme, c'est le règne du zéro. Or, s'il est une part humaine qui ne peut pas se passer d'imaginaire, c'est notre part d'amour. Tu ne peux pas aimer une femme, un homme, sans les avoir d'abord inventés, tu ne peux pas aimer l'*autre* sans l'avoir d'abord inventé, imaginé, parce qu'une belle histoire d'amour, ce sont d'abord deux êtres qui s'inventent, ce qui rend la part de réalité acceptable, et indispensable même, comme matériau de départ. Ce qu'on appelait jadis le « grand amour », c'est le dévouement pendant toute une vie et souvent jusqu'à l'extrême vieillesse de deux êtres à cette œuvre d'imagination qu'ils ont créée ensemble et réciproquement, deux êtres qui se sont d'abord inventés... Mais le rêve a été cassé au nom du réalisme, et tout réalisme à cent pour cent est fasciste et nazi. Mais nous entrons ici dans le domaine de la mort des civilisations... Et c'est sans intérêt pour les lecteurs, ce n'est pas Gault et Millau.

F. B. : *Vas-y quand même.*

R. G. : L'homme sans mythologie de l'homme, c'est de la barbaque. Tu ne peux pas démythifier l'homme sans arriver au néant, et le néant est toujours fasciste, parce qu'étant donné le néant, il n'y a plus aucune raison de se gêner. Les civilisations ont toujours été une tentative poétique, que ce soit religion ou fraternité, pour inventer un mythe de l'homme, une mythologie des valeurs, et pour essayer de vivre ce mythe ou du moins s'en rapprocher, le mimer de sa vie même, l'incarner dans le cadre d'une société. C'est vrai pour l' « homme de la Renaissance », pour l' « homme de l'humanisme », pour l' « homme communiste », pour l' « homme de Mao ». La France elle-même en temps que mythe n'a existé qu'à partir de cette part de poésie et grâce à elle et les rapports de Mao avec Lénine, c'est la même exaltation de la part d'imaginaire que les rapports de De Gaulle avec la France. Dès que cette part d'irrationnel et de poésie est bannie, tu n'as plus que de la démographie, du numéraire, rigidité cadavérique et cadavre tout court. Il n'y a plus que l'homme économique, celui que Mao lui-même a condamné, ce qui est tout de même intéressant... Ce n'est ni de l'idéalisme, ni du romantisme : c'est une vérité immédiatement apparente dans toute l'histoire des civilisations. Quand une femme invente un homme avec amour, quand les hommes inventent l'humanité avec amour, cela fait aussi bien un couple qu'une civilisation. Mais les sociétés bourgeoises et les pseudo-communistes ont déshonoré l'imaginaire par le mensonge. Dans nos rapports avec les valeurs, les sociétés petites-bourgeoises et les sociétés petites-marxistes ont tué la « part Rimbaud », la part de beauté et d'imaginaire par l'usage constant qu'elles ont fait du mensonge. Et quand on a voulu balayer le mensonge dans les sociétés bourgeoises, on est allé jusqu'au bout, et on a balayé la part d'imaginaire, la part de poésie, sans laquelle il n'y a ni civilisation ni homme ni amour. Sur le plan de la réalité seule, l'homme, enfin, c'est indiscernable, parce que toutes les notions de fraternité, de démocratie, de liberté, sont des valeurs de convention, on ne les reçoit pas de la nature, ce sont des *décisions*, des choix, des proclamations d'imaginaire auxquelles souvent on sacrifie sa vie pour leur donner vie. Et si tu mets fin à ce « règne poétique », à cette « part Rimbaud » dans l'homme, dans les civilisations, dans le mot France, dans le mot Europe, rien ne t'empêche plus d'être cannibale ou procéder au génocide, parce que dès que tu supprimes la part mythologique, tu es à quatre pattes.

F. B. : *Il y a la magie noire et la magie blanche. Le fascisme aussi était une mythologie.*

R. G. : Je te parle là de culture : d'humanisme... A partir du moment où l'homme n'est plus une notion sacrée, c'est-à-dire proclamée telle, et donc choisie, inventée — tu n'es plus que dans un film pornographique, il n'y a plus d'amour possible... Et on ne peut pas vivre sans amour. En tout cas moi, je ne peux pas.

F. B. : *Alors, comment tu fais?*

R. G. : Je vis des histoires d'amour que j'écris. Je vais chercher ça chez les autres, je vis l'amour des autres... Comme dans *Les Enchanteurs,* mon dernier. Il n'y a pas un roman de moi qui ne soit pas une histoire d'amour, que ce soit pour une femme ou pour l'humanité, pour une civilisation ou pour la liberté, pour la nature ou pour la vie, ce qui revient du reste au même. Quand leur amour devient trop dévorant, quand il est écrasant par le contraste entre la grandeur de l'inspiration et du rêve et le comportement de l'objet aimé, mes personnages se mettent à danser la gigue pour essayer de se débarrasser de ce poids écrasant par la légèreté, comme Mathieu dans *La Fête coupable* et Gengis Cohn dans *La Danse de Gengis Cohn.* La

Danse de Gengis Cohn, c'est l'amour de mon personnage pour Lily et Lily, c'est l'humanité, Florian c'est la mort, et Gengis c'est l'amoureux transi, éternellement éconduit, et exterminé pour sa peine. Le thème de tous mes livres, y compris de ceux en apparence les plus frivoles, comme *Lady L.*, c'est la comédie de l'absolu, de l'inspiration, le rêve d'ailleurs...

F. B. : *Dieu?*

R. G. : Je ne cherche pas de résidence secondaire. Mais l'amour et la fraternité, ce sont là des exigences autrement difficiles. L'aliénation absolue de la culture est un des grands échecs de l'Occident, et elle est devenue l'Occident. La culture, depuis des siècles, est devenue soit privilège, soit délices, soit déviation, soit alibi, et c'est ce qui rend aujourd'hui toutes les idéologies impuissantes, c'est aussi ce qui a rendu le communisme stalinien, c'est Prague. Le communisme stalinien ou Prague, ce ne furent pas des échecs du communisme, ce furent des échecs du christianisme, qui avait raté la fraternité...

F. B. : *Lorsque tu as quitté la Carrière — et une certaine sécurité matérielle — comment as-tu vécu?*

R. G. : Mon éditeur américain et Gallimard m'ont garanti une rente, quelle que soit la vente de mes livres, je ne suis même pas obligé de publier, en ce sens que je peux mettre mes manuscrits de côté pour des publications posthumes. J'ai complété ça par le journalisme et le cinéma.

F. B. : *Tu es plus connu aux États-Unis qu'en France?*

R. G. : Je n'en sais rien, mais les tirages sont plus forts, là-bas. Pendant quelques années, j'ai beaucoup écrit dans les journaux et hebdomadaires américains, et je continue, mais moins. J'ai eu pendant deux ans un billet d'avion en blanc, tous azimuts, qui me permettait de courir n'importe où lorsqu'il y avait urgence, c'est-à-dire lorsque j'avais l'impression que j'étais ailleurs. Maintenant, j'ai ralenti parce que je veux passer plus de temps avec mon fils. Je ne voudrais pas qu'il me ressemble.

F. B. : *Lorsque je jette un coup d'œil à ton passeport, je trouve pour la seule année 1972 une trentaine de visas et de tampons d'entrées allant de l'Afrique à l'Asie, et de l'Amérique du Sud à la Pologne...*

R. G. : Je n'ai pas compté.

F. B. : *Mais comment arrives-tu à faire une œuvre littéraire, dans de telles conditions?*

R. G. : J'écris ou je dicte sept heures par jour dans n'importe quelles conditions et n'importe où, je ne pourrais pas supporter le monde sans ça. Il y a aussi le fait que je fus aviateur pendant sept ans et mes seuls vrais repos, mes « coupures », c'est l'avion, un long parcours au-dessus de la terre. Ce sont les seuls moments où tous les conduits nerveux qui me lient au monde et à toutes les peaux humaines sont rompus, la souffrance ne passe plus, elle ne m'appelle plus au téléphone. A l'arrivée, que ce soit à Bangkok, à Singapour ou au Yémen et quelles que soient mes obligations journalistiques du moment, je me jette sur du papier à partir du matin et je vais voir de quoi ça a l'air chez les autres. Le roman, c'est la fraternité : on se met dans la peau des autres. Évidemment, j'éprouve le besoin de revenir de temps en temps à Paris, rue du Bac, avoir quelques habitudes, quelques bistrots où je peux me situer dans une petite continuité quotidienne, m'asseoir. Mais ça me reprend aussitôt, et lorsque j'appelle Lantz, qui me représente à New York, il me demande : « Où voulez-vous courir ? », et me trouve toujours un reportage, un récit à faire, souvent dans les quarante-huit heures. Une fois, il m'est arrivé de me réveiller un matin à Penang, en Malaisie, où j'étais venu à mes frais, parce que je croyais être amoureux, et je découvre que je n'ai pas de quoi payer l'hôtel. Je téléphone à Robert Lantz à New York et il me décroche un reportage... à Penang, en Malaisie, pour *Travel and Leisure!* J'ai une bonne signature aux États-Unis, et ça marche toujours. Malheureusement, il y a des malins. J'ai signé un contrat pour une préface pour un livre sur les espèces en voie de disparition, un sujet qui m'intéresse en raison de mes rapports avec moi-même, un thème que j'avais déjà traité, mais cette fois, il y avait au bout un voyage au pôle Sud, dans l'Antarctique. Et puis quand j'arrive à New York, le rédacteur en chef fait mine de réfléchir puissamment, et puis il me dit : « Ces espèces sont bien en voie de disparition, n'est-ce pas ? » Je réponds oui, évidemment. Il a eu un grand sourire : « Alors, mon vieux, ce n'est pas la peine d'aller au pôle Sud pour les voir, puisqu'elles disparaissent. » J'ai fait tintin pour l'Antarctique, et j'ai dû écrire de mémoire et sur document. J'ai fait aussi de la chirurgie de scénario. J'ai cavalé une fois au Kenya pour refaire en trois jours un scénario qui avait été écrit pour la Norvège en hiver. Parfois, on m'appelait au dernier moment, alors qu'ils étaient déjà à mi-film, et qu'ils découvraient soudain un trou, une vraie connerie, et c'était très bien payé pour quelques jours de travail. J'ai beaucoup aimé écrire pour *Life*, qui a disparu, mais en général je ne sais même pas quel journal publie quoi, et où, à Saint Louis ou à Seattle. Je partais presque toujours sans bagages, parce qu'il est idiot de s'équiper à Paris pour la Nouvelle-Guinée. J'achète des frusques pour rien sur place et quand j'ai sué dedans, je les jette.

F. B. : *Et tu ne fais jamais ça pour les journaux français ?*

R. G. : J'ai fait ça une fois pour *France-Soir*, un grand reportage en mer Rouge, sous Lazareff. C'était un truc qui avait très bien marché, mais ça m'avait coûté cher en virus de toutes sortes, je ne suis plus chez moi dans ma peau, je suis chez quelqu'un d'autre, en visite chez un monsieur qui va avoir soixante piges. Et alors, écoute, le nouveau directeur du moment d'un grand journal m'invite à causer. Il me propose de refaire un grand reportage, un vrai truc, avec ma peau à l'appui. On parle frais, et on me propose des miettes. Et le patron en question de conclure : « Pour vous, les reportages, n'est-ce pas, ce sont des vacances... » Tu te rends compte, vicomte? Un grand reportage, c'est la crasse, les emmerdes, l'épuisement, les amibes... Et il me dit : « Ce sont pour vous des vacances, n'est-ce pas? » Un homme charmant, d'ailleurs, nous nous sommes quittés très poliment. Heureusement, il y a Lantz à New York. Je ne sais pas ce que je ferais sans lui. Il y a cinq ans, j'ai été malade, j'ai cru que j'allais crever, alors j'ai voulu revoir les éléphants en Afrique. Je lui télégraphie. Dix jours après, je recevais de Ralph Graves, le patron de *Life,* une commande pour un grand papier... sur les éléphants. Il faut le faire. Ça, il faut le faire. Je ne sais pas ce que je ferais sans Robert Lantz, c'est mon père et ma mère.

F. B. : *Qu'est-ce qui te pousse à courir à travers le monde?*

R. G. : Je ne sais pas. J'ai toujours l'impression qu'il y a quelque chose ailleurs.

F. B. : *Quoi?*

R. G. : Je ne sais pas. Quelque chose, quelqu'un. Que ça existe et qu'il suffit de chercher.

F. B. : *Quoi?*

R. G. : Écoute, François, si on savait, il y a longtemps qu'on aurait trouvé, on ne chercherait plus, on ne souffrirait plus.

F. B. : *Un ailleurs, un « autre chose » et quelqu'un d'autre?*

R. G. : Un ailleurs, un « autre chose » et quelqu'un d'autre.

F. B. : *Ce ne serait pas, des fois, une petite angoisse métaphysique?*

R. G. : Non.

F. B. : *Tu n'as pas l'impression qu'il te manque quelqu'un?*

R. G. : Ça va, ça suffit comme ça, je t'en prie... Ces rapports « chien sans maître » avec Dieu ou avec l'absence de Dieu, que Dieu soit ressenti comme une présence ou comme un manque, sont toujours des rapports avec un collier et une laisse qui me sont totalement étrangers. Et je refuse absolument de faire la pube de *La Promesse de l'aube*, cette publicité faite sur mesure et prêt-à-porter que de nombreuses lectrices ne cessent de me suggérer discrètement, celles qui feraient de moi, à soixante ans, le « fils inconsolable » ne cessant de s'agiter tragiquement comme une marionnette désarticulée au bout du cordon ombilical rompu… Depuis que le livre est sorti, en 1960, ce malentendu n'a fait que grandir. J'avais alors quarante-six ans, et c'était facile à calculer, l'âge que j'avais, mais je me suis mis à partir de ce moment-là à recevoir des propositions d'adoption qui n'ont pas cessé de pleuvoir depuis, comme si j'étais encore un petit garçon en culotte courte. C'est pas croyable, c'est à la fois touchant et ahurissant, le nombre de mères de famille qui sont prêtes à m'adopter, en invitant leurs propres enfants à se pousser pour me faire une petite place. Il y a là évidemment une facilité qui s'offre, la facilité de faire la pute, de devenir une sorte de pute vivant de son propre livre. Merde. Je suis maintenant un vieux chien sans maître et j'entends le demeurer, sans pedigree et sans filiation, sans papa et sans maman, et je ne veux pas fouiller dans les poubelles affectives. Il y a évidemment cette agitation que tu connais et qui me pousse à ces courses à travers le monde à la recherche de quelque chose ou de quelqu'un, comme tu le dis si justement. Mais ce n'est pas la recherche d'un « chez moi perdu » : c'est la recherche du Roman. Mes courses à travers le monde sont une poursuite du Roman, d'une vie multiple. Mon « je » ne me suffit pas et quand je passe quelques semaines, mettons, à Kuala Lumpur, à vivre dans une petite ruelle parmi des Malais et des Chinois, mon « je » se diversifie, et quand tu as fait ça cinq, six fois dans l'année, il y a diversification créatrice du « je », il y a Roman vécu. Il y a surtout créativité, parce qu'écrire un livre ou varier sa vie, c'est toujours de la créativité, cela veut dire se réincarner, se multiplier, se diversifier, il y a poursuite du Roman. Lorsque je reste dans ma peau trop longtemps, je me sens à l'étroit, frappé de moi-même et claustrophobique, et si pendant ce temps-là je fais un roman, ce monde que j'ai créé ainsi, je m'y installe également, pendant six, sept mois. Si je cours alors en Polynésie, aux Seychelles ou dans l'Oregon, c'est par besoin de rupture et de renouvellement, car enfin, la sexualité est trop éphémère et fulgurante et ne te permet de rompre avec toi-même et avec du pareil au même que pendant très peu de temps...

F. B. : *Je ne savais pas que les voyages formaient la vieil... pardon, je veux dire, l'âge mûr.*

R. G. : Ne t'excuse pas, fais comme chez toi : nous avons le même âge... J'ai envie d'être tout le monde et dans tout le monde et cela rend la géographie très tentante, parce que le nombre de romans dans lesquels tu peux te débarrasser de ton « je » est très limité, alors que si on te boucle pendant trois jours à Tapachula, à la frontière de Mexico et du Guatemala, tu vis pendant ce temps-là la vie d'un autre et c'est une sorte de créativité. Il ne s'agit donc point de fuite hors de la réalité, mais de départs en vue d'exploration et de conquête non blâmables du monde et de la vie. Il s'agit d'amour de la vie, de volonté d'absorption, de créativité non réduite à la seule écriture. Par exemple, l'Histoire me manque d'une manière désespérée, j'aurais voulu l'avoir vécue, je voudrais la récupérer, vivre les vies de Lope de Vega, de Villon, de Cervantès et celles de toutes les galaxies humaines du passé. C'est une perte effroyable de Roman, cette Histoire évanouie, et je la sens comme un manque, une plaie de vide à mon flanc. Des milliards de volumes de vies ! Il est donc difficile de parler d'angoisse métaphysique. C'est une fringale de vie.

F. B. : *Le bonheur en tant que quiétude intérieure, tu connais? La paix de l'esprit?*

R. G. : La paix de l'esprit, ça ne m'intéresse pas du tout, la sérénité, le détachement, la communion avec l'univers, je ne vois pas ce que ça peut offrir à un homme qui a toujours aimé *ici*. Mais c'est très bon contre les querelles entre automobilistes, contre les agressions à main armée et les brutalités policières, il faut mieux pratiquer le zen que le karaté. La tranquillité, tu sais... Je serai assez tranquille quand je serai mort, c'est fait pour ça... J'avais un pilote, dans mon escadrille, Bordier. Quand il mettait ses gants, avant de monter en avion, il regardait le ciel, les étoiles, puis il disait, avec satisfaction : « La nuit sera calme. » On revenait chaque fois en morceaux, après avoir perdu des équipages, mais il répétait toujours, très content, derrière sa petite moustache : « La nuit sera calme. » Et puis, il n'est pas revenu, lui non plus... Ça a fait dans le ciel une boule orange... Je crois que c'était un type qui rêvait de tranquillité... Ça m'arrive, évidemment, ça m'arrive...

F. B. : *Comment se fait-il que tu ne tires jamais de romans de tes reportages?*

R. G. : Parce que je les ai déjà vécus. Je peux mettre par écrit une expérience que j'ai vécue, écrire un récit vécu, comme je l'ai fait pour *La Promesse de l'aube* ou *Chien Blanc,* mais je ne peux pas en faire un roman parce que la réalité et la vérité de mon expérience déjà « jouée » limitent, circonscrivent mon imagination. Toute la différence entre la fiction et le mensonge est là : la différence entre l'invention authentique et l'habilité qui travestit et traficote la réalité... Lorsque je commence un roman, je ne sais ni d'où je pars, ni où je vais, je ferme les yeux et je dicte, m'abandonnant à quelque chose dont je ne connais pas la nature. Lorsque je me mets à vivre une vie autre, la vie d'un autre, dès que je commence à parler, la création se fait à partir du mouvement *vécu* de la phrase et ce mouvement, ce courant m'entraîne soudain au XVIIIe siècle ou dans la peau d'un ambassadeur de France à Rome que je n'ai jamais connu, par le jeu d'associations d'idées, à partir des mots, des rythmes de phrase qui donnent naissance au roman... Et puis, il faudrait quand même en finir un jour avec cette plaisanterie du roman « vrai » parce que vécu... Les meilleures descriptions de la peste sont dans le *Journal de la peste,* de Defoe, qui n'avait jamais vu une épidémie de peste. Pour l'artiste, le réel ne sera jamais le vrai, ni la vie le vivant. Il vaut mieux connaître les paysages que l'on veut décrire : cela vous permet en général d'éviter de le faire. Ce que l'on entend par « réalisme saisissant », c'est une violente impression de réalité : mais cela peut s'obtenir aussi bien en faisant dialoguer deux spectres. Le réalisme n'est qu'une technique au service de l'invention. Les écrivains les plus réalistes sont seulement des contrebandiers de l'irréel. Le réalisme est une mise en scène cohérente du mythe; c'est un procédé, une invention de plus, celle qui cache l'autre, la vraie, celle qui doit passer inaperçue sous peine d'échec artistique... Le réalisme, pour l'auteur de la fiction, cela consiste à ne pas se faire prendre.

F. B. : *Près d'un milliard d'hommes sont représentés aujourd'hui, en littérature, par des écrivains et des artistes qui professent — ou sont obligés de professer — des idées contraires...*

R. G. : Ça leur passera. Cela dit, si le communisme rate son épopée littéraire, ce n'est pas à cause du réalisme socialiste : c'est parce qu'il n'a pas encore trouvé ses grands talents épiques. Le monde communiste trouvera un jour son roman épique — il faut leur laisser le temps d'oublier...

F. B. : *Voilà une phrase bien dure.*

R. G. : ... Donc, en tant que romancier, j'écris pour connaître ce que je ne connais pas, pour devenir celui que je ne suis pas, jouir d'une expérience, d'une vie qui m'échappent dans la réalité. Mais lorsque j'ai vécu un reportage, reprendre délibérément ces éléments déjà créés parce que vécus, en les réarrangeant autrement dans un souci d'art... il y a là pour moi tricherie et contrefaçon, utilisation des restes. Le roman n'est pas un plagiat de la réalité. Tout cela a un goût du déjà fait et du déjà vu, et je ne peux pas vivre un roman, c'est-à-dire l'écrire, avec du réchauffé. C'est dommage, parce que quelquefois les expériences sont étonnantes...

F. B. : *Tu peux donner un exemple?*

R. G. : Autant que tu veux... Prends un reportage que j'ai fait pour *France-Soir* à l'île Maurice et que je n'ai jamais publié, parce que je l'ai raté complètement. Mais j'ai vécu par contre, à la dernière minute, juste avant de reprendre l'avion, une expérience étonnante, qui n'aurait pas été intéressante pour le journal parce que c'était surtout révélateur du rapport que j'ai avec moi-même... L'île Maurice, c'est le Club Méditerranée habituel, même là où il n'y en a pas, c'est toujours le même « paradis tropical », des Caraïbes à Tahiti, un mélange de Noirs, d'Indiens, de Chinois et de cocotiers. Coraux, mer émeraude, sables blancs, du charter, quoi. J'ai passé quinze jours à chercher derrière ça, et à part les vendeuses dans un grand magasin qui gagnaient sept mille *anciens* francs par mois, c'était le bide, pas moyen d'entrer dedans et dessous. Et puis... c'était la veille de mon départ. Je logeais dans-tout-ce-qu'il-y-a-de-bien, avec bungalow au clair de lune, hôtesses de l'air grand charme, en escale, romances des îles grand format, toute la crème Chantilly exotique. Au bout de l'allée qui menait à mon bungalow il y avait des taxis pour les clients du palace. La veille de mon départ, je laisse ma voiture dans le parc, je me dirige vers mon bungalow, et je vois une silhouette qui s'approche de moi dans le noir. C'était un des chauffeurs, un Indien obèse, avec des fesses comme deux immenses sacs à merde, inouï, il devait être une curiosité locale. Il me demande si je veux une fille « qui fait tout ». Je dis non. « J'en ai une de seize ans », me glisse-t-il. Toutes les offres de ce genre ont toujours quatorze ou seize ans, sous les tropiques, même quand elles en ont trente, parce que les fournisseurs savent que l'exotisme romantique, c'est dans la tête du Blanc, il ne regarde pas avec les yeux, mais avec ses phantasmes. J'ai vu un de mes amis collé à Tahiti avec un vrai taudis sur pied, délabrée au possible, et c'est tout juste s'il ne m'expliquait pas que si la bonne femme n'avait plus de dents, c'est parce qu'elle n'en avait pas *encore*. J'ai dit non au chauffeur non merci. « Petit garçon? » J'ai dit non merci. J'allais passer lorsque le chauffeur me lance : « J'en ai une de dix ans. Une petite fille de dix ans, mais bien dressée, un vrai petit singe, *a little monkey.* » Je m'arrête. Ça devenait intéressant. Je partais le lendemain, ayant complètement raté mon reportage et voilà que je touchais enfin le fond de la couleur locale. J'ai dit oui, ça m'intéressait. On pouvait voir? Il m'a montré ses dents dans un sourire clair de lune. Fier, tu comprends, de bien connaître les hommes. Oui, on pouvait voir, on pouvait tout ah-ah-ah! mais il fallait aller chez les parents, et déjà il me mettait le bras sur l'épaule, familièrement, entre frères salauds. On est monté dans son taxi et on y est allés. Dix ans, pensai-je, je sais qu'aujourd'hui on trouve tout à la Samaritaine, mais quand même... Il m'a emmené dans une de ces maisons en planches du type « créole » d'antan, qui rappellent un peu les datchas pour écrivains soviétiques qui ont mérité. On entre. Je suis accueilli par une famille avec du Noir, du Blanc et de l'Indien dedans, qui n'étaient probablement ni le père ni la mère — mais les enfants étaient bien des enfants. L'aînée devait avoir dans les seize ans et la cadette dans les douze, peut-être moins. Ils m'ont fait tâter ses seins pour me rassurer... Enfin, quand je dis les seins... il n'y avait rien. Ça n'avait pas encore poussé. Je savais que je ne pouvais rien tirer de la petite, qui était trop jeune pour parler vraiment, j'ai donc dit que je prenais les deux, l'aînée et la cadette. J'ai payé d'avance et le chauffeur nous a ramenés tous les trois dans mon bungalow. J'ai eu de la chance. J'avais vraiment quelque chose à me mettre sous la dent, parce que dès que j'ai expliqué à l'aînée qui j'étais, et pourquoi je les avais fait venir, elle ne s'est plus arrêtée de parler jusqu'à trois heures du matin. On a mis la plus jeune dans un coin avec le transistor et j'ai écouté. Évidemment, les parents n'étaient pas des parents, les mômes n'étaient pas des sœurs, elle m'a expliqué que ça enchantait les clients, ça, d'imaginer que c'étaient deux sœurs qui faisaient ça entre elles, mais là-dessus, je n'avais rien à apprendre. La différence entre la prostitution aux tropiques et en Europe, c'est que chez nous, c'est pour la qualité de la vie, une voiture, un appartement, tandis que là-bas c'est pour survivre. Mais ce qu'il y avait de bouleversant, d'effrayant, c'étaient l'isolement et l'ignorance. Exemple : je dis à la môme que je suis français. Français? Elle a un sourire radieux. Alors, vous pouvez m'obtenir, un visa pour... *la Chine?* Oui, mon vieux. Pour la Chine. La France, ça sonne encore grand et tout-puissant, à l'île Maurice, ça peut tout, donc... même un visa pour la Chine. Et c'est là que je suis entré dans le désespoir. Car cette môme-là était Mao, et ce n'était même pas politique. Enfin c'était politique-fiction, en ce sens qu'elle imaginait qu'en Chine on pouvait vivre sans travailler et être payé par l'État pour être heureux. Elle me l'a expliqué en détail, avec du rêve plein les yeux, assise dans mon bungalow, pendant que sa « sœur », douze ans, écoutait le transistor, après s'être fait depuis un an une moyenne de trois ou quatre Sud-Africains et Australiens par soirée. Ce qu'il y avait de bouleversant, ce n'était pas l'idéediscothèque qu'elle se faisait de la Chine maoïste, où tous les gadgets et richesses de la société américaine étaient distribués gratuitement par Mao. Ce qu'il y avait de déchirant, d'irrésistible, c'était le rêve — et le besoin de savoir. Et c'est là que je suis entré dans le Roman, et c'est pourquoi je te raconte ça à propos du personnage qui se crée dans le mouvement, irrésistiblement, de lui-même. Parce que, en présence de cette fille, de ce rêve, de cette sommation, pour répondre à ces questions, pendant trois heures, je me suis vu transformé en maoïste. Je me suis appliqué à lui faire de Mao un portrait aussi fidèle du Petit Livre Rouge que possible. Pendant trois heures, je lui ai donné à croire, à boire et à manger. Tu comprends, chez nous, on peut parler de dix millions d'exécutés sous Staline, de Prague, du délire idéologique, et être contre. Là-bas ça n'a pas de sens. Ça devient complètement idiot. Au niveau zéro, c'est dehors, ailleurs, sur la lune. Il y avait devant moi une fille qui avait du rêve plein les yeux, et rien d'autre, aucun autre espoir, aucune possibilité de s'en sortir, l'abandon total. Détruire ce rêve, c'était encore pire que de prendre les deux « sœurs » et « allez, toi ça, et toi ça ». Alors, tu aurais pu voir, à deux heures du matin dans un bungalow à trente dollars, un bourgeois gentilhomme chanter les éloges de Mao et du maoïsme, et j'ai mis le fameux métro russe de Moscou à Pékin, le métro, tu sais, le train qui marche sous terre... Et c'est ainsi que, vers trois ou quatre heures du matin, j'ai été invité à assister le lendemain à la réunion d'une « cellule maoïste » dans la brousse. Je savais évidemment qu'il y avait un mini-groupe maoïste à l'île Maurice, et d'ailleurs, sur le timbre de l'île, il y a le portrait de Lénine. On met là-bas Lénine sur les timbres pour ne pas avoir à le mettre ailleurs. Mais cette réunion de la « cellule maoïste », je ne l'oublierai jamais. Tu trouves à l'île Maurice quelques kilomètres de vraie brousse en montagne, avec des singereaux et des petits cochons noirs, qui ont encore l'air de sortir des îles enchantées et idylliques qui ont tant fait pour le papier peint, les paravents et les tapisseries du XVIIIe siècle. Et dans cette junglerie, il y a de minuscules temples bouddhistes, avec des toits en pagode et des animaux en plâtre peints, du genre trois mille ans avant W. D., avant Walt Disney. C'est à l'intérieur d'un de ces templichons que m'attendaient les bébés maos, sept, huit adolescents, filles et garçons. Ils ont là-bas une huile pour auto née au Texas, *Caltex,* dont le nom est écrit sur fond d'étoile rouge. Les gosses ont gratté le mot *Caltex,* si bien qu'il ne restait que l'étoile rouge. Je me suis assis sur l'autel, sous l'étoile, et ils se sont accroupis autour de moi, et pendant deux heures, j'ai répondu à leurs questions sur Mao, j'ai fait de mon mieux. Je leur ai donné à espérer. Sans cynisme, sans double jeu, sans ironie. Ils m'auraient prié de leur chanter le deuxième acte de la *Tosca,* que je l'aurais fait. D'ailleurs, ils ne comprenaient pas un mot de ce que je disais, ils n'avaient pas l'*a b c* politique nécessaire. Ils écoutaient de la musique, c'est tout. Une mélodie d'espoir. Il y avait cinq filles et deux ou trois garçons, un mélange indo-africain, et il avait du Chinois là-dedans, un vrai succès de colonialisme européen, un cul-de-sac ethnique, la contraception qui s'est oubliée. Des questions à pleurer... Ils voulaient savoir si Mao a des bateaux de pêche, si les Chinois là-bas sont aussi riches que les boutiquiers à Maurice et un des garçons, quatorze ou quinze ans, m'a dit que Mao devait avoir beaucoup de travail parce que tous les Chinois sont des salauds. Les Chinois à l'île Maurice, comme à Tahiti, ont le commerce en main, alors... Des salauds, pour le môme. Ils sont dans l'océan Indien et le Pacifique Sud l'équivalent local des Juifs de jadis, avec seulement les Indiens pour leur faire concurrence, en Afrique... Ce gosse prenait Mao aux Chinois, moins les Chinois, comme l'Occident avait pris Jésus aux Juifs, moins les Juifs. Il y a dans l'homme une part atroce qui ne veut pas croire à l'homme, à cause de la fraternité, parce que « si tu es comme moi, tu n'es rien », et c'est cette part qui permet les impostures, si bien que Perón peut être ramené en Argentine et exhibé à la ronde mort et empaillé, ça ne fait rien, le mythe de Perón demeure agissant... Et quand je t'aurai raconté l'épilogue que j'ai donné à l'affaire, tu verras que la vie, dans sa manifestation mauricienne, m'a fait vivre là un chapitre de *La Fête coupable*, que le roman et la vie se confondent, que ma vie est une

Narration tantôt vécue tantôt imaginée et que si un journal américain m'a donné le nom de « collectionneur d'âmes », c'est que je ne cesse de faire mon plein de *je* innombrables, par tous les pores de ma peau. Tu te souviens du chauffeur qui m'a offert la fillette de dix ans, famille à l'appui ? J'ai acheté une planche de contre-plaqué et des clous très minces, d'un centimètre et demi de longueur. Le soir, je suis allé dans l'allée des taxis pendant que les chauffeurs faisaient causette dans les cuisines du palace. J'ai mis ma planchette sur le siège du salaud, la pointe des clous vers le ciel, vers Dieu et la justice, là où il n'y a ni l'un ni l'autre. Puis je suis rentré dans mon bungalow à cent mètres de là, je me suis couché, laissant la porte ouverte, et j'ai attendu le bonheur. Quand le sac à merde s'est posé de tout son poids sur les clous, il a poussé de tels hurlements que... enfin, je ne peux pas te dire, c'était pour moi la paix de l'esprit, la béatitude, la sérénité, quoi, une sorte de sainteté même. J'aurais voulu pouvoir te refaire ce hurlement ici, pour te faire partager ça, par fraternité, mais c'est inimitable, il faut avoir vingt clous s'enfonçant jusqu'à la tête dans ta crudité pour mettre comme il l'avait fait, ce salopard, toute son âme dans sa voix... Je n'avais pas pensé à enregistrer ça sur une bande magnétique, j'avais un dictaphone, mais je n'y ai pas pensé, et maintenant, je n'ai plus que le souvenir, et ça s'estompe, parce que je n'ai pas de mémoire musicale...

F. B. : *Cela rappelle les cosaques de la steppe asiatique, lorsqu'ils réglaient leurs comptes aux propriétaires terriens, au moment de la révolte de Pougatchev, que tu as décrite dans* Les Enchanteurs... *Il y a dans ta vie beaucoup de règlements de comptes, comme celui avec l'usurier Zarazoff, à Nice, dont nous avons parlé... Tout cela est en pleine contradiction avec ces appels émouvants que tu lances pour la « féminisation » du monde... Tu as fait campagne pour la peine de mort dans* Le Monde *et cela quelques jours à peine après l'exécution sous la guillotine de deux assassins...*

R. G. : Tiens, tiens, parlons-en, parlons-en de cette campagne pour la peine de mort que j'ai faite dans *Le Monde*. C'est très intéressant. Au moment de l'abolition de la peine de mort en Californie, en juin 1972, j'ai envoyé de Majorque, où je vis la plupart du temps, un papier au *Monde*. Je disais dans l'article que cette abolition ne constituait pas à mes yeux un progrès moral mais tirait simplement les conclusions d'une banqueroute morale. Je m'explique. La peine de mort, « châtiment suprême », « peine capitale », était sensée jouer un rôle *exceptionnel* pour désigner un acte *exceptionnel* dans l'horreur : l'assassinat. C'était une « désignation de valeur », et cela voulait dire que la vie humaine est sacrée et que lorsqu'on prend une vie humaine, on prend toujours la sienne. Or, en Californie et ailleurs en Amérique, et partout dans le monde, la tuerie, l'assassinat, sous couvert idéologique ou « syndrome de protestation », terrorisme, bombes, otages, exécutions sommaires, sont devenus monnaie courante et tuer quelqu'un, pour une raison ou pour une autre, est un simple « moins un » démographique. Que ce soit au Chili, en Irlande ou en Palestine, il y a reconnaissance d'un véritable « droit de tuer ». C'est ce que je disais dans les quelques lignes *in fine* de mon article qui ont disparu dans la publication. L'assassinat s'est banalisé et s'est légitimé par « excuse sociale » — c'est la société pourrie qui crée les criminels et caetera — ou pour des raisons idéologiques. L'assassinat est entré dans les mœurs : à Detroit, il bat les records du monde. J'avais donc conclu mon papier en disant que si la peine de mort n'a plus aucun sens, c'est parce que la vie humaine n'en a plus, l'assassinat étant accepté de plus en plus comme « mode d'expression » courant. La Californie a reconnu cette banqueroute morale en abolissant la peine capitale, parce que les Américains sont des pragmatiques. Voilà ce que j'ai écrit. J'envoie mon article au *Monde* et j'attends. Rien. Ils ne le publient pas. Quelques mois se passent. Je rentre à Paris, le lendemain de l'exécution de deux égorgeurs. Pompidou avait refusé leur grâce. J'achète *Le Monde* à Orly. Je vois à la première page : « Débat sur la peine de mort. Deux points de vue : professeur Un tel et Romain Gary. P. 4 ». Je regarde p. 4. Sur une première colonne, l'exposé du professeur en question, *contre* la peine de mort. Et en apposition : Romain Gary. Cette « mise en pages » me faisait immédiatement apparaître comme un partisan inconditionnel de la peine de mort justifiant le refus de grâce de deux assassins guillotinés. Mais si tu lis mon papier, écrit à propos de l'abolition de la peine capitale en Californie quelques mois plus tôt, tu trouves le point de vue général suivant : la vie humaine s'est dévalorisée, elle a perdu son caractère sacré, être pour ou contre la peine de mort dans une civilisation de sang ne veut plus rien dire, du point de vue de la désignation de la valeur-vie. En abolissant la peine de mort, on reconnaît simplement le fait que depuis Staline, Auschwitz et les terrorismes sous toutes ses formes, il existe le droit de tuer. Seulement, par sa mise en pages et par le choix du moment de la publication, *Le Monde* a fait de moi le porte-parole de la peine capitale...

F. B. : *Pourquoi ont-ils fait ça?*

R. G. : Ils avaient sous le coude cet article de moi qu'ils trouvaient plus nuancé que d'autres et quand l'actualité a remis la question sur le tapis, ils l'ont publié. Quand on fait un journal « à chaud », on fait un journal, c'est tout. Voilà du moins ce qu'on m'a expliqué. J'ai eu une expérience analogue avec *France-Soir*. J'ai écrit pour eux un reportage au Yémen, sous le titre *Les Trésors de la mer Rouge*. Ils l'ont publié sans me consulter sous le titre *Les Enfers de la mer Rouge*, blessant ainsi d'une manière que rien dans mon texte ne justifiait les personnes qui m'avaient si gentiment accueilli et aidé au Yémen. Il y a un nom pour ça : ça s'appelle l'arbitraire... Mais le résultat, c'est qu'au lendemain de la publication de mon papier « pour la peine de mort », il y a un monsieur qui m'a arrêté dans la rue, qui m'a serré la main et m'a dit : « Permettez-moi de vous féliciter pour votre prise de position. Vous, au moins, vous avez des couilles au cul. » Le métier que l'on fait faire aux couilles, des fois, tu sais, c'est vraiment extraordinaire... Voilà pour ma « cruauté ».

F. B. : *Quelle est exactement ta position sur la peine de mort?*

R. G. : Je suis pour la peine de mort uniquement lorsqu'il s'agit de trafiquants de drogue et de bourreaux d'enfants. Pour le reste, je laisse à Me Naud et Me Badinter le soin de décider s'ils auraient préféré envoyer les exterminateurs d'Oradour dans des prisons réformées et « humaines » en vue de leur rééducation.

F. B. : *Tu as envoyé une mise au point au* Monde?

R. G. : Tu veux rire? Je n'ai pas cette ferveur pudique, exquise et saupoudrée de beauté morale à l'égard de l'image que l'on se fait de moi ou des chapeaux que l'on me fait porter. Pour des raisons qui m'échappent et qui semblent avoir très peu de rapports avec mon métier d'écrivain, quelques personnes prennent la peine de se fabriquer une image de Romain Gary qui n'a aucun rapport avec la réalité.

F. B. : *Parlons de ta haine pour les marchands de drogue... Tu as fait un film,* Kill, *qui a été interdit en Angleterre en raison de sa violence et où certaines séquences d'exécution — notamment celles des gros pontes de la drogue abattus à la mitraillette, dont les contorsions d'agonie sont scandées sur un rythme et une musique joyeuse de rumba — donnent l'impression d'un règlement de comptes* personnels.

R. G. : Deux femmes dans ma vie ont été tuées par la drogue... Est-ce qu'il faut absolument en parler ?

F. B. : *Il me semble qu'on ne peut pas éviter ça.*

R. G. : J'avais dix-neuf ans, elle s'appelait... mettons, Sophie... Il y a encore de la famille... Elle était adorable et gaie. Très belle, elle trouvait le moyen d'être jolie en même temps, la beauté seule est souvent assez chiante. Sophie avait un côté « la vie est belle », qui aurait dû désarmer la vie... mais tu parles. C'était à Nice, en 1935. Nice était alors le contraire de la bétonnière que c'est devenu, il y avait même encore des mimosas. Sophie est partie à Paris. Je suis resté seul avec les mimosas et ils n'étaient plus les mêmes, sans elle. A Paris, la môme tombe sur une ordure qui lui apprend à se piquer. Elle passe de la morphine à l'héroïne. Plus de lettres, plus de nouvelles, j'apprends ça par hasard, par des amis russes. Je vais à

Paris et je me mets à chercher mais quand tu arrives pour la première fois de Nice à Paris, tu es complètement paumé, et j'ai même dû vendre mon pétard à un copain d'Edmond, pour bouffer. En trois ans, Sophie est descendue sur le trottoir pour se procurer de la drogue et puis elle est morte d'un excès de paradis. Le truc habituel que l'on voit depuis partout, mais à vingt ans, et à une tout autre époque, ça m'a fait de l'effet... J'ai chialé. Les poings dans les yeux, tu sais. Le type en question a été tué dans un règlement de comptes à Pigalle, mais ça ne m'a même pas fait plaisir. Elle avait un très beau sourire, innocent, naïf, et elle louchait un tout petit peu, tu sais, de cette façon qui donne encore plus de regard...

F. B. : *Et la deuxième?*

R. G. : Lynn. Lynn Baggitt. L'ex-femme du producteur Sam Spiegel, celui qui a fait *Le Pont sur la rivière Kwaï* et *Lawrence d'Arabie*, entre autres... Je l'ai connue à New York, en 1953... Une fille du Texas, on peut encore la voir à la Cinémathèque dans un vieux film, *La Flamme et la flèche*... Elle se faisait sauter à l'héroïne. On la foutait à la porte d'hôtel en hôtel, parce que les seringues traînaient partout. Je la trouvais dans le lit en train de s'envoyer en l'air avec l'aiguille. Je ne suis jamais arrivé à savoir par qui elle se procurait la merde. J'ai été sublime de connerie, je lui ai dit : « C'est moi ou la merde. » Elle n'a pas hésité une seconde, elle a choisi la merde. Je ne l'ai plus revue... Hollywood 1958-1959. J'ouvre le journal. Lynn a été trouvée morte, coincée par son lit contre le mur, étouffée : un de ces lits américains qui se cabrent et rentrent dans le mur. Elle était dans le coma « extatique » lorsque c'est arrivé. Ça a dû être atroce, des heures d'agonie... Et je ne sais combien d'autre filles que j'ai connues en Amérique... La fille d'Art Linklater, une personnalité T.V., là-bas, qui s'est jetée, à dix-neuf ans, par la fenêtre, au L.S.D., pour voler... Et le petit Noir mort dans la rue, une aiguille dans le bras... C'est le pré-générique de mon film *Kill*, et je l'ai vu, de mes yeux vu. Donc, je réclame la peine de mort pour les trafiquants. On a dit que la peine de mort ne « dissuade » personne et c'est vrai qu'elle ne dissuade pas les désespérés, les caractériels, les « génétiques ». Mais les marchands de drogue ne sont pas des « génétiques ». Leurs chromosomes sont en règle. Ce sont des pères tranquilles, qui font du fric. Ils ont eux, une peur bleue de mourir, parce qu'ils ont peur de perdre leur fric... Voilà, encore une fois, pour ma cruauté...

F. B. : *Nous pouvons à présent, me semble-t-il, conclure puisque aussi bien nous touchons à la fin de ces entretiens. Tu as été exigeant et intolérant dans la défense des bonnes causes qui étaient pour toi souvent des raisons de vivre — au besoin : de tuer. Et tu te réclames de la tolérance, d'un libéralisme qui n'est pas dans tous les cas du côté des*

« *bonnes causes* », *ni même de sa propre survie. On voit bien devant cette contradiction d'où vient cette* « *nostalgie de la féminité* » *qui semble te gagner de plus en plus à mesure que tu vieillis et qui n'est pas du tout, je pense, la nostalgie d'un* « *repos du guerrier* ». *Est-il bon, est-il méchant? L'interrogation de Jean-Jacques l'écorché devient, lorsqu'on te voit vivre, écrire, agir : est-il vrai, est-il histrion? Voyons-nous un visage ou voyons-nous un masque? De toute façon, tu voudrais rompre avec toute une partie de ton* « *moi* »... *L'idéalisation de la féminité, l'apologie des valeurs féminines, serait alors une prise de conscience. Ta révolte contre le macho est une révolte contre toi-même. Mais plutôt que* « *changer ta vie* » *et toi-même, tu lances un appel à changer le monde par la féminisation.* « *Faites ce que je dis, ne faites pas ce que je fais...* » *Les idéologies, bien sûr, sont toutes traîtresses. La féminité — mère, femme — devient* « *ce qui n'a pas trahi* », *le fourre-tout du désarroi idéologique. Tu investis l'espoir dans la féminité parce que tu récuses ton personnage. Mais si, loin de le récuser vraiment, tu jouais à le récuser? Si tu te plaisais dans cette attitude, dans cette annonce de rupture jamais consommée? Dans ce cas, pour personnaliser le vieux proverbe : plus tu changes et plus c'est la même chose...*

R. G. : Possible. Il y a quarante-cinq ans que tu me connais... Mais c'est une histoire de « je » qui ne m'intéresse pas. Ce qui compte, ce n'est pas mon psychisme douteux, mon subconscient ou les comédies que je me donne — encore une fois, on peut faire appel à un raisonnement juste pour des raisons névrotiques très personnelles —, mais dans quelle mesure les arguments auxquels on a recours sous l'effet des subjectivités avariées sont eux, objectifs et valables. Il demeure malgré toutes les accusations pertinentes que tu peux adresser à mon « je », que les raisons intimes, impures, obscures, qui peuvent pousser un homme à se rallier à une cause n'empêchent pas nécessairement cette cause d'être juste, digne d'être défendue. Qu'un fils se rallie au socialisme par haine de son père réac ne constitue pas une condamnation du socialisme. Puisque nous sommes à la fin de ces entretiens, et que je n'en ferai plus jamais d'une telle ampleur et face à quelqu'un qui me connaît si bien et depuis si longtemps, quitte à me répéter, quitte à te paraître en lutte contre ma propre violence, j'affirme qu'il n'y a jamais eu une valeur de civilisation qui ne fût pas une notion de féminité, de douceur, de compassion, de non-violence, de faiblesse respectée... Et qu'il s'agisse de celle qui m'a donné naissance ou de toutes les autres, que je sois ou non hanté par celle qui m'a sacrifié sa vie, j'affirme *que le premier rapport entre l'enfant et la civilisation, c'est son rapport avec sa mère* et donc que le rapport d'une civilisation qui en serait vraiment une avec les hommes, c'est un rapport de la mère avec tous ses enfants...

Si le christianisme a raté sa vocation, s'il ne s'est pas incarné dans la réalité vécue — oh, je sais, je sais que je me répète! — c'est en grande partie parce qu'il fut porté et propagé à bras et à poings d'hommes, à coups d'épée, de croisades, d'inquisition et d'intransigeance « dure et pure », dans le genre de celle de MM. Debré et Foyer dans l'affaire d'avortement, c'est parce qu'il n'a pas su ni voulu reconnaître et réaliser sa vocation féminine essentielle. Ce n'est pas pour rien que « femmelette » est devenu une injure... Les femmes furent systématiquement écartées du pouvoir spirituel, de la « direction des âmes », de la construction des âmes. La merde dans laquelle nous baignons tous est une merde masculine. Et il est bien possible qu'aux abords du soir, je fais le bilan de ma vie et que je prends conscience de tout ce que je dois aux femmes, de tout ce que je n'ai pas su leur donner et de tout ce que fut le bonheur de ma vie... Il demeure que la féminité n'a pas encore été jouée et il ne nous reste pas tellement de cartes...

F. B. : Je viens de relire ces pages. Il y a chez toi une avidité dans les rapports avec la vie, une poursuite de toutes ses manifestations innombrables qui permettent de parler d'un véritable donjuanisme dans tes amours avec la vie. *La multiplicité de tes courses-poursuites à travers le monde tient de l'angoisse, l'angoisse de sentir telle ou telle nouvelle saveur de la vie t'échapper, telle ou telle saveur de toi encore inconnue. Il y a là une vo-*

lonté de conquête de la vie, de toutes les vies, et les personnages de tes romans, ce sont tes corps expéditionnaires...

R. G. : Il faut dire alors que toute œuvre romanesque est annexion de la vie et du monde, comme le colonialisme et l'impérialisme, puisque le roman crée, recrée, possède, embrasse, absorbe, réforme, modèle, bâtit, fortifie, agrandit, conquiert, impose, régit, détermine, limite et enferme à l'intérieur de son œuvre des empires et des royaumes. Tu peux donner alors à un roman un contenu marxiste, libéral, maoïste, socialiste, révolutionnaire — il demeure un genre possessif, conquérant, impérialiste, colonialiste, omniscient, il demeure un empire. Il faut accuser alors tous les romanciers d'être des bâtisseurs d'empires et interdire la création romanesque au nom de la démocratie... Mais on peut affirmer aussi, comme je le fais, que cette volonté de vivre la vie des autres, d'assumer et de partager ces expériences innombrables, c'est la fraternité...

F. B. : *La volonté de posséder l'expérience des autres est certainement caractéristique de toute œuvre romanesque, mais chez toi, cette volonté va au-delà. Tu parles de tes romans et de tes personnages comme d'autant de « vies » que tu te donnes, et de tes aventures vécues comme si elles étaient des chapitres de roman... « Est-ce que ce n'est pas là un dangereux mélange de genres?*

R. G. : Ce qui compte, c'est de savoir si ce « mélange de genres », comme tu dis, donne ou non un homme et une œuvre valables. Le reste ne pose que la question du bonheur...

F. B. : *Tu as donc toujours été un coureur d'aventures, hanté par un désir de je ne sais combien de vies différentes possibles. C'est tellement vrai que le roman ne te suffit pas, tu passes au cinéma, tu deviens metteur en scène pour te mêler plus intimement encore à tes personnages, pour les posséder... Une insatisfaction et une poursuite constante, une poursuite d'assouvissement qui se dérobe comme chez deux de tes personnages les plus révélateurs à cet égard, Adriana, la « nymphomane » qui court de tentative en tentative — une projection dans l'allégorie sexuelle de tes rapports avec la vie en général — et Lily, dans* La Danse de Gengis Cohn. *Dans ce dernier roman, tu es allé encore plus loin dans cette prospection de toi-même, puisque tu as fait de l'humanité un personnage-femme qu'aucun de ses amoureux, aucun de ses « prétendants » n'arrive à satisfaire, qu'aucun porteur de « solution », c'est-à-dire d'idéologie, n'arrive à combler... Je ne crois donc pas abuser de ces analogies en disant que tu as avec la vie le rapport homme-femme — avec poursuite de la variété...*

R. G. : Je ne suis pas d'accord, mais ça ne fait rien. J'ai le goût du merveilleux. Ce sont des restes d'enfance. Il n'y a pas de création sans ça. J'ai un goût très vif pour tous les papillons du merveilleux et j'essaie de les saisir, et qu'ils soient observés, vécus ou créés, c'est la même chose, c'est toujours une quête du merveilleux. Le cinéma, c'est un filet à papillons, comme le roman, comme la vie vécue. Grâce aux acteurs, il te permet de venir plus près de tes personnages, de t'en délecter à yeux ouverts, venir encore plus près de la réalité. C'est pourquoi j'ai une telle amitié pour les acteurs : ils me donnent à aimer... Et le cinéma, la création, c'est partout, ça se passe tout le temps. Tiens, ce matin même. Je prends deux ou trois cafés, chaque matin, quand je viens à Paris, dans les bistrots, rue du Bac, où je reviens toujours, pour jeter l'ancre. Ce matin, je suis en train de boire mon café, lorsque je vois un type présenter à la caisse son dixième de Loterie. Un petit vieux, genre souris en pardessus râpé. La patronne, Mme Gahier, vérifie et lui dit : « Il n'est pas sorti, votre dixième, vous n'avez pas gagné. » Une demi-heure après, je suis dans un autre café, un peu plus bas, *Les Ambassadeurs*, et le même type se pointe avec le même numéro perdant. Le patron lui dit : « Il est perdant, votre numéro, il n'est pas sorti. » Et tu sais ce qu'elle fait, ma souris ? Elle continue à croire, à espérer... Quand on lui dit dans un tabac et puis dans un autre que son numéro est perdant, mon bonhomme reprend son billet et va dans un troisième tabac, et puis un quatrième : des fois qu'il y aurait un miracle, qu'il serait gagnant malgré tout, des fois qu'il y aurait une justice, quoi... Ce n'est pas du merveilleux, ça? C'est d'un très grand auteur, ça, du plus grand... C'est du cinéma, du roman, bref, c'est la vie... Il n'y a pas de différence, c'est le même matériau que l'on modèle ou qui se modèle lui-même. Et l'autre jour, à Berlin... J'étais là pour la projection d'un de mes films. Je suis assis à la terrasse d'un café, en face d'un kiosque à journaux... Épinglé au kiosque, en face de moi, il y a un journal en yiddish... Un type s'approche, genre retraité d'Auschwitz, une tête du genre affiche publicitaire « Visitez Auschwitz »... Je note en dictant que la secrétaire, Martine, qui transcrit ces lignes nous demande comment ça s'écrit, Auschwitz, elle n'en a jamais entendu parler, il faudra sans doute recommencer, par souci d'orthographe... Le bonhomme lit la page extérieure du journal en yiddish, debout devant le kiosque. Quand il a fini, il se tourne vers le propriétaire du kiosque, le regarde, et l'homme ne dit rien, sort, tourne la page du journal, l'épingle de la même façon, soigneusement, et mon bonhomme continue sa lecture... Je suis intrigué, je pose des questions et j'apprends que ce fantôme, ce revenant, vient lire ainsi son journal en yiddish depuis vingt ans sans jamais l'acheter, et que le propriétaire allemand du kiosque tourne ainsi la page pour son revenant juif, tous les jours... Le Juif ne l'achète pas mais exige de le lire et l'Allemand ne le donne pas pour rien, mais le laisse lire, il y a

345

accord tacite entre le Juif et l'Allemand sur les dommages-intérêts, et leur limite exacte, un impôt par accord tacite sur Auschwitz... Et hier, chez un chirurgien d'esthétique... Une mère vient le trouver avec sa fillette âgée de quatorze ans. L'enfant a un blair énorme, à opérer d'urgence, copie exacte de celui de la mère... La maman dit au chirurgien : « Comme vous le voyez, ma fille a besoin d'une opération... Est-ce que vous croyez que vous pouvez arranger ça ? » Le médecin est un vieux routier, il est prudent, il en a vu d'autres, alors il demande : « Arranger quoi, madame ? » Et la bonne femme répond : « Mais les *oreilles* de ma fille, docteur, quoi d'autre ? Vous ne voyez pas qu'elles sont difformes ? » Car la fillette avait les oreilles un peu décollées de son père, mais le nez était le même que celui de la mère et celle-ci ne se rendait pas compte ou ne voulait pas admettre que ce nez était hideux... C'est fabuleux, la nature humaine, c'est toujours sans précédent, des sources toujours nouvelles, ça jaillit sous tes pieds, une fraîcheur toujours recommencée... Alors, avec mon filet à papillons, je cours, je cours, des romans, des reportages, des films et du vécu, du vécu qui n'est pas pour emporter mais pour être mangé sur place, ce n'est pas du donjuanisme dans les rapports avec la vie mais de l'amour... Et j'ai beau courir, glaner, je n'épuiserai jamais ça, je ne connaîtrai jamais l'assouvissement, c'est sans fin, inépuisable, tu as beau absorber ça par tous les pores de ta peau, tu as toujours faim, et ça fait encore un personnage, une vie, un amour...

F. B. : *Et dès que tu abordes le cinéma, tu le fais sous l'angle de l'insatiabilité, comme par hasard... Le thème de ton premier film* Les oiseaux vont mourir au Pérou, *c'est la quête de l'assouvissement, d'un assouvissement qui échappe continuellement... la nymphomanie.*

R. G. : C'est un des grands drames de la féminité et la responsabilité en incombe pour une large part à une civilisation et des sociétés basées sur une pseudo-valeur, celle de la virilité, imposée par les hommes, qui ont mutilé les femmes psychologiquement, les ont rendues infirmes. La frigidité féminine — qui mène souvent à la nymphomanie — est le cas extrême de la mort affective et elle a été pour ainsi dire imposée et obtenue par les hommes par égoïsme, manque de sensibilité et crainte de ne pas donner satisfaction. J'ai toujours été hanté, c'est vrai, et cela se voit aussi bien dans *La Danse de Gengis Cohn* que dans *Les oiseaux vont mourir au Pérou*, aussi bien sur le plan individuel que pour l'humanité en général, par cet échec de l'amour, ce manque d'amour qui ne font qu'accentuer, exaspérer la poursuite, la recherche de l'amour. Sur le plan de la sexualité en elle-même, cette mort de l'affectivité, c'est le « sceau de virilité » dont les hommes ont marqué le psychisme de la femme, pour se dispenser de la satisfaire. C'est ainsi que la femme qui jouit est devenue la « chienne en chaleur », une « éhontée », une « dévergondée » et une « tiens, salope ». Lorsque tu es avec une femme que tu n'arrives pas à satisfaire, tu recueilles toujours un héritage de salauds. Pour tirer leur épingle du « je », les hommes ont fait des femmes qui jouissent un objet de dégoût, quelque chose d'aussi « répugnant » et d'aussi « chienne » que les règles. Pendant des milliers d'années, les *machos,* pas du tout sûrs de leurs moyens, se sont appliqués à convaincre les femmes qu'elles ne doivent pas jouir, que c'est contraire à la féminité. C'est pas élégant, c'est pas propre, c'est pas bien du tout, c'est pas Vierge-Marie, c'est pas sultan et harem, c'est pas *kasher.* Les hommes, bon, c'est pas leur faute, les pauvres! La nature a fait qu'ils ne peuvent pas féconder sans jouir avant, mais les femmes peuvent très bien féconder sans jouir, et il y a même une jolie « théorie » pseudo-populaire qui dit que la femme est plus sûre de concevoir lorsqu'elle ne jouit pas. Tout cela dispensait les *machos* d'être à la hauteur. On a beau être un vrai, un dur et un velu, des fois, on baise très mal, ça fait pchitt! tout de suite, ça part, trente secondes, deux minutes, et voilà notre géant au bout de ses peines. Le nombre de vrais durs qui ne durent pas, ça vaut largement le nombre de femmes frigides. « Les hommes viennent ici pour faire pchitt! » dit le personnage joué par Danielle Darrieux dans *Les oiseaux vont mourir au Pérou.* Au temps des tournois et des croisades, on avait beau être un chevalier très fort avec son épée, on était parfois beaucoup moins fort avec son zizi. Alors, aidés par l'Église et la morale, on a fait régner encore plus la convention selon laquelle une femme, c'est seulement pour le repos du guerrier. Depuis le début des temps, il y a eu des papas qui faisaient pchitt! et ils ont éduqué les femmes, aidés, pour maintenir la tradition, par toutes les vieilles bonnes femmes qui n'ont jamais joui de leur vie et qui se vengeaient ainsi des autres. Ça s'est fait partout, dans toutes les civilisations. En Afrique, on coupait même aux filles le clitoris, et on continue à le couper aujourd'hui encore, pour que ça ne les démange pas. C'est le *machismo* castrateur à l'état pur, à l'état merde, et je te citerai ici le *macho* Jack London, père spirituel d'Hemingway et de toute la tradition américaine de la virilité, qui a marqué si profondément la littérature américaine depuis cinquante ans. Jack London vient de tirer un coup. Et voilà ce qu'il écrit : « Mes instincts les plus naturellement sauvages se donnent libre cours. Je peux être cruel ou tendre selon mon bon plaisir. Qu'est-ce qu'un homme peut désirer de plus. Il y a là-dedans un sentiment de maîtrise... » Voilà. Voilà de quoi est sortie toute la littérature du *machismo* américain. Il tire un coup, ce maître-homme, et puis s'en va, fier comme Artaban, « avec un sentiment de maîtrise », et la femme, cette humble servante, on n'en parle même pas. Ce « tiens, prends ça! » a duré pendant des millénaires. Et puis, là-dessus, il s'est passé quelque chose de particulièrement typique, dans le genre « humain » : les femmes ont été *persuadées*. Elles ont été persuadées, comme les Juifs du ghetto, à qui on a répété pendant des siècles qu'ils étaient sans honneur, et qui ont été persuadés au point de changer de physique et d'acquérir un air humble, coupable, et une *colonne vertébrale déformée* — c'est un fait historique — à force de courber le dos. Les Juifs, auxquels on a imposé des vêtements distinctifs pour les « inférioriser », mais qu'ils ont fini par adopter si bien que les Juifs orthodoxes les portent encore... et refusent de les quitter, en Israël! C'est ce qui s'est passé avec les femmes. Elles se sont laissé persuader et elles se sont même mises à faire de la propagande et à expliquer à leurs « pures » filles que jouir, c'est pour les putes et les cochons, c'est tout juste bon pour les hommes... Il y a quelque chose d'abominable dans ce processus, lorsque la victime persuadée se met à son tour à vouloir imposer aux autres sa propre condition... Cela se voit en ce moment à propos de l'avortement. Si tu regardes les études et les statistiques, tu vois que la plupart des mères de famille nombreuse sont à fond contre l'avortement. Elles en ont bavé, elles ont élevé sept ou huit enfants à la sueur de leur front, elles ont tout sacrifié à la maternité, alors, quand elles voient d'autres femmes qui veulent y échapper, elles sont indignées, elles ne peuvent pas l'admettre. Oui, les victimes ont été *persuadées*. J'ai vu la même chose à Djibouti, pour l'infibulation : vers dix ans, on coud là-bas aux filles les lèvres du sexe, pour qu'on ne puisse pas entrer. Ça se fait avec des épines et c'est très douloureux. Quand j'y étais, Ponchardier, le haut commissaire, essayait de mettre fin à cette pratique. Et le voilà qui s'aperçoit que ce ne sont pas les hommes qui perpétuent cette barbarie : ce sont les femmes. Elles ont été cousues, elles en ont bavé, alors, elles ne peuvent pas admettre que c'était pour rien et elles continuent à exiger la même mutilation pour les autres, au nom de la « morale traditionnelle »... Et c'est ainsi que les femmes elles-mêmes s'étaient mises à dénoncer les « chiennes en chaleur » et qu'elles ont mis la sexualité au ban de la féminité. C'est pourquoi, selon les statistiques médicales, six cas de névroses féminines sur dix sont dus à la frigidité : un vrai triomphe de la virilité, quoi! Ouvre les cuisses que je t'enviande : on pourrait résumer ainsi des milliers d'années de l'histoire de la vie féminine... Le *macho* rentre chez lui, il a fait la guerre, « les héros sont fatigués » — et ils le sont souvent, même quand ils ne sont pas des héros — il veut se défouler pour dormir, alors, il dégorge sa limace et tu parles de caresses, de tendresse, d'affectivité... Et en dehors même de cette honte, de ce crime, de cette mutilation, c'est quelque chose de bouleversant, la frigidité, parce que c'est la définition même de l'impossibilité, du tragique. Je ne te parle pas des femmes qui sont devenues mortes, du bois, si bien qu'il ne leur manque plus rien. Je te parle du rêve, de l'attente, de celles qui veulent, espèrent, cherchent et n'y arrivent pas. Elles se sentent toujours au bord, au seuil, mais elles ne parviennent pas à franchir la barrière, à s'épanouir. C'est là, presque là, encore un peu... Mais ça se dérobe. C'est le cas d'Adriana, dans *Les oiseaux vont mourir au Pérou*. Pourquoi une frigide devient-elle parfois nymphomane? Parce qu'avec chaque homme, elle est « sur le point de », et il lui semble toujours que si l'homme continuait encore un peu — « attends-moi, attends-moi! » — elle y arriverait, oui, attends, encore un peu, je vais y arriver... Mais dans cette poursuite de ce qui se dérobe toujours, l'homme finit toujours avant, et même s'il durait indéfiniment, elle n'y arriverait pas... Seulement, comme Adriana se sent « sur le point de », qu'elle vibre, toute tendue pour accueillir la libération et l'assouvissement qui semblent sur le point de venir, elle s'imagine toujours que son partenaire a fini trop tôt, et qu'avec un autre homme... Et encore avec un autre homme... Et avec un autre... A quelques secondes près, à quelques souffles près... Mais non, il a encore fini *avant*... Et alors, de l'homme à l'homme, c'est la quête sans fin... Dans *Les oiseaux vont mourir au Pérou*, la rancune d'Adriana est telle qu'elle devient haine de l'homme, elle devient *volonté de ne pas jouir*, une volonté de castration, de victoire sur l'homme, pour qu'il n'y arrive pas, pour qu'il échoue… Il y a *choix* de la frigidité… La femme se refuse à l'orgasme sans même le savoir.

F. B. : *Dans ton film, cette jeune femme, Adriana, lutte désespérément, rageusement, pour arriver à l'orgasme, à la libération… Mais on peut se demander si ce n'est pas chez toi la transposition d'une expérience personnelle et s'il ne t'est pas arrivé à toi de lutter en tant qu'homme pour aider une femme à se « libérer » et de ne pas y arriver…*

R. G. : Oui, évidemment, il m'est arrivé de me casser la tête contre le mur. J'avais trente ans et j'ai lutté… Oui, comme Adriana, dans le film, plus exactement comme Rainier, qui échoue… C'est assez atroce, cette impossibilité de donner…

F. B. : *N'as-tu pas choisi la métaphore de la sexualité pour exprimer ton propre échec* affectif?

R. G. : Cela ne semble pas être mon cas. Peut-être ai-je aimé trop profondément, une fois, pour pouvoir recommencer… Peut-être ne me reste-t-il plus grand-chose à donner, maintenant. Je ne sais pas. Et il est certain que ceux qui exaltent trop une idée ou l'amour se condamnent à l'insatisfaction, comme dans toutes les poursuites de l'absolu… C'est encore Rainier, mais dans *Les Couleurs du jour*…

F. B. : *« Avec l'amour maternel, la vie vous fait à l'aube une promesse qu'elle ne tient plus jamais… »* Qu'aucune femme ne peut plus tenir?

R. G. : Oui, oui, je sais que j'ai écrit ça, merci...

F. B. : *Revenons au manque d'amour.*

R. G. : Dans quel contexte? Qu'est-ce que ça veut dire?

F. B. : *Rien. Revenons-y tout simplement.*

R. G. : Eh bien, ce côté quête éternelle, attente, poursuite du bonheur, c'est la situation même de l'humanité à travers l'histoire, aussi bien dans ses rapports avec l'absolu, avec Dieu, qu'avec ce qu'on appelle les « grands hommes » qui essaient de la satisfaire...

F. B. : *D'où* La Danse de Gengis Cohn?

R. G. : Lily... Je me suis servi d'une vieille légende caucasienne et d'une gravure allégorique allemande du début du XXe siècle; elle représente l'humanité comme une princesse qui condamne à mort tous les amants qui ne lui donnent pas satisfaction... C'était une gravure qu'il y avait chez nous dans l'appartement, à Wilno, lorsque ma mère dirigeait une maison de couture... Lily, la princesse insatisfaite et Florian, son serviteur fidèle, qui est la mort... La pauvre petite reine de la création erre à travers la forêt à la recherche d'un surmâle, d'un *macho*, Staline, Hitler, Perón et tous les colonels, et elle se fait seulement baiser au sens masculin bien connu du terme... Ce n'est pas les *machos* qui lui donneront le bonheur...

F. B. : *Le thème du manque d'amour, de l'homme incapable d'aimer, de l'insatisfaction de la frustration, a continué à grandir...*

R. G. : L'absence d'amour, ça prend beaucoup de place.

F. B. : *Comment fais-tu, alors?*

R. G. : J'ai un fils. Ça tient chaud.

F. B. : *Je ne voudrais pas te quitter sans écouter ce que tu auras peut-être à dire d'un personnage étrange qui chemine à travers la plupart de tes romans... Le personnage du « Baron ».*

R. G. : Ah!

F. B. : *Il apparaît comme une signature dans des romans très différents les uns des autres, irrémédiablement pareil à lui-même, gentleman jusqu'au bout des ongles, toujours vêtu de la même façon, impeccable et dont le seul souci au milieu des pires tribulations de l'Histoire est de ne pas se salir...*

R. G. : Oui, c'est une belle âme.

F. B. : *Il est toujours au-dessus de la mêlée, frappé de mutisme, et ne prononce que quelques mots, cédant à la nature, dans* Le Grand Vestiaire, Les Couleurs du jour, Les Racines du ciel, *pour exprimer ce besoin profond et essentiel... Il dit : « pipi ! »*

R. G. : Et « caca! » aussi. Caca aussi, on ne peut pas sans ça, même pour une nature d'élite.

F. B. : *Il a toujours sur lui plusieurs faux passeports et des lettres d'introduction auprès de quelques très hautes autorités morales.*

R. G. : Oui, il y a de l'imposteur dans l'Homme… l'Homme, tu sais, avec une majuscule, toujours poursuivi et inaccessible, cet éternel Baron du Devant et toujours Sganarelle… Je l'aime très tendrement, ce *picaro*, et je crois qu'il s'en tirera, bien que le philosoph? Michel Foucault nous affirme que « l'homme est une apparition récente dont tout annonce la fin prochaine »…

F. B. : *Tu y crois ou tu n'y crois pas ?*

R. G. : C'est entre les deux.

F. B. : *Le Baron a toujours les joues gonflées, comme s'il était sur le point d'éclater de rire…*

R. G. : Ce n'est pas la plus mauvaise façon d'éclater.

F. B. : *Parfois, lorsque les circonstances sont particulièrement émouvantes, il lâche une série de petits pets…*

R. G. : Un excès d'âme.

F. B. : *Il utilise les pets pour s'exprimer parce que tous les mots ont trahi et il ne s'exprime donc plus que dans ce langage chiffré, cet alphabet Morse…*

R. G. : C'est un authentique membre du Jockey Club moral, comme l'Ordre des médecins, tiens, lorsque celui-ci condamne l'avortement au nom des sommets moraux sur lesquels il se retire, très propre, en laissant la souffrance au populaire...

F. B. : *Dans* Les Mangeurs d'étoiles, *un dictateur l'adopte comme porte-bonheur, frappé par son air de noblesse et sa belle tenue vestimentaire...*

R. G. : Il faut un alibi moral au crime : ça fait les meilleurs crimes. Et les belles âmes bouffent parfois à de drôles de râteliers... Combien des nôtres ont chanté les louanges de Staline?

F. B. : *C'est pour rire ou pour pleurer?*

R. G. : C'est pour éviter de trop croire...

F. B. : *Dans* La Fête coupable, *son air d'absence et de mystère, si imperturbable, si indifférent à « tout ça », impressionne tellement les Polynésiens qu'ils l'adoptent comme* tiki, *comme dieu... Dieu?*

R. G. : Il y a de ça. Mais je ne veux pas trop fermer le personnage. Je veux qu'il reste ouvert à la fois sur la dérision et sur l'amour. Ça s'équilibre et se soutient en se repoussant mutuellement. Et n'oublie pas que l' « Homme » lui aussi, en tant que perfection, en tant que Grandeur et Beauté, vit en maquereau, richement entretenu de sacrifices et de littérature, sur le dos de l'homme...

F. B. : *Les Tahitiens vénèrent donc le Baron, lui font des offrandes, lui adressent des suppliques et veillent à ce qu'il continue à trôner, à régner dans son « au-delà »...*

R. G. : En Polynésie, on ne bâtit pas de cathédrales...

F. B. : *Il me semble qu'il y a contradiction : tu ne cesses de répéter qu'il n'y a pas homme sans mythologie et tu « démythifies » et tu « démystifies » constamment et à belles dents...*

R. G. : S'il n'y avait pas de mystère, l'homme ne serait que de la barbaque. Mais il y a le mystère et il y a les illusions... Le Baron est en lutte constante par la parodie contre ses propres illusions lyriques. Car il s'agit pour nous, quelles que soient les idéologies, de trouver un équilibre entre la viande et la poésie, entre ce qui est notre donnée première biologique, animale, et la « part Rimbaud ». Si tu me demandais ce que je considère comme « règle d'or » — je dis ça pour rire... — je te répondrais : « De la mesure avant toute chose » et « raison garder ».

F. B. : *... Ce qui est exactement le contraire de toi.*

R. G. : S'il y a une chose qui devrait ressortir de ces entretiens, c'est que je ne conseille à personne — et certainement pas à mon fils — de me ressembler... Le personnage du Baron me permet de m'équilibrer, de lutter contre mes rêveries idéalistes et idéalisantes par la parodie et la dérision.

F. B. : *Tu as l'intention de continuer le personnage dans d'autres romans ?*

R. G. : Je ne sais pas quelles sont ses intentions et s'il compte ou non me continuer. Mais quand je ne serai plus là, ou même avant, j'aimerais beaucoup que d'autres romanciers le reprennent et le continuent. Ce serait un clin d'œil fraternel. Car tout en me moquant du Baron, qui chemine avec dégoût au-dessus de la mêlée, soucieux surtout de sauver sa propreté vestimentaire, je n'oublie pas cette phrase de Michaux que j'ai citée à plusieurs reprises dans mes livres : *Celui qu'une pierre fait trébucher marchait déjà depuis deux cent mille ans lorsqu'il entendit des cris de haine et de mépris qui prétendaient lui faire peur...*

F. B. : *Tu vis seul ?*

R. G. : Disons plutôt que je vis avec Miss Solitude et je m'y attache un peu trop, c'est vrai, ce serait un peu triste de prendre le pli, je n'aime pas les plis... Les deux dernières, les Miss Solitude 1972 et 1973, ont été des vraies reines de beauté dans le genre personne... Mes deux chats Bippo et Bruno sont morts, et notre vieux Sandy — celui à qui j'ai dédié *Chien Blanc* — a choisi de vivre avec Jean Seberg, après mûre réflexion. Il y a plus de monde pour s'occuper de lui, là-bas. Je ne lui en veux pas, mais il faut bien dire qu'en vieillissant, il est devenu un peu égoïste. Parfois une secouriste vient me faire du bouche à bouche et puis me quitte parce que les femmes n'aiment pas tellement les adolescents... Mon fils monte me voir tous les jours pour voir si j'existe vraiment et comme je l'adore, je ne sais pas lui parler, il a onze ans et il m'intimide... Mais quand tu dis « seul », tu parles quoi? Compagnie? Ou affection?

F. B. : *Affection.*

R. G. : Oui, évidemment... Mais il y a de bons moments. En novembre dernier, je me suis cassé la gueule, on m'a transporté à la Salpêtrière, service des urgences... Qu'est-ce que j'ai eu comme droit à l'attention, aux petits soins, à l'affection! Deux médecins, deux infirmières, du cousu main, de la gentillesse... Je ne voulais plus m'en aller. La Salpêtrière, je recommande.

F. B. : *Et... pour l'essentiel?*

R. G. : Évidemment, c'est inguérissable, je rêve encore de tomber amoureux, mais ce qu'on appelle tomber!... Seulement, à soixante ans, c'est très difficile, à cause du manque d'espace, d'horizon devant soi... Ça manque de large, maintenant, on ne peut plus s'élancer... L'amour, ça va très mal avec les restrictions, les limites, avec le temps qui t'est compté, il faut croire qu'on a toute la vie devant soi, pour s'élancer vraiment... Sans ça, c'est seulement de la crème Chantilly... On a presque fini, non?

F. B. : *Presque. Des regrets?*

R. G. : Je n'ai pas assez écrit et je crois que je n'ai pas su assez aimer.

F. B. : *Des fantômes?*

R. G. : Tous... Mais c'est sans intérêt, des histoires d'avions qui ne sont pas revenus... et qui se mettent à revenir, trente ans après.

F. B. : *La mort?*

R. G. : Très surfait. On devrait essayer de trouver autre chose.

F. B. : *Et sans humour?*

R. G. : J'ai connu un vieux maître d'hôtel, un Noir de la Louisiane, qui a demandé la météo avant de mourir pour savoir si le vol allait être agréable ou agité...

F. B. : *Pas la moindre rêverie d'au-delà?*

R. G. : Une seule. Sandy-le-chien vient me chercher. Il a quelque chose de très urgent à me montrer, il veut me mener quelque part. Je le suis. On est sur un sentier de montagne qui monte dans le soleil. Sandy court devant moi, revient pour s'assurer que je le suis... Je le suis. Et puis je me vois marchant derrière lui et on s'éloigne et on s'efface tous les deux dans la lumière... Musique. C'est en technicolor, un film Paramount 1930, et c'est un rêve qui revient régulièrement. J'ai dû commencer à aller au cinéma quand j'étais trop petit...

F. B. : *Tu as été heureux?*

R. G. : Non... Si. Je ne sais pas. Entre les gouttes.

F. B. : *Qu'est-ce que c'était, le bonheur, pour toi?*

R. G. : C'est lorsque j'étais couché, j'écoutais, je guettais, et puis j'entendais la clé dans la serrure, la porte qui se refermait, j'entendais les paquets qu'elle ouvrait à la cuisine, elle m'appelait pour savoir si j'étais là, je ne disais rien, je souriais, j'attendais, j'étais heureux, ça ronronnait à l'intérieur... Je me souviens très bien.

F. B. : *Et pour conclure?*

R. G. : La nuit sera calme.

Cimarrón, mars 1974.

DU MÊME AUTEUR

Aux Éditions Gallimard

LE GRAND VESTIAIRE, roman.
LES COULEURS DU JOUR, roman.
ÉDUCATION EUROPÉENNE, roman.
LES RACINES DU CIEL, roman.
TULIPE, récit.
LA PROMESSE DE L'AUBE, roman.
JOHNNIE CŒUR, théâtre.
GLOIRES À NOS ILLUSTRES PIONNIERS, nouvelles.
LADY L., roman.
FRÈRE OCÉAN :
    I. POUR SGANARELLE, essai.
    II. LA DANSE DE GENGIS COHN, roman.
    III. LA TÊTE COUPABLE, roman.
LA COMÉDIE AMÉRICAINE :
    I. LES MANGEURS D'ÉTOILES, roman.
    II. ADIEU GARY COOPER, roman.
CHIEN BLANC, roman.
LES TRÉSORS DE LA MER ROUGE, récit.
EUROPA, roman.
LES ENCHANTEURS, roman.

LES TÊTES DE STÉPHANIE, *roman*.

AU-DELÀ DE CETTE LIMITE VOTRE TICKET N'EST PLUS VALABLE, *roman*.

CLAIR DE FEMME, *roman*.

CHARGE D'ÂME, *roman*.

LA BONNE MOITIÉ, *théâtre*.

LES CLOWNS LYRIQUES, *roman*.

LES CERFS-VOLANTS, *roman*.

VIE ET MORT D'ÉMILE AJAR.

L'HOMME À LA COLOMBE, *roman*.

*Au Mercure de France sous le pseudonyme d'*Émile Ajar :

GROS CÂLIN, *roman*.

LA VIE DEVANT SOI, *roman*.

PSEUDO, *récit*.

L'ANGOISSE DU ROI SALOMON, *roman*.

COLLECTION FOLIO

Dernières parutions :

1775. Thornton Wilder — *En voiture pour le ciel.*
1776. XXX — *Le Roman de Renart.*
1777. Sébastien Japrisot — *Adieu l'ami.*
1778. Georges Brassens — *La mauvaise réputation.*
1779. Robert Merle — *Un animal doué de raison.*
1780. Maurice Pons — *Mademoiselle B.*
1781. Sébastien Japrisot — *La course du lièvre à travers les champs.*
1782. Simone de Beauvoir — *La force de l'âge.*
1783. Paule Constant — *Balta.*
1784. Jean-Denis Bredin — *Un coupable.*
1785. Francis Iles — *... quant à la femme.*
1786. Philippe Sollers — *Portrait du Joueur.*
1787. Pascal Bruckner — *Monsieur Tac.*
1788. Yukio Mishima — *Une soif d'amour.*
1789. Aristophane — *Théâtre complet*, tome I.
1790. Aristophane — *Théâtre complet*, tome II.
1791. Thérèse de Saint Phalle — *La chandelle.*
1792. Françoise Mallet-Joris — *Le rire de Laura.*
1793. Roger Peyrefitte — *La soutane rouge.*
1794. Jorge Luis Borges — *Livre de préfaces,* suivi de *Essai d'autobiographie.*
1795. Claude Roy — *Léone, et les siens.*
1796. Yachar Kemal — *La légende des Mille Taureaux.*
1797. Romain Gary — *L'angoisse du roi Salomon.*
1798. Georges Darien — *Le Voleur.*

1799.	Raymond Chandler	*Fais pas ta rosière!*
1800.	James Eastwood	*La femme à abattre.*
1801.	David Goodis	*La pêche aux avaros.*
1802.	Dashiell Hammett	*Le dixième indice* et autres enquêtes du Continental Op.
1803.	Chester Himes	*Imbroglio negro.*
1804.	William Irish	*J'ai épousé une ombre.*
1805.	Simone de Beauvoir	*La cérémonie des adieux*, suivi de *Entretiens avec Jean-Paul Sartre (août-septembre 1974).*
1806.	Sylvie Germain	*Le Livre des Nuits.*
1807.	Suzanne Prou	*Les amis de Monsieur Paul.*
1808.	John Dos Passos	*Aventures d'un jeune homme.*
1809.	Guy de Maupassant	*La Petite Roque.*
1810.	José Giovanni	*Le musher.*
1811.	Patrick Modiano	*De si braves garçons.*
1812.	Julio Cortázar	*Livre de Manuel.*
1813.	Robert Graves	*Moi, Claude.*
1814.	Chester Himes	*Couché dans le pain.*
1815.	J.-P. Manchette	*Ô dingos, ô châteaux! (Folle à tuer).*
1816.	Charles Williams	*Vivement dimanche!*
1817.	D.A.F. de Sade	*Les Crimes de l'amour.*
1818.	Annie Ernaux	*La femme gelée.*
1819.	Michel Rio	*Alizés.*
1820.	Mustapha Tlili	*Gloire des sables.*
1821.	Karen Blixen	*Nouveaux contes d'hiver.*
1822.	Pablo Neruda	*J'avoue que j'ai vécu.*
1823.	Mario Vargas Llosa	*La guerre de la fin du monde.*
1824.	Alphonse Daudet	*Aventures prodigieuses de Tartarin de Tarascon.*
1825.	James Eastwood	*Bas les masques.*
1826.	David Goodis	*L'allumette facile.*
1827.	Chester Himes	*Ne nous énervons pas!*
1828.	François-Marie Banier	*Balthazar, fils de famille.*
1829.	Pierre Magnan	*Le secret des Andrônes.*
1830.	Ferdinando Camon	*La maladie humaine.*
1831.	Milan Kundera	*Le livre du rire et de l'oubli.*
1832.	Honoré de Balzac	*Physiologie du mariage.*

1833. Reiser — *La vie des bêtes.*
1834. Jean Diwo — *Les Dames du Faubourg.*
1835. Cesare Pavese — *Le camarade.*
1836. David Shahar — *L'agent de Sa Majesté.*
1837. William Irish — *L'heure blafarde.*
1838. Horace McCoy — *Pertes et fracas.*
1839. Donald E. Westlake — *L'assassin de papa.*
1840. Franz Kafka — *Le Procès.*
1841. René Barjavel — *L'Enchanteur.*
1842. Catherine Hermary-Vieille — *L'infidèle*
1843. Koenig — *La maison au bout de la mer.*
1844. Tom Wolfe — *L'Étoffe des héros.*
1845. Stendhal — *Rome, Naples et Florence.*
1846. Jean Lartéguy — *L'Or de Baal.*
1847. Hector Bianciotti — *Sans la miséricorde du Christ.*
1848. Leonardo Sciascia — *Todo modo.*
1849. Raymond Chandler — *Sur un air de navaja.*
1850. David Goodis — *Sans espoir de retour.*
1851. Dashiell Hammett — *Papier tue-mouches.*
1852. William R. Burnett — *Le petit César.*
1853. Chester Himes — *La reine des pommes.*
1854. J.-P. Manchette — *L'affaire N'Gustro.*
1855. Richard Wright — *Un enfant du pays.*
1856. Yann Queffélec — *Les noces barbares.*
1857. René Barjavel — *La peau de César.*
1858. Frédérick Tristan — *Les tribulations héroïques de Balthasar Kober.*
1859. Marc Behm — *Mortelle randonnée.*
1860. Blaise Pascal — *Les Provinciales.*
1861. Jean Tardieu — *La comédie du langage,* suivi de *La triple mort du Client.*
1862. Renée Massip — *Douce lumière*
1863. René Fallet — *L'Angevine*
1864. François Weyergans — *Françaises, Français.*
1865. Raymond Chandler — *Le grand sommeil.*
1866. Malaparte — *Le soleil est aveugle.*
1867. Muriel Spark — *La place du conducteur.*
1868. Dashiell Hammett — *Sang maudit.*
1869. Tourguéniev — *Pères et fils.*

1870.	Bruno Gay-Lussac	*L'examen de minuit.*
1871.	Rachid Boudjedra	*L'insolation.*
1872.	Reiser	*Phantasmes.*
1873.	Dashiell Hammett	*Le faucon de Malte.*
1874.	Jean-Jacques Rousseau	*Discours sur les sciences et les arts. Lettre à d'Alembert.*
1875.	Catherine Rihoit	*Triomphe de l'amour.*
1876.	Henri Vincenot	*Les étoiles de Compostelle.*
1877.	Philip Roth	*Zuckerman enchaîné.*
1879.	Jim Thompson	*Deuil dans le coton.*
1880.	Donald E. Westlake	*Festival de crêpe.*
1881.	Arnoul Gréban	*Le Mystère de la Passion.*
1882.	Jules Romains	*Mort de quelqu'un.*
1883.	Emmanuel Carrère	*La moustache.*
1884.	Elsa Morante	*Mensonge et sortilège,* tome I.
1885.	Hans Christian Andersen	*Contes choisis.*
1886.	Michel Déon	*Bagages pour Vancouver.*
1887.	Horace McCoy	*Adieu la vie, adieu l'amour...*
1888.	Donald E. Westlake	*Pris dans la glu.*
1889.	Michel Tauriac	*Jade.*
1890.	Chester Himes	*Tout pour plaire.*
1891.	Daniel Boulanger	*Vessies et lanternes.*
1892.	Henri Pourrat	*Contes.*
1893.	Alain Page	*Tchao pantin.*
1894.	Elsa Morante	*Mensonge et sortilège,* tome II.
1895.	Cesare Pavese	*Le métier de vivre.*
1896.	Georges Conchon	*L'amour en face.*
1897.	Jim Thompson	*Le lien conjugal.*
1898.	Dashiell Hammett	*L'introuvable.*
1899.	Octave Mirbeau	*Le Jardin des supplices.*
1900.	Cervantès	*Don Quichotte,* tome I.
1901.	Cervantès	*Don Quichotte,* tome II.
1902.	Driss Chraïbi	*La Civilisation, ma Mère!...*
1903.	Noëlle Châtelet	*Histoires de bouches.*
1904.	Romain Gary	*Les enchanteurs.*
1905.	Joseph Kessel	*Les cœurs purs.*
1906.	Pierre Magnan	*Les charbonniers de la mort.*
1907.	Gabriel Matzneff	*La diététique de lord Byron.*
1908.	Michel Tournier	*La goutte d'or.*

1909.	H.G. Wells	*Le joueur de croquet.*
1910.	Raymond Chandler	*Un tueur sous la pluie.*
1911.	Donald E. Westlake	*Un loup chasse l'autre.*
1912.	Thierry Ardisson	*Louis XX.*
1913.	Guy de Maupassant	*Monsieur Parent.*
1914.	Remo Forlani	*Papa est parti maman aussi.*
1915.	Albert Cohen	*O vous, frères humains.*
1916.	Zoé Oldenbourg	*Visages d'un autoportrait.*
1917.	Jean Sulivan	*Joie errante.*
1918.	Iris Murdoch	*Les angéliques.*
1919.	Alexandre Jardin	*Bille en tête.*
1920.	Pierre-Jean Remy	*Le sac du Palais d'Eté.*
1921.	Pierre Assouline	*Une éminence grise (Jean Jardin, 1904-1976).*
1922.	Horace McCoy	*Un linceul n'a pas de poches.*
1923.	Chester Himes	*Il pleut des coups durs.*
1924.	Marcel Proust	*Du côté de chez Swann.*
1925.	Jeanne Bourin	*Le Grand Feu.*
1926.	William Goyen	*Arcadio.*
1927.	Michel Mohrt	*Mon royaume pour un cheval.*
1928.	Pascal Quignard	*Le salon du Wurtemberg.*
1929.	Maryse Condé	*Moi, Tituba sorcière...*
1930.	Jack-Alain Léger	*Pacific Palisades.*
1931.	Tom Sharpe	*La grande poursuite.*
1932.	Dashiell Hammett	*Le sac de Couffignal.*
1933.	J.-P. Manchette	*Morgue pleine.*
1934.	Marie NDiaye	*Comédie classique.*
1935.	Mme de Sévigné	*Lettres choisies.*
1936.	Jean Raspail	*Le président.*
1937.	Jean-Denis Bredin	*L'absence.*
1938.	Peter Handke	*L'heure de la sensation vraie.*
1939.	Henry Miller	*Souvenir souvenirs.*
1940.	Gerald Hanley	*Le dernier éléphant.*
1941.	Christian Giudicelli	*Station balnéaire.*
1942.	Patrick Modiano	*Quartier perdu.*
1943.	Raymond Chandler	*La dame du lac.*
1944.	Donald E. Westlake	*Le paquet.*
1945.	Jacques Almira	*La fuite à Constantinople.*
1946.	Marcel Proust	*A l'ombre des jeunes filles en fleurs.*

1947. Michel Chaillou — *Le rêve de Saxe.*
1948. Yukio Mishima — *La mort en été.*
1949. Pier Paolo Pasolini — *Théorème.*
1950. Sébastien Japrisot — *La passion des femmes.*
1951. Muriel Spark — *Ne pas déranger.*
1952. Joseph Kessel — *Wagon-lit.*
1953. Jim Thompson — *1275 âmes.*
1954. Charles Williams — *La mare aux diams.*
1955. Didier Daeninckx — *Meurtres pour mémoire.*
1956. Ed McBain — *N'épousez pas un flic.*
1957. Honoré de Balzac — *La maison Nucingen.*
1958. Mehdi Charef — *Le thé au harem d'Archi Ahmed.*
1959. Sidney Sheldon — *Maîtresse du jeu.*
1960. Richard Wright — *Les enfants de l'oncle Tom.*
1961. Philippe Labro — *L'étudiant étranger.*
1962. Catherine Hermary-Vieille — *Romy.*
1963. Cecil Saint-Laurent — *L'erreur.*
1964. Elisabeth Barillé — *Corps de jeune fille.*
1965. Patrick Chamoiseau — *Chronique des sept misères.*
1966. Plantu — *C'est le goulag!*
1967. Jean Genet — *Haute surveillance.*
1968. Henry Murger — *Scènes de la vie de bohème.*
1970. Frédérick Tristan — *Le fils de Babel.*
1971. Sempé — *Des hauts et des bas.*
1972. Daniel Pennac — *Au bonheur des ogres.*
1973. Jean-Louis Bory — *Un prix d'excellence.*
1974. Daniel Boulanger — *Le chemin des caracoles.*
1975. Pierre Moustiers — *Un aristocrate à la lanterne.*
1976. J. P. Donleavy — *Un conte de fées new-yorkais.*
1977. Carlos Fuentes — *Une certaine parenté.*
1978. Seishi Yokomizo — *La hache, le koto et le chrysanthème.*
1979. Dashiell Hammett — *La moisson rouge.*
1980. John D. MacDonald — *Strip-tilt.*
1981. Tahar Ben Jelloun — *Harrouda.*
1982. Pierre Loti — *Pêcheur d'Islande.*
1983. Maurice Barrès — *Les Déracinés.*
1984. Nicolas Bréhal — *La pâleur et le sang.*
1985. Annick Geille — *La voyageuse du soir.*
1986. Pierre Magnan — *Les courriers de la mort.*

1987.	François Weyergans	*La vie d'un bébé.*
1988.	Lawrence Durrell	*Monsieur ou Le Prince des Ténèbres.*
1989.	Iris Murdoch	*Une tête coupée.*
1990.	Junichirô Tanizaki	*Svastika.*
1991.	Raymond Chandler	*Adieu, ma jolie.*
1992.	J.-P. Manchette	*Que d'os!*
1993.	Sempé	*Un léger décalage.*
1995.	Jacques Laurent	*Le dormeur debout.*
1996.	Diane de Margerie	*Le ressouvenir.*
1997.	Jean Dutourd	*Une tête de chien.*
1998.	Rachid Boudjedra	*Les 1001 années de la nostalgie.*
1999.	Jorge Semprun	*La Montagne blanche.*
2000.	J.M.G. Le Clézio	*Le chercheur d'or.*
2001.	Reiser	*Vive les femmes!*
2002.	F. Scott Fitzgerald	*Le dernier nabab.*
2003.	Jerome Charyn	*Marilyn la Dingue.*
2004.	Chester Himes	*Dare-dare.*
2005.	Marcel Proust	*Le Côté de Guermantes* I.
2006.	Marcel Proust	*Le Côté de Guermantes* II.
2007.	Karen Blixen	*Le dîner de Babette.*
2008.	Jean-Noël Schifano	*Chroniques napolitaines.*
2009.	Marguerite Duras	*Le Navire Night.*
2010.	Annie Ernaux	*Ce qu'ils disent ou rien.*
2011.	José Giovanni	*Le deuxième souffle.*
2012.	Jan Morris	*L'énigme (D'un sexe à l'autre).*
2013.	Philippe Sollers	*Le Cœur Absolu.*
2014.	Jacques Testart	*Simon l'embaumeur (ou La solitude du magicien).*
2015.	Raymond Chandler	*La grande fenêtre.*
2016.	Tito Topin	*55 de fièvre.*
2017.	Kafka	*La Métamorphose et autres récits.*
2018.	Pierre Assouline	*L'homme de l'art (D.-H. Kahnweiler, 1884-1979).*
2019.	Pascal Bruckner	*Allez jouer ailleurs.*
2020.	Bourbon Busset	*Lettre à Laurence.*
2021.	Gabriel Matzneff	*Cette camisole de flammes (Journal 1953-1962).*
2022.	Yukio Mishima	*Neige de printemps (La mer de la fertilité, I).*

2023. Iris Murdoch — *Pâques sanglantes.*
2024. Thérèse de Saint Phalle — *Le métronome.*
2025. Jerome Charyn — *Zyeux-Bleus.*
2026. Pascal Lainé — *Trois petits meurtres... et puis s'en va.*
2028. Richard Bohringer — *C'est beau une ville la nuit.*
2029. Patrick Besson — *Ah! Berlin et autres récits.*
2030. Alain Bosquet — *Un homme pour un autre.*
2031. Jeanne Bourin — *Les amours blessées.*
2032. Alejo Carpentier — *Guerre du temps et autres nouvelles.*
2033. Frédéric H. Fajardie — *Clause de style.*
2034. Albert Memmi — *Le désert (ou La vie et les aventures de Jubaïr Ouali El-Mammi).*
2035. Mario Vargas Llosa — *Qui a tué Palomino Molero ?*
2036. Jim Thompson — *Le démon dans ma peau.*
2037. Gogol — *Les Soirées du hameau.*
2038. Michel Déon — *La montée du soir.*
2039. Remo Forlani — *Quand les petites filles s'appelaient Sarah.*
2040. Richard Jorif — *Le Navire Argo.*
2041. Yachar Kemal — *Meurtre au marché des forgerons (Les seigneurs de l'Aktchasaz, I).*
2042. Patrick Modiano — *Dimanches d'août.*
2043. Daniel Pennac — *La fée carabine.*
2044. Richard Wright — *Fishbelly.*
2045. Pierre Siniac — *L'unijambiste de la cote 284.*
2046. Ismaïl Kadaré — *Le crépuscule des dieux de la steppe.*
2047. Marcel Proust — *Sodome et Gomorrhe.*
2048. Edgar Allan Poe — *Ne pariez jamais votre tête au diable et autres contes non traduits par Baudelaire.*
2049. Rachid Boudjedra — *Le vainqueur de coupe.*
2050. Willa Cather — *Pionniers.*
2051. Marguerite Duras — *L'Eden Cinéma.*
2052. Jean-Pierre Enard — *Contes à faire rougir les petits chaperons.*

2053.	Carlos Fuentes	*Terra Nostra*, tome I.
2054.	Françoise Sagan	*Un sang d'aquarelle.*
2055.	Sempé	*Face à face.*
2056.	Raymond Chandler	*Le jade du mandarin.*
2057.	Robert Merle	*Les hommes protégés.*
2059.	François Salvaing	*Misayre! Misayre!*
2060.	André Pieyre de Mandiargues	*Tout disparaîtra*
2062.	Jean Diwo	*Le lit d'acajou (Les Dames du Faubourg, II).*
2063.	Pascal Lainé	*Plutôt deux fois qu'une.*
2064.	Félicien Marceau	*Les passions partagées.*
2065.	Marie Nimier	*La girafe.*
2066.	Anne Philipe	*Je l'écoute respirer.*
2067.	Reiser	*Fous d'amour.*
2068.	Albert Simonin	*Touchez pas au grisbi!*
2069.	Muriel Spark	*Intentions suspectes.*
2070.	Emile Zola	*Une page d'amour.*
2071.	Nicolas Bréhal	*L'enfant au souffle coupé.*
2072.	Driss Chraïbi	*Les Boucs.*
2073.	Sylvie Germain	*Nuit-d'Ambre.*
2074.	Jack-Alain Léger	*Un ciel si fragile.*
2075.	Angelo Rinaldi	*Les roses de Pline.*
2076.	Richard Wright	*Huit hommes.*
2078.	Robin Cook	*Il est mort les yeux ouverts.*
2079.	Marie Seurat	*Les corbeaux d'Alep.*
2080.	Anatole France	*Les dieux ont soif.*
2081.	J. A. Baker	*Le pèlerin.*
2082.	James Baldwin	*Un autre pays.*
2083.	Jean Dutourd	*2024.*
2084.	Romain Gary	*Les clowns lyriques.*
2085.	Alain Nadaud	*Archéologie du zéro.*
2086.	Gilles Perrault	*Le dérapage.*
2087.	Jacques Prévert	*Soleil de nuit.*
2088.	Sempé	*Comme par hasard.*
2089.	Marcel Proust	*La prisonnière.*
2090.	Georges Conchon	*Colette Stern.*
2091.	Sébastien Japrisot	*Visages de l'amour et de la haine.*
2092.	Joseph Kessel	*La règle de l'homme.*

2093.	Iris Murdoch	*Le rêve de Bruno.*
2094.	Catherine Paysan	*Le nègre de Sables.*
2095.	Dominique Roulet	*Le crime d'Antoine.*
2096.	Henri Vincenot	*Le maître des abeilles (Chronique de Montfranc-le-Haut).*
2097.	David Goodis	*Vendredi 13.*
2098.	Anatole France	*La Rôtisserie de la Reine Pédauque.*
2099.	Maurice Denuzière	*Les Trois-Chênes.*
2100.	Maurice Denuzière	*L'adieu au Sud.*
2101.	Maurice Denuzière	*Les années Louisiane.*
2102.	D. H. Lawrence	*Femmes amoureuses.*
2103.	XXX	*Déclaration universelle des droits de l'homme.*
2104.	Euripide	*Tragédies complètes, tome I.*
2105.	Euripide	*Tragédies complètes, tome II.*
2106.	Dickens	*Un conte de deux villes.*
2107.	James Morris	*Visa pour Venise.*
2108.	Daniel Boulanger	*La dame de cœur.*
2109.	Pierre Jean Jouve	*Vagadu.*
2110.	François-Olivier Rousseau	*Sébastien Doré*
2111.	Roger Nimier	*D'Artagnan amoureux.*
2112.	L.-F. Céline	*Guignol's band, I. Guignol's band, II (Le pont de Londres).*
2113.	Carlos Fuentes	*Terra Nostra, tome II.*
2114.	Zoé Oldenbourg	*Les Amours égarées.*
2115.	Paule Constant	*Propriété privée.*
2116.	Emmanuel Carrère	*Hors d'atteinte?*
2117.	Robert Mallet	*Ellynn.*
2118.	William R. Burnett	*Quand la ville dort.*
2119.	Pierre Magnan	*Le sang des Atrides.*
2120.	Loti	*Ramuntcho.*
2121.	Annie Ernaux	*Une femme.*
2122.	Peter Handke	*Histoire d'enfant.*
2123.	Christine Aventin	*Le cœur en poche.*
2124.	Patrick Grainville	*La lisière.*
2125.	Carlos Fuentes	*Le vieux gringo.*
2126.	Muriel Spark	*Les célibataires.*
2127.	Raymond Queneau	*Contes et propos.*
2128.	Ed McBain	*Branle-bas au 87.*

2129.	Ismaïl Kadaré	*Le grand hiver.*
2130.	Hérodote	*L'Enquête,* livres V à IX.
2131.	Salvatore Satta	*Le jour du jugement.*
2132.	D. Belloc	*Suzanne.*
2133.	Jean Vautrin	*Dix-huit tentatives pour devenir un saint.*
2135.	Sempé	*De bon matin.*
2136.	Marguerite Duras	*Le square.*
2138.	Raymond Carver	*Les trois roses jaunes.*
2139.	Marcel Proust	*Albertine disparue.*
2140.	Henri Bosco	*Tante Martine.*
2141.	David Goodis	*Les pieds dans les nuages.*
2142.	Louis Calaferte	*Septentrion.*
2143.	Pierre Assouline	*Albert Londres.*
2144.	Jacques Perry	*Alcool vert.*
2145.	Groucho Marx	*Correspondance.*
2146.	Cavanna	*Le saviez-vous? (Le petit Cavanna illustré).*
2147.	Louis Guilloux	*Coco perdu (Essai de voix).*
2148.	J.M.G. Le Clézio	*La ronde (et autres faits divers).*
2149.	Jean Tardieu	*La comédie de la comédie* suivi de *La comédie des arts* et de *Poèmes à jouer.*
2150.	Claude Roy	*L'ami lointain.*
2151.	William Irish	*J'ai vu rouge.*
2152.	David Saul	*Paradis Blues.*
2153.	Guy de Maupassant	*Le rosier de Madame Husson.*
2154.	Guilleragues	*Lettres portugaises.*
2155.	Eugène Dabit	*L'Hôtel du Nord.*
2156.	François Jacob	*La statue intérieure.*
2157.	Michel Déon	*Je ne veux jamais l'oublier.*
2158.	Remo Forlani	*Tous les chats ne sont pas en peluche.*
2159.	Paula Jacques	*L'héritage de tante Carlotta.*
2161.	Marguerite Yourcenar	*Quoi? L'Éternité (Le labyrinthe du monde, III).*
2162.	Claudio Magris	*Danube.*
2163.	Richard Matheson	*Les seins de glace.*
2164.	Emilio Tadini	*La longue nuit.*
2165.	Saint-Simon	*Mémoires.*

2166.	François Blanchot	*Le chevalier sur le fleuve.*
2167.	Didier Daeninckx	*La mort n'oublie personne.*
2168.	Florence Delay	*Riche et légère.*
2169.	Philippe Labro	*Un été dans l'Ouest.*
2170.	Pascal Lainé	*Les petites égarées.*
2171.	Eugène Nicole	*L'Œuvre des mers.*
2172.	Maurice Rheims	*Les greniers de Sienne.*
2173.	Herta Müller	*L'Homme est un grand faisan sur terre.*
2174.	Henry Fielding	*Histoire de Tom Jones, enfant trouvé, I.*
2175.	Henry Fielding	*Histoire de Tom Jones, enfant trouvé, II.*
2176.	Jim Thompson	*Cent mètres de silence.*
2177.	John Le Carré	*Chandelles noires.*
2178.	John Le Carré	*L'appel du mort.*
2179.	J. G. Ballard	*Empire du Soleil.*
2180.	Boileau-Narcejac	*Le contrat*
2181.	Christiane Baroche	*L'hiver de beauté*
2182.	René Depestre	*Hadriana dans tous mes rêves*
2183.	Pierrette Fleutiaux	*Métamorphoses de la reine*
2184.	William Faulkner	*L'invaincu*
2185.	Alexandre Jardin	*Le Zèbre*
2186.	Pascal Lainé	*Monsieur, vous oubliez votre cadavre*
2187.	Malcolm Lowry	*En route vers l'île de Gabriola*
2188.	Aldo Palazzeshi	*Les sœurs Materassi*
2189.	Walter S. Tevis	*L'arnaqueur*
2190.	Pierre Louÿs	*La Femme et le Pantin*
2191.	Kafka	*Un artiste de la faim* et autres récits (Tous les textes parus du vivant de Kafka II)
2192.	Jacques Almira	*Le voyage à Naucratis*
2193.	René Fallet	*Un idiot à Paris*
2194.	Ismaïl Kadaré	*Le pont aux trois arches*
2195.	Philippe le Guillou	*Le dieu noir (Chronique romanesque du pontificat de Miltiade II pape du XIXe siècle)*
2196.	Michel Mohrt	*La maison du père* suivi de *Vers l'Ouest (Souvenirs de jeunesse)*

2197. Georges Perec — *Un homme qui dort*
2198. Guy Rachet — *Le roi David*
2199. Don Tracy — *Neiges d'antan*
2200. Sempé — *Monsieur Lambert*
2201. Philippe Sollers — *Les Folies Françaises*
2202. Maurice Barrès — *Un jardin sur l'Oronte*
2203. Marcel Proust — *Le Temps retrouvé*
2204. Joseph Bialot — *Le salon du prêt-à-saigner*
2205. Daniel Boulanger — *L'enfant de bohème*
2206. Noëlle Châtelet — *A contre-sens*
2207. Witold Gombrowicz — *Trans-Atlantique*
2208. Witold Gombrowicz — *Bakakaï*
2209. Eugène Ionesco — *Victimes du devoir*
2210. Pierre Magnan — *Le tombeau d'Hélios*
2211. Pascal Quignard — *Carus*
2212. Gilbert Sinoué — *Avicenne (ou La route d'Ispahan)*
2213. Henri Vincenot — *Le Livre de raison de Glaude Bourguignon*

2214. Emile Zola — *La Conquête de Plassans*
2216. Térence — *Théâtre complet*

*Impression Brodard et Taupin
à La Flèche (Sarthe),
le 8 janvier 1991.
Dépôt légal : janvier 1991.
1er dépôt légal dans la collection : février 1976.
Numéro d'imprimeur : 6313D-5.*
ISBN 2-07-036719-3 / Imprimé en France.

51814